荇菜	艾	台
葛	麻	莪
蘩	荷华	苕
蕨	游龙	笋
白茅	勺药	桃
葭	蒡	甘棠
匏	蒲	梅
菿	葵	李
麦	果蠃	木瓜
谖	苹	椒

植物篇

荇菜 | 多年生水生草本植物,叶漂浮于水面,可食亦可入药。

参差荇菜,左右流之。窈窕淑女,寤寐求之。

葛 葛藤。藤本植物，茎的纤维可织布，根可制淀粉，亦可入药。

葛之覃兮，施于中谷，维叶萋萋。

| 蘩 | 白蒿。多年生草本植物，嫩茎叶可食，亦可入药。

于以采蘩？于沼之中。于以用之？公侯之宫。

蕨 | 蕨菜,俗称山野菜。
多年生草本植物,部分种类可食用。

陟彼南山,言采其蕨。未见君子,忧心惙惙。

白茅 | 茅草。多年生草本，茎叶柔韧坚实，可用于捆扎包裹。

白茅纯束，有女如玉。

葭 | 初生的芦苇。

蒹葭苍苍，白露为霜。所谓伊人，在水一方。

匏 | 葫芦的一种。
即瓠。

匏有苦叶,济有深涉。深则厉,浅则揭。

葑 | 二年生草本植物,俗称大头菜。古代重要蔬菜。

爰采葑矣?沫之东矣。云谁之思?美孟庸矣。

麦　一年生或二年生草本植物，子实可磨成面粉。是我国北方重要的粮食作物。

爱采麦矣？沬之北矣。云谁之思？美孟弋矣。

谖 | 萱草，忘忧草，
俗称黄花菜。

焉得谖草？言树之背。愿言思伯，使我心痗。

艾 | 多年生草本植物。茎、叶皆可做中药。有驱寒除湿、止血、活血的功效。

彼采艾兮！一日不见，如三岁兮！

麻 | 大麻，一年生草本植物。茎皮纤维可织麻布。种子可榨油。中医以果实入药。

丘中有麻，彼留子嗟。彼留子嗟，将其来施施。

荷华 | 荷花,
多年生水生草本花卉。

山有扶苏,隰有荷华。不见子都,乃见狂且!

游龙　红蓼，水草名。
　　　夏、秋开白色或淡红色花。

山有乔松，隰有游龙。不见子充，乃见狡童。

勺药

芍药,多年生草本植物。
观赏花卉,喜光照,花大而美丽,有花中宰相之称。

维士与女,伊其相谑,赠之以勺药。

莠 | 狗尾草,一年生草本植物。
田间常见杂草,因其穗形像狗尾,故名。

无田甫田,维莠骄骄。无思远人,劳心忉忉。

蒲 | 香蒲,多年生泽生草本植物。叶可编席。

彼泽之陂,有蒲与荷。有美一人,伤如之何?

| 葵 | 葵菜，二年生草本植物。古代重要蔬菜。|

六月食郁及薁，七月亨葵及菽，八月剥枣，十月获稻。为此春酒，以介眉寿。

果蠃 | 葫芦科植物,一名栝楼。果实橙黄色。

我徂东山,慆慆不归。我来自东,零雨其濛。果蠃之实,亦施于宇。

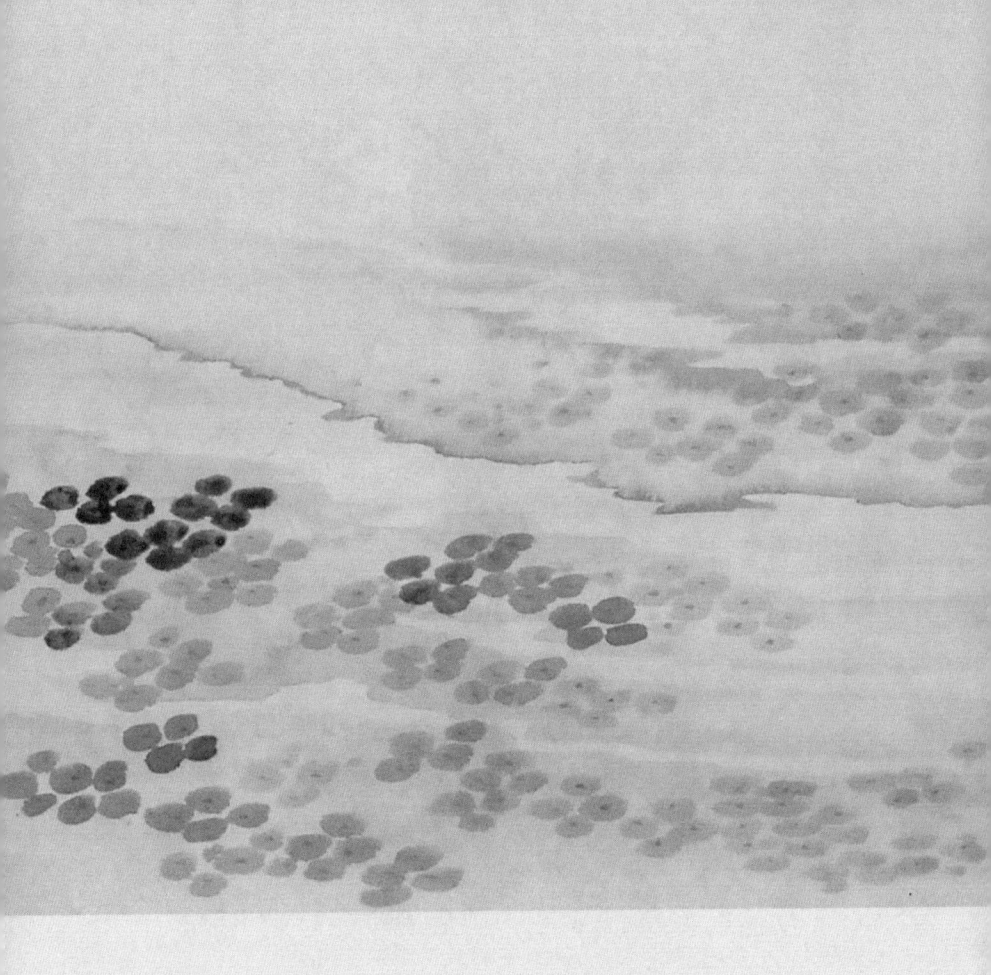

苹 | 多年生草本植物，常见于稻田、湖泊中。

呦呦鹿鸣，食野之苹。我有嘉宾，鼓瑟吹笙。

台　通"薹",莎草,又名蓑衣草,可制蓑衣。

南山有台,北山有莱。乐只君子,邦家之基。

| 莪 | 莪蒿，又名萝蒿，
多生于水边。花黄绿色。

菁菁者莪，在彼中沚。既见君子，我心则喜。

苕 | 植物名，
又叫凌霄或紫葳。

苕之华，芸其黄矣。心之忧矣，维其伤矣！

笋 | 竹笋。
可食用,春、冬两季之笋最为鲜美。

显父饯之,清酒百壶。其肴维何?炰鳖鲜鱼。其蔌维何?维笋及蒲。

桃 | 落叶小乔木,
　　花淡红、粉红或白色。

桃之夭夭,灼灼其华。之子于归,宜其室家。

甘棠　落叶灌木或小乔木。
　　　根、叶可入药，润肺止咳。果实酸甜。

蔽芾甘棠，勿翦勿败，召伯所憩。

| 梅 | 落叶小乔木。
果实可食。 |

摽有梅,其实七兮。求我庶士,迨其吉兮。

李 | 落叶小乔木。
　 | 果实可食。

丘中有李，彼留之子。彼留之子，贻我佩玖。

木瓜

落叶灌木或小乔木,花红色或白色。果实可入药。

投我以木瓜,报之以琼琚。匪报也,永以为好也。

椒 | 花椒,落叶灌木或小乔木。
果实繁多。以椒和泥涂墙壁称椒房。

椒聊之实,蕃衍盈升。彼其之子,硕大无朋。

狼貊猱魴鲤鳖龟螽斯

翚扈桑鸳兔麋鹿豾虎狐牛

雎鸠鹊雀燕流离乌凫鹭鹈鹤

动物篇

雎鸠 | 水鸟名。大小如鸥,深目,爪利,主要以鱼类为食。

关关雎鸠,在河之洲。窈窕淑女,君子好逑。

鹊 | 喜鹊。尾长。
民间将喜鹊视为吉祥的象征。

维鹊有巢,维鸠居之。之子于归,百两御之。

雀 | 麻雀,也称家雀。
翅膀短小,尾短。

谁谓雀无角,何以穿我屋?谁谓女无家,何以速我狱?

燕 | 候鸟，体型小，翅膀尖而长，尾巴分叉像剪刀。

燕燕于飞，差池其羽。之子于归，远送于野。

流离 | 猫头鹰。昼伏夜出，主要以鼠类为食。古人视猫头鹰为不祥之鸟。

琐兮尾兮，流离之子。叔兮伯兮，褎如充耳。

| 乌 | 乌鸦。体型较大，羽毛通体或大部分呈黑色。

莫赤匪狐，莫黑匪乌。惠而好我，携手同车。

凫 | 野鸭。候鸟，
　　常栖息于湖泊、江河等水域中。

子兴视夜，明星有烂。将翱将翔，弋凫与雁。

| 鹭 | 鹭鸶。栖息于平原、丘陵、湖泊、沼泽等地。主要以小鱼虾、昆虫为食。

坎其击鼓，宛丘之下。无冬无夏，值其鹭羽。

| 鵜 | 鹈鹕。水鸟名。栖息于湖泊、河流和沼泽等地。善游泳、捕鱼。

维鹈在梁，不濡其翼。彼其之子，不称其服。

鹤 有多个品种,图绘为丹顶鹤。
栖息于平原、沼泽等地。颈长,鸣声高亢宏亮。

鹤鸣于九皋,声闻于野。鱼潜在渊,或在于渚。

翟 | 锦鸡。
即羽毛呈彩色的野鸡。

如跂斯翼，如矢斯棘，如鸟斯革，如翚斯飞，君子攸跻。

桑扈 | 青雀。喜食谷物,草籽等。
生活于山林中,也是传统的笼养鸟种。

交交桑扈,有莺其羽。君子乐胥,受天之祜。

鸳鸯

鸳指雄鸟,鸯指雌鸟。栖息于河流、湖泊等地。成对出入,被视作爱情的象征。

鸳鸯在梁,戢其左翼。之子无良,二三其德。

兔 | 兔子。耳长，三瓣嘴，尾短。善奔跑跳跃。

有兔斯首，炮之燔之。君子有酒，酌言献之。

麋 | 獐子,鹿的一种。
行动灵敏,善跳跃,能游泳。

野有死麋,白茅包之。有女怀春,吉士诱之。

鹿 | 古籍中一般指梅花鹿。通常雄性头上有角。性温驯，见到食物会呼唤同伴。

呦呦鹿鸣，食野之蒿。我有嘉宾，德音孔昭。

豝 | 母猪。
图绘为野猪。

彼茁者葭，壹发五豝，于嗟乎驺虞！

虎 | 老虎。
性凶猛,善捕食野兽。

硕人俣俣,公庭万舞。有力如虎,执辔如组。

狐 | 狐狸。
身体纤瘦,毛长且厚。昼伏夜出。

有狐绥绥,在彼淇梁。心之忧矣,之子无裳。

牛 | 牛由野牛驯化而来。
头部长有一对角,力大善于负重。

鸡栖于埘,日之夕矣,羊牛下来。

狼 | 耳竖立，尾下垂，栖息于山林。
性凶残，多群居。

子之昌兮，遭我乎峱之阳兮。并驱从两狼兮，揖我谓我臧兮。

| 貉 | 外形似狐。穴居于河谷、田野等地,昼伏夜出。食鱼、鼠、蛙等。

一之日于貉,取彼狐狸,为公子裘。

猱 | 猿类，善攀缘。

毋教猱升木，如涂涂附。君子有徽猷，小人与属。

鲂 | 鳊鱼。旧说鲂鱼的尾巴会因劳累变红。

其钓维何？维鲂及鱮。维鲂及鱮，薄言观者。

鲤 | 背脊苍黑色，腹部黄白色，嘴边长有一对须。生活于淡水之中。

岂其食鱼，必河之鲤？岂其取妻，必宋之子？

鳖 | 甲鱼。躯体近似圆形,背部隆起。
肉鲜美,血和甲可入药。

饮御诸友,炰鳖脍鲤。侯谁在矣?张仲孝友。

龟 | 躯体长圆而扁,四肢、头、尾能缩入甲壳内。
肉可食,甲可入药。

维龟正之,武王成之。武王烝哉!

螽斯 | 一种类似蝗虫的昆虫,繁殖能力极强。

螽斯羽,诜诜兮。宜尔子孙,振振兮。

万物有灵且美

非卖品

ISBN 978-7-213-10037-6
定价：88.00元

THE
BOOK
OF
SONGS

诗经

小岩井
译注

浙江人民出版社

鹤鸣于九皋,声闻于野。
鱼潜在渊,或在于渚。

诗经

小岩井
译注

浙江人民出版社

图书在版编目（CIP）数据

诗经 / 小岩井译注. — 杭州：浙江人民出版社，2021.11（2022.2重印）
ISBN 978-7-213-10037-6

Ⅰ.①诗… Ⅱ.①小… Ⅲ.①古体诗—诗集—中国—春秋时代 Ⅳ.①I222.2

中国版本图书馆CIP数据核字（2021）第015612号

诗经
SHIJING

小岩井　译注

出版发行	浙江人民出版社（杭州市体育场路347号 邮编310006）
责任编辑	卓挺亚
责任校对	王欢燕
封面设计	SUA DESIGN
电脑制版	书情文化
印　　刷	嘉业印刷（天津）有限公司
开　　本	880毫米×1230毫米　1/32
印　　张	15.875
字　　数	412千字
插　　页	4
版　　次	2021年11月第1版
印　　次	2022年2月第2次印刷
书　　号	ISBN 978-7-213-10037-6
定　　价	88.00元

如发现印装质量问题，影响阅读，请与市场部联系调换。
质量投诉电话：010-82069336

目 录

风

周 南

关雎 05　葛覃 06　卷耳 08　樛木 10　螽斯 11　桃夭 12

兔罝 13　芣苢 14　汉广 15　汝坟 17　麟之趾 18

召 南

鹊巢 21　采蘩 22　草虫 23　采蘋 24　甘棠 25　行露 26

羔羊 27　殷其雷 28　摽有梅 29　小星 30　江有汜 31

野有死麇 32　何彼襛矣 33　驺虞 34

邶风

柏舟	绿衣	燕燕	日月	终风	击鼓	凯风
37	39	40	42	43	44	45

雄雉	匏有苦叶	谷风	式微	旄丘	简兮
46	47	48	50	51	52

泉水	北门	北风	静女	新台	二子乘舟
54	56	57	58	59	60

鄘风

柏舟	墙有茨	君子偕老	桑中	鹑之奔奔
63	64	65	67	68

定之方中	蝃蝀	相鼠	干旄	载驰
69	70	71	72	73

卫风

淇奥	考槃	硕人	氓	竹竿	芄兰
77	79	80	82	85	86

河广	伯兮	有狐	木瓜
87	88	89	90

王风

黍离 93　　君子于役 94　　君子阳阳 95　　扬之水 96　　中谷有蓷 97

兔爰 98　　葛藟 99　　采葛 100　　大车 101　　丘中有麻 102

郑风

缁衣 105　　将仲子 106　　叔于田 107　　大叔于田 108　　清人 110

羔裘 111　　遵大路 112　　女曰鸡鸣 113　　有女同车 114　　山有扶苏 115

萚兮 116　　狡童 117　　褰裳 118　　丰 119　　东门之墠 120　　风雨 121

子衿 122　　扬之水 123　　出其东门 124　　野有蔓草 125　　溱洧 126

齐风

鸡鸣 131　　还 132　　著 133　　东方之日 134　　东方未明 135　　南山 136

甫田　卢令　敝笱　载驱　猗嗟
138　139　140　141　142

魏风

葛屦　汾沮洳　园有桃　陟岵
145　146　147　148

十亩之间　伐檀　硕鼠
149　150　152

唐风

蟋蟀　山有枢　扬之水　椒聊　绸缪　杕杜
155　157　158　159　160　161

羔裘　鸨羽　无衣　有杕之杜　葛生　采苓
162　163　164　165　166　167

秦风

车邻　驷驖　小戎　蒹葭　终南　黄鸟
171　172　173　175　177　178

晨风　无衣　渭阳　权舆
180　181　182　183

陈风

宛丘　东门之枌　衡门　东门之池　东门之杨
187　　188　　　189　　190　　　191

墓门　防有鹊巢　月出　株林　泽陂
192　　193　　　194　　195　　196

桧风

羔裘　素冠　隰有苌楚　匪风
199　　200　　201　　　202

曹风

蜉蝣　候人　鸤鸠　下泉
205　　206　　207　　208

豳风

七月　鸱鸮　东山　破斧　伐柯　九罭　狼跋
211　　215　　217　　219　　220　　221　　222

小雅

雅

鹿鸣	四牡	皇皇者华	常棣	伐木
227	228	230	231	233

天保	采薇	出车	杕杜	鱼丽
235	237	239	241	243

南有嘉鱼	南山有台	蓼萧	湛露
244	245	247	249

彤弓	菁菁者莪	六月	采芑	车攻
250	251	252	254	256

吉日	鸿雁	庭燎	沔水	鹤鸣	祈父
258	260	261	262	263	264

白驹	黄鸟	我行其野	斯干	无羊
265	267	268	269	272

节南山	正月	十月之交	雨无正
274	277	281	284

小旻	小宛	小弁	巧言	何人斯
286	288	290	293	295

巷伯	谷风	蓼莪	大东	四月	北山
298	300	301	303	306	308

无将大车	小明	鼓钟	楚茨	信南山
310	311	313	315	318

223

甫田	大田	瞻彼洛矣	裳裳者华	桑扈
320	322	324	326	328

鸳鸯	頍弁	车舝	青蝇	宾之初筵	鱼藻
330	331	333	335	336	339

采菽	角弓	菀柳	都人士	采绿	黍苗
340	342	344	345	347	348

隰桑	白华	绵蛮	瓠叶	渐渐之石
349	350	352	353	354

苕之华	何草不黄
356	357

大雅

文王	大明	绵	棫朴	旱麓	思齐	皇矣
361	363	366	369	371	373	375

灵台	下武	文王有声	生民	行苇	既醉
379	381	383	385	388	390

凫鹥	假乐	公刘	泂酌	卷阿	民劳
392	394	396	399	400	403

板	荡	抑	桑柔	云汉	崧高	烝民
405	408	411	415	419	422	425

韩奕	江汉	常武	瞻卬	召旻
428	431	433	435	438

颂

周颂

清庙	维天之命	维清	烈文
445	446	447	448

天作	昊天有成命	我将	时迈	执竞
449	450	451	452	453

思文	臣工	噫嘻	振鹭	丰年	有瞽
454	455	456	457	458	459

潜	雍	载见	有客	武	闵予小子
460	461	462	463	464	465

访落	敬之	小毖	载芟	良耜
466	467	468	469	470

丝衣	酌	桓	赉	般
471	472	473	474	475

鲁颂

駉	有駜	泮水	閟宫
479	480	481	483

商颂

那	烈祖	玄鸟	长发	殷武
489	491	493	494	496

风

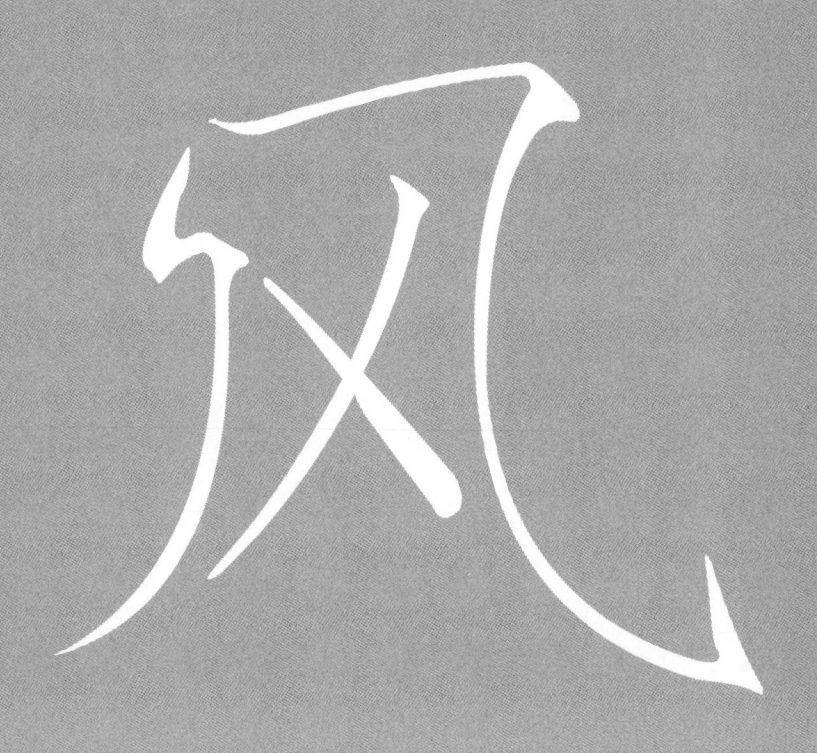

周南

关雎

关关①雎鸠②,在河之洲。窈窕③淑女,君子好逑。
参差荇菜,左右流之。窈窕淑女,寤寐④求之。
求之不得,寤寐思服。悠哉悠哉,辗转反侧。
参差荇菜,左右采之。窈窕淑女,琴瑟友之。
参差荇菜,左右芼⑤之。窈窕淑女,钟鼓乐之。

注释

① 关关:象声词,雌雄二鸟相互应和的叫声。
② 雎(jū)鸠(jiū):一种水鸟名。
③ 窈(yǎo)窕(tiǎo):美好的样子。
④ 寤(wù)寐(mèi):醒和睡。指日夜。寤,醒着。寐,入睡。
⑤ 芼(mào):择取,挑选。

译文

雎鸠鸣啭在河中的陆地,美好的女子呀,男子多么想追求她。
荇菜参差不齐左右摘取,美好的女子呀,无论醒着还是做梦都想得到她。
怎么追求也无法得到,日思夜想念念不忘。想念连绵不绝,我辗转反侧难以入眠。
荇菜参差不齐左右采摘,美好的女子呀,我弹琴鼓瑟想与她亲近。
荇菜参差不齐左右挑拣,美好的女子呀,我敲钟鸣鼓想取悦于她。

葛覃

葛①之覃②兮,施③于中谷,维叶萋萋。

黄鸟于飞,集于灌木,其鸣喈喈④。

葛之覃兮,施于中谷,维叶莫莫。

是刈是濩⑤,为绨⑥为绤⑦,服之无斁⑧。

言告师氏,言告言归。

薄污我私,薄浣⑨我衣。

害⑩浣害否,归宁父母。

注释

① 葛(gě):藤本植物,茎的纤维可织成葛布。
② 覃(tán):本指延长,这里指蔓藤。
③ 施(yì):蔓延。
④ 喈(jiē)喈:鸟鸣声。
⑤ 濩(huò):煮。
⑥ 绨(chī):细的葛纤维织的布。
⑦ 绤(xì):粗的葛纤维织的布。
⑧ 无斁(yì):不厌倦。
⑨ 浣(huàn):浣洗。
⑩ 害(hé):同"何"。

译文

葛藤长又长,遍布山谷中,枝繁叶茂葱葱茏茏。黄鸟来回飞,聚在灌木丛,鸣叫声声喜气洋洋。

葛藤长又长,遍布山谷中,枝繁叶茂郁郁苍苍。用刀割下再水煮,织成细布或粗布,穿在身上多舒服。

告知管事的保姆,一心想要回娘家。赶紧洗净我的内衣,赶紧洗净我的外衣。不管衣服洗不洗,早日回家看父母。

卷耳

采采①卷耳,不盈顷筐②。嗟我怀人,寘③彼周行。

陟彼崔嵬④,我马虺隤⑤。我姑酌彼金罍⑥,维以不永怀。

陟彼高冈,我马玄黄⑦。我姑酌彼兕觥⑧,维以不永伤。

陟彼砠⑨矣,我马瘏⑩矣。我仆痡⑪矣,云何吁矣。

注释
① 采采:采了又采。
② 顷筐:形如簸箕的浅筐,易满。
③ 寘(zhì):同"置",放置。
④ 崔嵬(wéi):山高不平。
⑤ 虺(huī)隤(tuí):疲极而病。
⑥ 金罍(léi):青铜做的罍。罍,盛酒和水的容器。
⑦ 玄黄:马因病而毛色焦枯。眼花亦谓之玄黄。
⑧ 兕(sì)觥(gōng):犀牛角制的酒杯,也有说是青铜做的牛形酒器。
⑨ 砠(jū):有土的石山,或谓山中险阻之地。
⑩ 瘏(tú):因劳致病,马疲病不能前行。
⑪ 痡(pū):因劳致病,人过劳不能走路。

译文

采卷耳呀采卷耳,采来采去未满筐。一直想念那个他,干脆把筐丢路旁。

上高山呀上高山,跑得马儿腿发软。让我暂且倒酒喝,暂时不去想念他。

登上高高的山冈,我的马儿眼昏花。让我大杯来喝酒,暂时忘却愁与忧。

爬山之路多艰难,马儿累倒在一旁。仆人劳累难继续,无奈忧愁聚心上。

樛木

南有樛①木,葛藟②累③之。乐只君子,福履绥④之。

南有樛木,葛藟荒之。乐只君子,福履将⑤之。

南有樛木,葛藟萦⑥之。乐只君子,福履成⑦之。

注释

① 樛(jiū):树枝向下弯曲的树。
② 葛藟(lěi):亦单名藟,多年生蔓生植物,花紫红色,茎可做绳,纤维可织葛布。
③ 累:攀缘,缠绕。
④ 绥(suí):安。
⑤ 将:扶持,扶助。
⑥ 萦(yíng):回旋缠绕。
⑦ 成:成就。

译文

南方有樛木,葛藟缠绕在树上。欢欣快乐的君子,幸福安康没烦恼。

南方有樛木,葛藟覆盖在树身。欢欣快乐的君子,幸福安康人人帮。

南方有樛木,葛藟回旋来盘绕。欢欣快乐的君子,幸福安康有成就。

螽斯

螽①斯羽,诜诜②兮。宜尔子孙,振振③兮。

螽斯羽,薨薨④兮。宜尔子孙,绳绳⑤兮。

螽斯羽,揖揖⑥兮。宜尔子孙,蛰蛰⑦兮。

注释
① 螽(zhōng)斯:一种类似蝗虫的昆虫,繁殖能力极强。
② 诜(shēn)诜:同"莘莘",众多貌。
③ 振(zhēn)振:茂盛的样子。
④ 薨(hōng)薨:很多虫飞的声音。或形容螽斯的齐鸣。
⑤ 绳(mǐn)绳:延绵不绝的样子。
⑥ 揖(jī)揖:会聚的样子。揖为"集"之假借。
⑦ 蛰(zhí)蛰:多,聚集。

译文
螽斯张开了翅膀,呼啦啦展开一片,你的子孙真是多,家族兴旺又发达。

螽斯张开了翅膀,发出轰轰的巨响,你的子孙真是多,一代一代地繁衍。

螽斯张开了翅膀,聚在一起真热闹,你的子孙真是多,济济一堂好欢畅。

桃夭

桃之夭夭①,灼灼②其华。之子于归,宜其室家。

桃之夭夭,有蕡③其实。之子于归,宜其家室。

桃之夭夭,其叶蓁蓁④。之子于归,宜其家人。

注释
① 夭夭:茂盛的样子。
② 灼灼:花朵颜色鲜艳的样子。
③ 蕡(fén):草木结实、多而肥嫩的样子。
④ 蓁(zhēn)蓁:茂盛的样子。

译文
桃树繁茂有生气,花朵鲜艳惹人爱。姑娘出嫁到夫家,家庭和睦人欢喜。
桃树繁茂有生气,果实繁多又肥嫩。姑娘出嫁到夫家,家庭美满后嗣旺。
桃树繁茂有生气,叶子茂盛又繁密。姑娘出嫁到夫家,家人和谐多幸福。

兔罝

肃肃①兔罝②,椓③之丁丁。赳赳武夫,公侯干城。
肃肃兔罝,施于中逵④。赳赳武夫,公侯好仇⑤。
肃肃兔罝,施于中林。赳赳武夫,公侯腹心。

注释

① 肃肃(suō):密密麻麻。
② 罝(jū):捕兽的网。
③ 椓(zhuó):击打。
④ 逵(kuí):九达之道曰"逵"。中逵,即四通八达的路口。
⑤ 仇:同"逑",配偶,这里指帮手。

译文

捕兔的网密密麻麻,叮叮当当敲木桩固定。雄赳赳气昂昂的武士,是公侯们的坚强护盾。
捕兔的网密密麻麻,放在四通八达路中央。雄赳赳气昂昂的武士,是公侯们的得力帮手。
捕兔的网密密麻麻,放在郊外的野树林中。雄赳赳气昂昂的武士,是公侯们的心腹手下。

芣苢

采采①芣苢②,薄言③采之。

采采芣苢,薄言有之。

采采芣苢,薄言掇④之。

采采芣苢,薄言捋⑤之。

采采芣苢,薄言袺⑥之。

采采芣苢,薄言襭⑦之。

注释
① 采采:采了又采。
② 芣(fú)苢(yǐ):植物名,即车前子。
③ 薄言:语气助词。一说急迫之意。
④ 掇(duō):拾取。
⑤ 捋(luō):顺着茎滑动成把地采取。
⑥ 袺(jié):一只手提着衣襟兜着。
⑦ 襭(xié):把衣襟扎在衣带上,再把东西往衣里面塞。

译文
车前子采啊采,说干就干马上采。
车前子采啊采,看到就要采下来。
车前子采啊采,立刻把它捡起来。
车前子采啊采,一把全都捋下来。
车前子采啊采,快用衣襟兜起来。
车前子采啊采,兜在腰间带回家。

汉广

南有乔木,不可休思①。汉有游女②,不可求思。

汉之广矣,不可泳思。江之永矣,不可方思。

翘翘③错薪,言刈④其楚。之子⑤于归⑥,言秣⑦其马。

汉之广矣,不可泳思。江之永矣,不可方思。

翘翘错薪,言刈其蒌⑧。之子于归,言秣其驹⑨。

汉之广矣,不可泳思。江之永矣,不可方思。

注释

① 休思:休息。因乔木高而无荫,不能休息。思,语助词。
② 游女:游玩的女子,或谓汉水之神。
③ 翘(qiáo)翘:本指鸟尾上的长羽,比喻杂草丛生;或指高出的样子。
④ 刈(yì):割。
⑤ 之子:那个女子。
⑥ 归:出嫁。
⑦ 秣(mò):喂马。
⑧ 蒌(lóu):蒌蒿,也叫白蒿。
⑨ 驹(jū):小马。

译文 南方有树高又高,无法乘凉与休憩;汉水有女在游玩,路远无法表思念。

汉江之水宽又阔,无法游泳渡过河;长江之水长又长,无法坐船到对岸。

柴薪错落杂又乱,割下荆条放一旁;姑娘即将要嫁我,喂饱我家的马匹。

汉江之水宽又阔,无法游泳渡过河;长江之水长又长,无法坐船到对岸。

柴薪错落杂又乱,割下蒌蒿放一旁;姑娘即将要嫁我,喂饱我家的小马。

汉江之水宽又阔,无法游泳渡过河;长江之水长又长,无法坐船到对岸。

汝坟

遵彼汝坟①，伐其条枚②。未见君子，惄③如调饥。
遵彼汝坟，伐其条肄④。既见君子，不我遐⑤弃。
鲂⑥鱼赪⑦尾，王室如燬。虽则如燬⑧，父母孔迩。

注释

① 坟（fén）：大堤。
② 条枚：山楸树的枝干。
③ 惄（nì）：饥饿，一说忧愁。
④ 肄（yì）：树被砍之后，新长出的小枝。
⑤ 遐（xiá）：远。
⑥ 鲂（fáng）鱼：鳊鱼。旧说鲂鱼的尾巴不红，但会因劳累变红。
⑦ 赪（chēng）：红色。
⑧ 燬（huǐ）：烈火。形容王政暴虐。

译文

沿着汝水的堤岸走，砍下沿岸的树枝干。未曾见到郎君面，忧如晨起腹中饥。
沿着汝水的堤岸走，砍下沿岸的新枝丫。终于见到我郎君，幸好没将我抛弃。
鲂鱼尾巴红红的，官家虐政像火烧。即便虐政像火烧，依然要孝敬父母。

麟之趾

麟①之趾，振振公子②，于嗟③麟兮！
麟之定，振振公姓④，于嗟麟兮！
麟之角，振振公族⑤，于嗟麟兮！

注释
① 麟：麒麟。麇身、牛尾、马蹄，一角。它有蹄不踏，有额不抵，有角不触，是古代传说中的神兽，祥瑞的征兆。
② 公子：公侯的后代。
③ 于（xū）嗟：叹词，于通"吁"。
④ 公姓：公侯的孙子。
⑤ 公族：公侯同祖的族人。

译文
麒麟有脚不踏人，仁厚的公侯之子，叹哉个个都像好麒麟！
麒麟有额不撞人，仁厚的公侯之孙，叹哉个个都像好麒麟！
麒麟有角不伤人，仁厚的公侯同族子孙，叹哉个个都像好麒麟！

召南

鹊巢

维鹊有巢,维鸠居之。之子于归,百两御①之。
维鹊有巢,维鸠方之。之子于归,百两将②之。
维鹊有巢,维鸠盈之。之子于归,百两成③之。

注释
① 御(yà):同"迓",迎接。
② 将(jiāng):送。或为护卫。
③ 成:礼成完婚。

译文
喜鹊筑好巢,鸠鸟搬来住。女子将出嫁,百辆车迎接她。
喜鹊筑好巢,鸠鸟占了窝。女子将出嫁,百辆车护卫她。
喜鹊筑好巢,鸠鸟住满它。女子将出嫁,百辆车成全她。

采蘩

于以采蘩①？于沼于沚。于以用之？公侯之事。
于以采蘩？于涧之中。于以用之？公侯之宫②。
被③之僮僮④，夙夜在公。被之祁祁⑤，薄言还归。

注释

① 蘩（fán）：白蒿。采蘩一说为了祭祀，一说为了养蚕。
② 宫：大房子。
③ 被（bì）：同"髲"，首饰，类似一种假发。
④ 僮僮：头发高耸的样子。
⑤ 祁（qí）祁：众多的样子。

译文

在哪里采白蒿？在沼泽和水塘呀。采来做什么用呀？王公诸侯来祭祀。
在哪里采白蒿？在山谷的溪涧呀。采来做什么用呀？王公诸侯敬庙堂。
女子头发光洁高耸，夙夜不眠为公家。女子发髻像云霞，匆匆忙忙把家还。

草虫

喓喓①草虫，趯趯②阜螽③。未见君子，忧心忡忡。
亦既见止，亦既觏④止，我心则降。
陟⑤彼南山，言采其蕨。未见君子，忧心惙惙⑥。
亦既见止，亦既觏止，我心则说。
陟彼南山，言采其薇。未见君子，我心伤悲。
亦既见止，亦既觏止，我心则夷。

注释
① 喓（yāo）喓：虫鸣声。
② 趯（tì）趯：昆虫跳跃状。
③ 阜（fù）螽（zhōng）：蚱蜢。
④ 觏（gòu）：通"媾"，男女欢爱，交合意。
⑤ 陟（zhì）：爬山。
⑥ 惙（chuò）惙：忧愁的样子。

译文
蝈蝈窸窸窣窣，蚱蜢蹦蹦跳跳。见不到我的心上人，我心忧愁又焦躁。若能见到心上人，若能亲亲密密，心中忧愁皆散去。
登上南山坡，一路采蕨菜。见不到我的心上人，忧愁侵扰我心头。
若能见到心上人，若能亲亲密密，心中欢喜无烦忧。
登上南山坡，一路采薇菜。见不到我的心上人，心中只剩伤与悲。
若能见到心上人，若能亲亲密密，我心立马就欢喜。

采蘋

于以采蘋①？南涧之滨。于以采藻？于彼行潦②。
于以盛之？维筐及筥③。于以湘之？维锜④及釜。
于以奠之？宗室牖⑤下。谁其尸⑥之？有齐季女。

注释
① 蘋（pín）：一种多年生水草，又称四叶菜、田字草。
② 行潦（lǎo）：流水的沟边。
③ 筥（jǔ）：圆形的筐。方称筐，圆称筥。
④ 锜（qí）：三足锅。三足锅称锜，无足锅称釜。
⑤ 牖（yǒu）：窗户。
⑥ 尸：主持祭祀。

译文
在哪里采蘋草呀？南山涧水滨。在哪里采水藻呀？在那流水的沟边。
用什么来装呀？方筐或圆筥。用什么来烹煮呀？三足锜和无足釜。
放置在哪里呀？宗庙窗户下。谁来做主祭祀呀？温良恭谨的少女。

甘棠

蔽芾①甘棠②,勿翦③勿伐,召伯④所茇⑤。

蔽芾甘棠,勿翦勿败,召伯所憩。

蔽芾甘棠,勿翦勿拜⑥,召伯所说⑦。

注释

① 蔽(bì)芾(fèi):茂盛貌。
② 甘棠:杜梨。
③ 翦(jiǎn):同"剪"。
④ 召(shào)伯:即召公奭(shì),与周武王、周公旦同辈。
⑤ 茇(bá):本意为草舍,此处作动词用,居住。
⑥ 拜:拔。
⑦ 说:通"税",停留、住宿。

译文

遮天蔽日甘棠树,莫要修剪莫砍伐,召伯曾在此居住。
遮天蔽日甘棠树,莫要修剪莫毁坏,召伯曾在此休憩。
遮天蔽日甘棠树,莫要修剪莫拔除,召伯曾在此歇息。

行露

厌浥①行露，岂不夙夜？谓行多露。

谁谓雀无角②，何以穿我屋？谁谓女③无家，何以速我狱？虽速我狱，室家不足！

谁谓鼠无牙，何以穿我墉④？谁谓女无家，何以速我讼？虽速我讼，亦不女从！

注释
① 厌浥（yì）：潮湿。
② 角：鸟喙。
③ 女：多作汝，你。
④ 墉（yōng）：墙。

译文
露水潮湿行人路，我岂不想早赶路？奈何露水阻行路。
谁说麻雀没有嘴，为何啄穿我的屋？谁说你没有成家，为何让我坐牢狱？即便让我坐牢狱，我也不会嫁给你！
谁说老鼠没有牙，为何啃穿我的墙？谁说你没有成家，为何让我吃官司？即便让我吃官司，我也不会从了你！

羔羊

羔羊之皮,素丝五紽①。退食②自公,委蛇③委蛇。

羔羊之革④,素丝五緎⑤。委蛇委蛇,自公退食。

羔羊之缝⑥,素丝五总⑦。委蛇委蛇,退食自公。

注释

① 五紽:指缝制细密。五,通"午",交错的意思;紽(tuó),丝结、丝纽,《毛诗传》释为数(cù),即细密。
② 食(sì):公家供卿大夫之常膳。
③ 委(wēi)蛇(yí):音义并同"逶迤",悠闲自得的样子。
④ 革:裘里。
⑤ 緎(yù):缝。
⑥ 缝:皮裘;一说缝合之处。
⑦ 总:纽结。一说《毛诗传》释为"数",与紽同。

译文

羔羊皮裘真精巧,白丝合缝手艺高。公家聚餐结束后,悠悠然然真自在。

羔羊皮袄真精巧,白丝合缝技术好。悠悠然然真自在,公家吃完心情好。

羔羊皮袍真精巧,白丝合缝做工妙。悠悠然然真自在,公家饭后返回家。

殷其雷

殷①其雷,在南山之阳②。何斯违斯,莫敢或遑?振振君子③,归哉归哉!

殷其雷,在南山之侧。何斯违斯,莫敢遑息?振振君子,归哉归哉!

殷其雷,在南山之下。何斯违斯,莫或遑处?振振君子,归哉归哉!

注释
① 殷:雷声。
② 阳:山南为阳。
③ 君子:此处指丈夫。

译文
隐隐听到有雷声,在那南山的南面。何苦此时离开家,不敢有一刻悠闲?自强不息的男子汉呀,回来吧,回来吧!
隐隐听到有雷声,在那南山的侧面。何苦此时离开家,不敢有一刻停歇?自强不息的男子汉呀,回来吧,回来吧!
隐隐听到有雷声,在那南山的下面。何苦此时离开家,不敢有一刻暂停?自强不息的男子汉呀,回来吧,回来吧!

摽有梅

摽^①有梅,其实七兮。求我庶士,迨其吉兮。
摽有梅,其实三兮。求我庶士,迨^②其今兮。
摽有梅,顷筐塈^③之。求我庶士,迨其谓之。

注释
① 摽(biào):坠落。
② 迨(dài):趁着。
③ 塈(jì):取。一说给,读 qì。

译文
梅子落地时,树上余七分。追求我的人,切莫过吉时。
梅子落地时,树上余三分。追求我的人,莫错过如今。
梅子落地时,拿筐前去取。追求我的人,及时多说话。

小星

嘒①彼小星，三五在东。

肃肃宵征②，夙夜在公。寔③命不同！

嘒彼小星，维参④与昴⑤。

肃肃宵征，抱衾⑥与裯⑦。寔命不犹！

注释
① 嘒（huì）：微光闪烁。
② 宵征：夜行。
③ 寔（shí）：同"实"，是，这。
④ 参（shēn）：星名，二十八宿之一。
⑤ 昴（mǎo）：星名，二十八宿之一，即柳星。
⑥ 衾（qīn）：被子。
⑦ 裯（chóu）：床帐。

译文
一闪一闪小星星，三五成群在东边。夜晚走路急匆匆，白天黑夜为公家。说到底是命不同！

一闪一闪小星星，是那参宿和昴宿。夜晚走路急匆匆，抱着被子和床帐。说到底是命不好！

江有汜

江有汜①,之子归,不我以。不我以,其后也悔!
江有渚②,之子归,不我与。不我与,其后也处!
江有沱③,之子归,不我过。不我过,其啸也歌!

注释 | ① 汜(sì):支流从干流分支出来,又汇入干流的河水叫"汜"。
② 渚(zhǔ):水中小洲。
③ 沱(tuó):长江的支流名。

译文 | 长江之水会倒流,丈夫带着新欢进了门,从此与我没关系。从此与我没关系,之后迟早会后悔!
长江之水有沙洲,丈夫带着新欢进了门,从此不与我交往。从此不与我交往,之后迟早会忧愁!
长江之水有支流,丈夫带着新欢进了门,从此不再来我这儿。从此不再来我这儿,之后长啸当作歌!

野有死麇

野有死麇[①]，白茅包之。有女怀春，吉士诱之。
林有朴樕[②]，野有死鹿。白茅纯束，有女如玉。
舒而脱脱[③]兮！无感[④]我帨[⑤]兮！无使尨[⑥]也吠！

注释
① 麇（jūn）：獐子，鹿的一种。
② 朴樕（sù）：小树，灌木。
③ 脱（tuì）脱：动作优雅、舒缓。
④ 感（hàn）：通假字，通"撼"，动摇。
⑤ 帨（shuì）：佩巾，围腰，围裙。
⑥ 尨（máng）：毛很多的狗。

译文
野外猎获一香獐，覆盖白茅包裹之。懵懂少女怀了春，有位男子来诱惑。
树林之中有杂木，郊野之外有死鹿。用白茅将猎物捆一团，送给颜如玉的少女。
不要急，温柔点！不要碰我的围腰！不要让你的狗乱叫！

何彼襛矣

何彼襛①矣？唐棣②之华。曷③不肃雍？王姬之车。

何彼襛矣？华如桃李。平王之孙，齐侯之子。

其钓维何？维丝伊缗④。齐侯之子，平王之孙。

注释
① 襛（nóng）：花木繁盛貌。
② 唐棣（dì）：树木名，似白杨，又作棠棣、常棣。
③ 曷（hé）：通"何"。
④ 缗（mín）：合股丝绳，喻男女合婚。

译文
何物如此之繁美？如同棠棣花般美丽。为何喧闹不堪欠庄重？原是王女之婚车。

何物如此之繁美？如同桃李之灿烂。她乃平王的孙女，她乃齐侯的女儿。

钓鱼需要用什么？合股丝绳做钓线。她乃齐侯的女儿，她乃平王的孙女。

驺虞

彼茁者葭①，壹发五豝②，于嗟乎驺虞③！
彼茁④者蓬⑤，壹发五豵⑥，于嗟乎驺虞！

注释
① 葭（jiā）：芦苇。
② 豝（bā）：母猪。
③ 驺（zōu）虞：猎人，或古代管理鸟兽的官。
④ 茁（zhuó）：植物才生长出来时健壮的样子。
⑤ 蓬（péng）：草名，即蓬草，又称蓬蒿。
⑥ 豵（zōng）：小野猪。

译文
郁郁葱葱芦苇丛，一箭射出五野猪。赞叹猎人好身手！
密密麻麻蒿草丛，一箭射出五小猪。赞叹猎人好身手！

邶风

柏舟

泛彼柏舟，亦泛其流。耿耿不寐，如有隐忧。

微我无酒，以敖以游。

我心匪鉴，不可以茹①。亦有兄弟，不可以据。

薄言往愬②，逢彼之怒。

我心匪石，不可转也。我心匪席，不可卷也。

威仪棣棣③，不可选也。

忧心悄悄，愠④于群小。觏⑤闵⑥既多，受侮不少。

静言思之，寤辟⑦有摽⑧。

日居月诸，胡迭而微？心之忧矣，如匪浣⑨衣。

静言思之，不能奋飞。

注释

① 茹（rú）：容纳。
② 愬（sù）：同"诉"，告诉。
③ 棣棣：雍容优雅的样子。
④ 愠（yùn）：恼怒，怨恨。
⑤ 觏（gòu）：同"遘"，遭逢。
⑥ 闵：中伤。
⑦ 辟（bì）：通"擗"，捶胸。

⑧ 摽（biào）：捶胸的样子。
⑨ 浣（huàn）：洗涤。

译文 柏木小船悠悠荡荡，随着水流缓缓漂浮。心烦意乱难以入睡，忧愁缠绕心中烦躁。并非没有酒可消愁，四处遨游来散心。

我心不是一面镜，无法照出美与丑。我也有兄与弟，可却无法去依靠。我向他们诉说愁肠，他们却对我发怒。

我心不是小卵石，无法滚来又滚去。我心不是软草席，无法随意来翻卷。仪表端庄有威严，无法容忍受委屈。

忧心忡忡好不安，小人怨恨将我怪。遭受中伤已很多，蒙受欺辱也不少。安静下来细细想，醒来捶胸有所悟。

白天太阳夜里月，昼夜交替光却微？忧心忡忡难解脱，如同没洗脏衣裳。安静下来细细想，无法奋力去飞翔。

绿衣

绿兮衣兮,绿衣黄里。心之忧矣,曷维其已!

绿兮衣兮,绿衣黄裳。心之忧矣,曷维其亡①!

绿兮丝兮,女所治②兮。我思古人,俾③无訧④兮!

絺兮绤兮,凄其以风。我思古人⑤,实获我心!

注释

① 亡:用作"忘",忘记。
② 治:整理纺织。
③ 俾(bǐ):使。
④ 訧(yóu):古同"尤",过失,罪过。
⑤ 古人:故人,这里指去世的妻子。

译文

绿衣裳呀绿衣裳,绿色面子黄里子。心中忧愁何其多,到底何时能停止!

绿衣裳呀绿衣裳,绿色上衣黄色裙。心中忧愁何其多,到底何时才能忘!

绿丝绸呀绿丝绸,是你亲手织的呀。思念故去的妻子,使我不再犯过错!

细葛布呀粗葛布,穿上感到凄风凉。思念故去的妻子,她实在让我难忘怀!

燕燕

燕燕①于飞，差池其羽②。

之子于归，远送于野。瞻望弗及，泣涕如雨。

燕燕于飞，颉③之颃④之。

之子于归，远于将之。瞻望弗及，伫立以泣。

燕燕于飞，下上其音。

之子于归，远送于南⑤。瞻望弗及，实劳我心。

仲氏⑥任只，其心塞⑦渊。

终温且惠，淑慎其身。先君之思，以勖⑧寡人。

注释

① 燕燕：一双燕子。
② 差（cī）池（chí）其羽：差池，义同"参差"，差池其羽，形容燕子张舒其尾翼。
③ 颉（xié）：向上飞。
④ 颃（háng）：向下飞。
⑤ 南：郊外。
⑥ 仲氏：老二，二妹。
⑦ 塞（sè）：诚实。
⑧ 勖（xù）：勉励。

译文

燕子燕子天上飞,翅膀张舒羽参差。姑娘即将要出嫁,一路远送到郊野。直到望不到身影,涕泪交加如雨下。

燕子燕子天上飞,时而上升时而降。姑娘即将要出嫁,一路相随至远方。直到望不到身影,久久伫立泪落下。

燕子燕子天上飞,叫声忽高又忽低。姑娘即将要出嫁,一路远送到南郊。直到望不到身影,我心酸苦又悲伤。

二妹心意最真诚,禀性纯良思虑远。终日温良且贤惠,文静谨慎身端庄。常常缅怀先父恩,此话鼓励了寡人。

日月

日居月诸，照临下土。

乃如之人兮，逝不古处。胡能有定？宁不我顾。

日居月诸，下土是冒。

乃如之人兮，逝不相好。胡能有定？宁不我报。

日居月诸，出自东方。

乃如之人兮，德音无良。胡能有定？俾也可忘。

日居月诸，东方自出。

父兮母兮，畜①我不卒。胡能有定？报我不述②。

注释

① 畜：同"慉"，喜爱。
② 述：说。

译文

日月高悬于天际，光芒照耀着大地。却有这样的人哪，不再待我如从前。为何会变成这样？竟然不顾我心情。

日月高悬于天际，光辉普照着大地。却有这样的人哪，不再爱我如从前。为何会变成这样？竟然完全不理我。

日月高悬于天际，升起之处在东方。却有这样的人哪，对我言行皆无良。为何会变成这样？让我全都相遗忘。

日月高悬于天际，东方乃是升起处。父亲哪母亲哪，喜爱不能善始善终。为何会变成这样？我也不想多言说。

终风

终风且暴,顾我则笑。谑浪笑敖,中心是悼①。
终风且霾,惠然肯来。莫往莫来,悠悠我思。
终风且曀,不日有曀②。寤言不寐,愿言则嚏。
曀曀其阴,虺虺③其雷。寤言不寐,愿言则怀。

注释
① 悼:悲伤。
② 曀(yì):阴云密布又有风。
③ 虺(huǐ)虺:形容雷声。

译文
狂风暴雨不停歇,回头看我展笑颜。戏谑浪荡调侃我,心中感到甚哀愁。
狂风雾霾不停歇,他却欣然愿往来。若是不来找寻我,心中怅惘甚思念。
狂风天色昏又暗,没有太阳阴沉沉。似醒非醒难入睡,一心愿他打喷嚏。
昏天暗地阴沉沉,只闻雷声轰隆隆。似醒非醒难入睡,满腔思念对谁说。

击鼓

击鼓其镗,踊跃用兵。土国城漕,我独南行。
从孙子仲①,平陈与宋。不我以归,忧心有忡。
爰②居爰处?爰丧其马?于以求之?于林之下。
死生契阔③,与子成说。执子之手,与子偕老。
于嗟阔兮,不我活兮。于嗟洵④兮,不我信兮。

注释
① 孙子仲:公孙文仲,卫国将领。
② 爰(yuán):本发声词,犹言"于是"。
③ 契阔:聚散。契,合;阔,离。
④ 洵:久远。

译文
镗镗击鼓声震耳,挥舞刀枪勤练兵。筑城建墙修城池,而我独自向南行。

追随大将孙子仲,调停交好陈与宋。无法让我回家乡,使我忧心又害怕。

不知当下人在哪儿?不知马匹丢何方?我该到哪儿去寻找?原来在那山林下。

无论生死不分离,我曾如此答应你。想要牵着你的手,和你一起到白头。

可叹离得太遥远,从此不能再相见。可叹离别太长久,无法信守那誓言。

凯风

凯风①自南,吹彼棘心。棘心夭夭②,母氏劬劳③。
凯风自南,吹彼棘薪。母氏圣善,我无令人。
爰④有寒泉?在浚⑤之下。有子七人,母氏劳苦。
睍睆⑥黄鸟,载好其音。有子七人,莫慰母心。

注释

① 凯风:南风,夏天的风。这里比喻母爱。
② 夭夭:树木嫩壮貌。
③ 劬(qú)劳:操劳。劬,辛苦。
④ 爰(yuán):何处。
⑤ 浚(xùn):卫国地名。
⑥ 睍(xiàn)睆(huǎn):犹"间关",鸟儿婉转的鸣叫声。

译文

夏天的风来自南方,吹在酸枣幼芽上。幼芽肥嫩且茁壮,母亲养育多辛劳。
夏天的风来自南方,吹那成材的枣树。母亲贤德又善良,可惜我未能成材。
哪里有冰凉的泉水?就在那浚邑之下。母亲养育七子女,多么疲惫与辛苦。
黄雀在清脆地鸣叫,多么美妙的声音。母亲养育七子女,无法安慰母亲心。

雄雉

雄雉①于飞，泄泄②其羽。我之怀矣，自诒伊阻。

雄雉于飞，下上其音。展矣君子，实劳我心。

瞻彼日月，悠悠我思。道之云远，曷云能来？

百尔君子，不知德行。不忮③不求，何用不臧④？

注释
① 雉（zhì）：野鸡。
② 泄（yì）泄：缓缓飞翔的样子。
③ 忮（zhì）：忌恨。
④ 不臧（zāng）：不善，不好。

译文
雄性野鸡飞起来，缓缓张开了羽毛。我的心中多思念，自怨自艾心堵塞。

雄性野鸡飞起来，叫声时高时又低。君子一路向远方，着实折磨我的心。

看那日月光万丈，悠悠思念长又长。道阻且长在远方，何时回到我身旁？

诸多君子都一样，不知夫君好德行。不贪名来不图利，为何令他遭祸殃？

匏有苦叶

匏①有苦叶,济有深涉。深则厉,浅则揭②。

有瀰③济盈④,有鷕⑤雉鸣。济盈不濡轨,雉鸣求其牡。

雝雝⑥鸣雁,旭日始旦。士如归妻,迨冰未泮⑦。

招招舟子,人涉卬否。人涉卬否,卬⑧须我友。

注释

① 匏（páo）：葫芦之类。
② 揭（qì）：提起下衣。
③ 瀰（mí）：大水茫茫。
④ 盈：满。
⑤ 鷕（yǎo）：雌山鸡叫声。
⑥ 雝（yōng）雝：大雁和鸣声。
⑦ 泮（pàn）：融解。
⑧ 卬（áng）：代词，表示"我"。

译文

葫芦有枯叶，济水有深渡。水深连衣过，水浅提衣过。
济水弥漫水涨潮，岸边野鸡叫。水流盈溢却不会打湿车轴，野鸡鸣叫是为了求偶。
大雁飞过声雝雝，旭日初升天方亮。男子想要娶妻子，要趁河冰未融化。
招手示意那船夫，别人渡河我等着。别人渡河我等着，一心只等心上人。

谷风

习习谷风,以阴以雨。黾勉①同心,不宜有怒。采葑②采菲,无以下体?德音莫违,"及尔同死"。

行道迟迟,中心有违。不远伊迩,薄送我畿③。谁谓荼④苦,其甘如荠。宴尔新昏⑤,如兄如弟。

泾以渭浊,湜湜⑥其沚⑦。宴尔新昏,不我屑以。毋逝我梁,毋发我笱⑧。我躬不阅,遑恤我后。

就其深矣,方之舟之。就其浅矣,泳之游之。何有何亡⑨,黾勉求之。凡民有丧,匍匐救之。

不我能慉⑩,反以我为仇。既阻我德,贾用不售。昔育恐育鞫⑪,及尔颠覆。既生既育,比予于毒。

我有旨蓄,亦以御冬。宴尔新昏,以我御穷。有洸有溃⑫,既诒⑬我肄⑭。不念昔者,伊余来塈⑮。

注释

① 黾(mǐn)勉:勤勉,努力。
② 葑(fēng):蔓菁。
③ 畿(jī):门槛。
④ 荼(tú):苦菜。
⑤ 昏:同"婚"。
⑥ 湜(shí)湜:水清见底。

⑦ 沚（zhǐ）：水中小洲。
⑧ 笱（gǒu）：捕鱼的竹篓。
⑨ 亡（wú）：同"无"。
⑩ 慉（xù）：好，爱惜。
⑪ 鞠（jū）：穷。
⑫ 有洸（guāng）有溃（kuì）：即"洸洸溃溃"，水流湍急的样子，此处借喻人动怒。
⑬ 诒（yí）：遗，留给。
⑭ 肄（yì）：劳苦的工作。
⑮ 塈（jì）：爱。

译文｜山谷的风连绵不绝，阴雨天气接连不断。夫妻同心勤勉努力，不该生气与动怒。采摘蔓菁和萝卜，难道要叶不要根？曾经情话莫要忘：发誓死也在一起。
走在路上慢悠悠，心里忧愁难踱步。无法远送只近送，你却只送到门口。谁说苦菜味道苦，我尝起来如甜荠。你俩新婚多欢喜，宛如一对亲兄妹。
泾水因渭水浑浊，泾水静止清见底。你俩新婚多欢喜，完全无视我悲戚。不要放开我的鱼梁，不要打开我鱼篓。反正看我不顺眼，日后莫要来招惹！
若要渡过深河水，就要乘坐筏与船。若要渡过浅河水，直接游泳到对岸。物资缺这或缺那，亲自用心来操办。只要邻居有危难，我都尽力去帮忙。
你却不来疼爱我，反而把我当仇家。一片好意你辜负，如同好货无人买。以前生活穷困潦倒，与你一起艰苦多日。等到为你生儿育女，你却把我视作毒物。
我有储藏的腌干蔬菜，准备过冬时候食用。你俩新婚多欢喜，拿我存货抵御穷困。对我粗暴容易动怒，苦活累活全都给我。丝毫不顾往昔情分，一心只想把我驱赶。

式微

式^①微^②,式微,胡不归?微君之故,胡为乎中露!
式微,式微,胡不归?微君之躬,胡为乎泥中!

注释
① 式:语助词。
② 微:(日光)衰微,黄昏,或曰天黑。

译文
天昏昏,天昏昏,为何不归家?若不是为了供养君王,何必劳碌风餐露宿!
天昏昏,天昏昏,为何不归家?若不是为了供养君王,何必惹得一身尘土!

旄丘

旄①丘之葛兮，何诞②之节兮。叔兮伯兮，何多日也？
何其处也？必有与③也！何其久也？必有以也！
狐裘蒙戎，匪车不东。叔兮伯兮，靡所与同。
琐兮尾兮，流离之子。叔兮伯兮，褎④如充耳⑤。

注释
① 旄（máo）丘：卫国地名，今河南濮阳西南。
② 诞（yán）：通"延"，延长。
③ 与：相与，交好，交好的人。
④ 褎（yòu）：聋；一说多笑貌。
⑤ 充耳：塞耳。古代挂在冠冕两旁的玉饰，用丝带制成，下垂到耳旁。

译文
葛藤生长在旄丘，藤蔓为何如此长！我国掌权的达官贵人啊，为何拖延时日不帮忙？
为何还待在家中？想必一定在等谁。为何让我等良久？想必一定有难言之隐吧！
穿着狐裘光鲜亮丽，乘坐马车却不向东。我国掌权的达官贵人啊，你们与我离心离德。
如今我的地位卑微，如同黄鹂无所依靠。我国掌权的达官贵人啊，充耳不闻假装不知道。

简兮

简①兮简兮,方将万舞②。日之方中③,在前上处。

硕人④俣俣⑤,公庭⑥万舞。有力如虎,执辔⑦如组⑧。

左手执籥⑨,右手秉翟⑩。赫如渥⑪赭⑫,公言锡⑬爵⑭!

山有榛⑮,隰⑯有苓⑰。云谁之思?西方美人。

彼美人兮,西方之人兮!

注释
① 简:鼓声,一说形容舞师武勇之貌。
② 万舞:舞名,一种大规模的舞。
③ 方中:正好中午。
④ 硕人:身材高大的人。
⑤ 俣(yǔ)俣:魁梧健美的样子。
⑥ 公庭:公爵的庭堂。
⑦ 辔(pèi):马缰绳。
⑧ 组:丝织的宽带子。
⑨ 籥(yuè):古乐器,三孔笛。
⑩ 翟(dí):野鸡的尾羽。
⑪ 渥(wò):厚。

⑫ 赭（zhě）：赤褐色，赭石。
⑬ 锡：赐。
⑭ 爵：青铜制酒器，用以温酒和盛酒。
⑮ 榛（zhēn）：落叶灌木。花黄褐色，果实叫榛子，果皮坚硬，果肉可食。
⑯ 隰（xí）：低下的湿地。
⑰ 苓（líng）：一说甘草，一说苍耳，一说黄药，一说地黄。

译文 | 敲鼓作响轰隆隆，《万舞》隆重要登场。日出正中照红光，舞蹈首席在前方。
舞师雄壮又健硕，宫廷之上跳《万舞》。力大如虎气势足，手握缰绳如丝带。
左手握着龠管吹，右手扬起雉翎尾。满面红光似染色，卫君称赞连赏酒！
高山处处生榛树，低洼之地长苓草。心中悠悠思念谁？西方美人在心上。那位俊朗的人，是来自西方的美男子！

泉水

毖①彼泉水②,亦流于淇③。有怀于卫,靡日不思。
娈④彼诸姬,聊与之谋。
出宿于泲⑤,饮饯于祢⑥,女子有行⑦,远父母兄弟。
问我诸姑⑧,遂及伯姊。
出宿于干⑨,饮饯于言⑩。载脂载舝⑪,还车言迈。
遄⑫臻⑬于卫,不瑕⑭有害?
我思肥泉,兹⑮之永叹。思须与漕⑯,我心悠悠。
驾言出游,以写⑰我忧。

注释

① 毖(bì):"泌"的假借字,泉水涌流貌。
② 泉水:卫国水名,即末章所说的"肥泉"。
③ 淇:淇水,卫国河名。
④ 娈(luán):美好的样子。
⑤ 泲(jǐ):卫国地名,或以为济水。
⑥ 祢(nǐ):卫国地名。
⑦ 行:指女子出嫁。
⑧ 姑:父亲的姊妹称"姑"。
⑨ 干:卫国地名。
⑩ 言:卫国地名。

⑪ 辖（xiá）：同"辖"，车轴两头的金属键。此处脂、辖皆作动词。
⑫ 遄（chuán）：疾速。
⑬ 臻：至。
⑭ 瑕：通"胡""何"；一说远也。
⑮ 兹：通"滋"，增加。
⑯ 须、漕：皆卫国的城邑。
⑰ 写（xiè）：通"泻"，消除。与"卸"音、义同。

译文 | 泉水淙淙在涌动，流到淇水不复返。心中怀念故乡卫，没有一日不思念。姬家美好诸女眷，交心畅谈有商量。
出嫁头晚住沛地，饮酒践行在祢邑。女子出嫁去远方，离开父母与兄弟。临别问候我姑姑，以及诸位好姐妹。
回乡之时住干邑，饮酒践行在言地。车轴涂油插上辖，回归娘家心欢喜。一路飞驰回卫国，不会带来危害吧？
一心思念那肥泉，长长叹息难抒怀。还有须城和漕邑，令我思念心悠悠。驾起马车去遨游，以此消解忧与愁。

北门

出自北门，忧心殷殷①。终窭②且贫，莫知我艰。已焉哉！天实为之，谓之何哉！

王事适我，政事一埤③益我。我入自外，室人交遍谪④我。已焉哉！天实为之，谓之何哉！

王事敦我，政事一埤遗我。我入自外，室人交遍摧我。已焉哉！天实为之，谓之何哉！

注释
① 殷殷：十分忧愁的样子。
② 窭（jù）：贫寒，艰窘。
③ 埤（pí）益：增加。
④ 谪（zhé）：谴责，责难。

译文
打从北门出来后，忧心忡忡多烦忧。又窘困呀又清贫，无人知道我艰辛。事已至此可奈何！上天既然有安排，牢骚满腹又如何！

王室有事差遣我，政务繁忙不得闲。在外忙完回到家，家人还要指责我。事已至此可奈何！上天既然有安排，牢骚满腹又如何！

王室有事逼迫我，政务繁忙不得闲。在外忙完回到家，家人还要讥讽我。事已至此可奈何！上天既然有安排，牢骚满腹又如何！

北风

北风其凉,雨雪^①其雱^②。惠而好我,携手同行。

其虚其邪^③?既亟只且!

北风其喈^④,雨雪其霏。惠而好我,携手同归。

其虚其邪?既亟只且!

莫赤匪狐,莫黑匪乌。惠而好我,携手同车。

其虚其邪?既亟只且!

注释

① 雨(yù)雪:下雪。雨,作动词。
② 其雱(pāng):"雱雱",雪盛貌。
③ 虚、邪:徐缓。
④ 其喈(jiē):风雨疾速的样子。

译文

北风何其凉,漫天雪花飞。对我好的人,携手一同走。怎么慢吞吞?情况很紧急!

北风何其急,漫天雪花飘。对我好的人,携手一同归。怎么慢吞吞?情况很紧急!

狐狸皆红毛,乌鸦一般黑。对我好的人,携手同坐车。怎么慢吞吞?情况很紧急!

静女

静女其姝①,俟②我于城隅。爱而不见,搔首踟蹰③。
静女其娈④,贻⑤我彤管⑥。彤管有炜⑦,说怿⑧女美。
自牧归荑⑨,洵美且异。匪女之为美,美人之贻。

注释
① 姝(shū):美好。
② 俟(sì):等待,此处指约好地方等待。
③ 踟(chí)蹰(chú):徘徊不定。
④ 娈(luán):面目姣好。
⑤ 贻(yí):赠。
⑥ 彤管:红管草。
⑦ 炜(wěi):盛明貌。
⑧ 说(yuè)怿(yì):喜悦。
⑨ 荑(tí):白茅。

译文
娴静女子何其美好,城角一隅等待着我。心中欢喜还未得见,焦急挠头左右徘徊。
娴静女子何其美丽,送我管草表达情意。管草茂盛光泽明亮,心生喜悦多么美好。
郊外归来赠我白茅,白茅鲜嫩确实美丽。其实并非白茅美丽,只因美人所送而欢喜。

新台

新台有泚①,河水瀰瀰②。燕婉之求,籧篨③不鲜!
新台有洒④,河水浼浼⑤。燕婉之求,籧篨不殄⑥!
鱼网之设,鸿⑦则离之。燕婉之求,得此戚施⑧!

注释

① 有泚(cǐ):鲜明的样子。
② 瀰(mí)瀰:水盛大的样子。
③ 籧(qú)篨(chú):不能俯者,指残疾老迈之人。
④ 有洒(cuǐ):高峻的样子。
⑤ 浼(měi)浼:水盛大的样子。
⑥ 殄(tiǎn):通"腆",丰厚,美好。
⑦ 鸿:这里指蛤蟆。
⑧ 戚施(yì):蟾蜍,蛤蟆。

译文

新台光鲜又亮丽,河水满溢水势大。想要与人做夫妻,残疾年迈不欢喜。
新台高大又气派,河水满溢水茫茫。想要与人做夫妻,残疾年迈不成样。
撒下渔网来捕鱼,蛤蟆一心来钻入。想要与人做夫妻,不想嫁给癞蛤蟆。

二子乘舟

二子①乘舟,泛泛其景②。愿言思子,中心养养③。
二子乘舟,泛泛其逝。愿言思子,不瑕有害。

注释
①二子:卫宣公的两个异母子。
②景:通"憬",远行。
③养(yáng)养:心中烦躁不安。

译文
两位兄弟乘着船,渐行渐远渐不见。多想倾诉思念意,心中痒痒很不安。
两位兄弟乘着船,渐行渐远渐无踪。多想倾诉思念意,千万不要有灾祸。

鄘风

柏舟

泛彼柏舟,在彼中河。髧^①彼两髦^②,实维我仪。
之死矢靡它。母也天只,不谅人只!
泛彼柏舟,在彼河侧。髧彼两髦,实维我特。
之死矢靡慝^③。母也天只,不谅人只!

注释
① 髧(dàn):头发下垂状。
② 两髦(máo):男子未行冠礼前,头发齐眉,分向两边状。
③ 慝(tè):通"忒",此处指变心。

译文
柏木小船悠悠漂荡,在那河水的中央。垂发齐眉的少年,是我心仪的对象。矢志不渝只爱他。母亲呀上天呀,为何不体谅我的心!
柏木小船悠悠漂荡,在那河的岸上。垂发齐眉的少年,是我心仪的夫君。矢志不渝只爱他。母亲呀上天呀,为何不体谅我的心!

墙有茨

墙有茨①，不可埽②也。中冓③之言，不可道也！

所可道也，言之丑也！

墙有茨，不可襄④也。中冓之言，不可详也！

所可详也，言之长也！

墙有茨，不可束也。中冓之言，不可读也！

所可读也，言之辱也！

注释

① 茨（cí）：植物名，蒺藜。
② 埽（sǎo）：同"扫"。
③ 中冓（gòu）：内室，宫中。也指闺门秽乱、宫中龌龊之事。
④ 襄：除去

译文

墙上有蒺藜，扫也扫不尽。宫中龌龊事，不可说出口！若要说出口，言语不好听！

墙上有蒺藜，除也除不完。宫中龌龊事，不可细细说！若要细细说，说来可就长！

墙上有蒺藜，捆也捆不走。宫中龌龊事，不可传出去！若要传出去，实在是羞耻！

君子偕老

君子偕老,副笄①六珈②。委委佗佗,如山如河,象服是宜。子之不淑,云如之何!

玼兮玼兮,其之翟③也。鬒④发如云,不屑髢⑤也;玉之瑱⑥也,象之揥⑦也,扬且之皙也。胡然而天也?胡然而帝也?

瑳兮瑳⑧兮,其之展也。蒙彼绉絺⑨,是绁袢⑩也。子之清扬,扬且之颜也。展如之人兮,邦之媛也!

注释

① 笄(jī):簪。
② 六珈:笄饰,用玉做成,垂珠有六颗。
③ 翟(dí):绣着山鸡彩羽的礼服。
④ 鬒(zhěn):黑发。
⑤ 髢(dí):假发。
⑥ 瑱(tiàn):冠冕上垂在两耳旁的玉。
⑦ 揥(tì):用以搔头或梳头的簪子。
⑧ 瑳(cuō):玉色鲜明洁白。
⑨ 絺(chī):细葛布。
⑩ 绁(xiè)袢(pàn):夏天穿的白色亵衣。

译文 愿和君子共偕老,头戴各种装饰品。优雅华美又迷人,犹如山川与河流,礼服得体显尊贵。然而德行不过关,让人感到很遗憾。

穿得光鲜又亮丽,礼服上面绣野鸡。乌黑秀发如云朵,不屑戴上假头发;耳畔坠饰乃美玉,头上发钗乃象牙,额头宽阔又白皙。莫非下凡之天仙?莫非高贵之贵胄?

穿得雍容又华贵,着实惹人多遐思。外面披上细纱衣,里面穿着白内衣。佳人清新又秀丽,额头宽阔美容颜。确实就是这个人,倾国倾城的美女!

桑中

爰采唐①矣？沬②之乡矣。云谁之思？美孟姜③矣。

期我乎桑中，要④我乎上宫，送我乎淇之上矣。

爰采麦矣？沬之北矣。云谁之思？美孟弋⑤矣。

期我乎桑中，要我乎上宫，送我乎淇之上矣。

爰采葑矣？沬之东矣。云谁之思？美孟庸矣。

期我乎桑中，要我乎上宫，送我乎淇之上矣。

注释

① 唐：女萝，俗称菟丝，蔓生植物。
② 沬（mèi）：春秋时期卫国邑名，即牧野。
③ 孟姜：姜家的长女。
④ 要（yāo）：邀约。
⑤ 弋（yì）：姓。

译文

要去哪儿采女萝？去那沬城的乡野。问我心中在想谁？姜家美丽的长女。她约我在桑中见，邀去上宫来幽会，快送我到淇水旁。

要去哪儿采麦穗？去那沬城的乡北。问我心中在想谁？弋家美丽的长女。她约我在桑中见，邀去上宫来幽会，快送我到淇水旁。

要去哪儿采蔓菁？去那沬城的乡东。问我心中在想谁？庸家美丽的长女。她约我在桑中见，邀去上宫来幽会，快送我到淇水旁。

鹑之奔奔

鹑之奔奔，鹊之彊彊①。人之无良，我以为兄！
鹊之彊彊，鹑之奔奔。人之无良，我以为君！

注释

① 彊彊：跟随、相随的样子。

译文

鹑鹑雌雄一起飞，喜鹊双双作伴随。生而为人不善良，我却还要当作兄长。
喜鹊双双作伴随，鹑鹑雌雄一起飞。生而为人不善良，我却还要当作君王。

定之方中

定①之方中，作于楚宫。揆②之以日，作于楚室。

树之榛栗，椅桐梓漆，爰伐琴瑟。

升彼虚矣，以望楚矣。望楚与堂，景山与京。

降观于桑，卜云其吉，终然允臧。

灵雨既零，命彼倌人。星言夙驾，说于桑田。

匪直也人，秉心塞渊，騋③牝三千。

注释

① 定：定星，又叫营室星，二十八宿之一。
② 揆（kuí）：测度。
③ 騋：七尺以上的马。

译文

定星位于天正中，楚丘宫庙已动工。测量日影定方位，修建房屋于楚丘。种下榛树和栗树，以及椅桐和梓漆，砍下做成琴与瑟。

登上漕邑的废墟，远眺楚丘好风景。看到楚丘的堂邑，以及高岗与山岭。下到田里观桑麻，占卜卦象是吉祥，最终结果为上佳。

好雨知时已降下，通知驾车的马倌。等到天晴早起程，前往桑田再歇息。他是正直有德者，秉性诚实又宽厚，高头大马三千匹。

蝃蝀

蝃蝀①在东,莫之敢指。女子有行,远父母兄弟。
朝隮②于西,崇③朝其雨。女子有行,远兄弟父母。
乃如之人也,怀④婚姻也。大无信也,不知命也。

注释
① 蝃(dì)蝀(dōng):彩虹。
② 隮(jī):一说云升起,一说虹。
③ 崇:通"终"。
④ 怀:"坏"的借字,败坏,破坏。

译文
彩虹出现在东方,无人敢用手去指。一位女子要出嫁,远离父母和兄弟。
清晨彩虹在西方,一早落雨未停息。一位女子要出嫁,远离兄弟和父母。
如此自私的人呀,破坏婚姻的礼仪。不守世间的信约,不从父母的吩咐。

相鼠

相鼠有皮，人而无仪。人而无仪，不死何为？
相鼠有齿，人而无止。人而无止，不死何俟？
相鼠有体，人而无礼。人而无礼，胡不遄①死？

注释　①遄（chuán）：快，赶快。

译文　看那老鼠尚有皮，作为人却无礼仪。作为人却无礼仪，为什么还不快去死？
　　看那老鼠尚有齿，作为人却不知耻。作为人却不知耻，不去死还等什么？
　　看那老鼠尚有体，作为人却不守礼。作为人却不守礼，还不赶紧就去死？

干旄

孑孑①干旄②,在浚③之郊。素丝纰④之,良马四之。彼姝者子,何以畀⑤之?

孑孑干旟⑥,在浚之都。素丝组之,良马五之。彼姝者子,何以予之?

孑孑干旌,在浚之城。素丝祝之,良马六之。彼姝者子,何以告之?

注释
① 孑(jié)孑:旗帜高举的样子。
② 干旄(máo):以牦牛尾饰旗杆,竖于车后。
③ 浚(xùn):卫国城邑。
④ 纰(pí):连缀,束丝之法,在衣冠或旗帜上镶边。
⑤ 畀(bì):给,予。
⑥ 旟(yú):画有鹰、雕纹饰的旗帜。

译文
牛尾旗帜高举起,来到浚邑的郊外。白色细丝镶旗上,四匹好马做聘礼。阁下忠良又贤德,会用什么来回应?
雄鹰旗帜高举起,来到浚邑的城郭。白色细丝织旗上,五匹好马做聘礼。阁下忠良又贤德,会用什么回报我?
鸟羽旌旗高举起,来到浚邑的城下。白色细丝扎旗上,六匹好马做聘礼。阁下忠良又贤德,有何良策贡献我?

载驰

载驰载驱,归唁卫侯。驱马悠悠,言至于漕。
大夫跋涉,我心则忧。
既不我嘉,不能旋反。视尔不臧,我思不远。
既不我嘉,不能旋济。视尔不臧,我思不閟^①。
陟^②彼阿丘,言采其蝱^③。女子善怀,亦各有行。
许人尤^④之,众稚且狂。
我行其野,芃芃^⑤其麦。控于大邦,谁因谁极?
大夫君子,无我有尤。百尔所思,不如我所之。

注释

① 閟(bì):同"闭",闭塞不通。
② 陟(zhì):登。
③ 蝱(méng):贝母草。采蝱治病,喻设法救国。
④ 尤:怨恨,抱怨。
⑤ 芃(péng)芃:草茂盛貌。

译文

奔驰马车轻又快,回到卫国唁卫侯。长路漫漫鞭策马,转眼就已到漕邑。大夫跋涉追上来,劝说令我心烦忧。

许国既然不赞同,我也不能再返程。尔等心中皆有鬼,而我思虑更切实。

许国竟然不赞同,不想让我渡过河。尔等心中皆有鬼,而我思虑不闭塞。

登上那边的山丘,采摘山上的贝母。女子多愁易怀念,各有道理各自行。许国之人抱怨我,众人幼稚又狂妄。

当我走在田野上,麦子长得密又旺。想去大国求支援,有谁可靠有谁助?大夫君子莫动怒,不要对我生怨恨。与其百思不得解,不如让我亲自赴。

卫风

淇奥

瞻彼淇奥①,绿竹猗猗②。有匪君子,如切如磋,如琢如磨。瑟兮僩③兮,赫兮咺④兮。有匪君子,终不可谖⑤兮。

瞻彼淇奥,绿竹青青。有匪君子,充耳琇莹⑥,会弁⑦如星。

瑟兮僩兮,赫兮咺兮。有匪君子,终不可谖兮。

瞻彼淇奥,绿竹如箦⑧。有匪君子,如金如锡,如圭如璧。宽兮绰兮,猗重较⑨兮。善戏谑兮,不为虐兮。

注释

① 奥:水边弯曲的地方。
② 猗(yī)猗:长而美貌。
③ 僩(xiàn):神态威严。
④ 咺(xuān):有威仪貌。
⑤ 谖(xuān):忘记。
⑥ 琇(xiù)莹:似玉的美石,宝石。
⑦ 会(kuài)弁(biàn):鹿皮帽。会,鹿皮缝合处。
⑧ 箦(zé):"积"的假借,堆积。
⑨ 重(chóng)较:车厢上有两重横木的车子,为古代卿士所乘。

译文 看那弯弯的淇水畔,绿竹修长多美观。有位优雅的君子呀,如同被切割打磨的象牙,如同精雕细琢的玉一般。璀璨明亮,威武庄严。优雅的君子呀,始终无法将你忘怀。

看那弯弯的淇水畔,绿竹青青多美观。有位优雅的君子呀,耳边玉石亮闪闪,帽上宝石如星辰。璀璨明亮,威武庄严。优雅的君子呀,始终无法将你忘怀。

看那弯弯的淇水畔,绿竹密集多美观。有位优雅的君子呀,如同金子与锡石,如同美玉惹人爱。豪迈不羁,斜倚车边。幽默风趣擅戏谑,却又不会惹人厌。

考槃

考槃①在涧,硕人之宽。独寐寤言,永矢弗谖②。
考槃在阿③,硕人之薖④。独寐寤歌,永矢弗过。
考槃在陆,硕人之轴⑤。独寐寤宿,永矢弗告。

注释
① 考槃(pán):筑成木屋,指避世隐居。
② 弗谖(xuān):不忘却。
③ 阿(ē):山阿,大陵,山的曲隅。一说山坡。
④ 薖(kē):"窠"的假借字,空,引申为心胸宽广。
⑤ 轴:车轴,引申为徘徊、盘旋。

译文
筑屋在那溪谷间,贤者心胸宽又阔。独自睡醒独自说,发誓永不会忘怀。
筑屋在那山坳里,贤者心胸宽又广。独自睡醒独自歌,发誓永不复过往。
筑屋在那高原上,贤者徘徊不愿走。独自睡醒独自住,发誓永不再倾诉。

硕人

硕人其颀,衣锦褧①衣。齐侯之子,卫侯之妻。

东宫之妹,邢侯之姨,谭公维私。

手如柔荑②,肤如凝脂。领如蝤蛴③,齿如瓠犀④。

螓首⑤蛾眉,巧笑倩兮,美目盼兮。

硕人敖敖,说于农郊。四牡有骄,朱幩⑥镳镳⑦。

翟茀⑧以朝,大夫夙退,无使君劳。

河水洋洋,北流活活⑨。施罛⑩濊濊⑪,鳣⑫鲔⑬发发⑭。

葭⑮菼⑯揭揭⑰,庶姜孽孽,庶士有朅⑱。

注释

① 褧(jiǒng):妇女出嫁时御风尘用的麻布罩衣,即披风。
② 荑(tí):白茅之芽。
③ 蝤(qiú)蛴(qí):天牛的幼虫,色白身长。
④ 瓠(hù)犀(xī):瓠瓜子,色白,排列整齐。
⑤ 螓(qín)首:形容前额丰满开阔。
⑥ 朱幩(fén):用红绸布缠饰的马嚼子。
⑦ 镳(biāo)镳:盛美的样子。
⑧ 翟(dí)茀(fú):以雉羽为饰的车围子。

⑨ 活（guō）活：水流声。
⑩ 罛（gū）：大的渔网。
⑪ 濊（huò）濊：撒网入水声。
⑫ 鳣（zhān）：鳇鱼。
⑬ 鲔（wěi）：鲟鱼。
⑭ 发（bō）发：鱼尾击水之声。一说盛貌。
⑮ 葭（jiā）：初生的芦苇。
⑯ 菼（tǎn）：初生的荻。
⑰ 揭揭：长貌。
⑱ 孽（qiè）：勇武貌。

译文

美人身姿细又长，穿着锦绣单罩衣。她是齐侯的闺女，也是卫侯的妻子。身为太子的妹妹，还是邢侯的小姨，谭公是她的姐夫。

手如柔嫩的茅草，肤如凝结的油脂。颈项白皙又修长，牙齿整齐又可爱。额头宽广眉毛浓，一笑两个小酒窝，美眸转动神采溢。

美人悠悠四处逛，歇在郊野农田旁。四匹雄马身矫健，马口红绸气势足。坐着豪车去朝见，大夫赶忙都退朝，不想打扰了君王。

黄河澎湃水茫茫，向北流去不复返。捕鱼大网霍霍撒，鳣鱼鲔鱼哗哗跳。芦苇荻草初生长，陪嫁女子皆盛装，随嫁臣仆都雄壮。

氓

氓①之蚩蚩②，抱布贸丝。匪来贸丝，来即我谋。送子涉淇，至于顿丘。匪我愆③期，子无良媒。将④子无怒，秋以为期。

乘彼垝垣⑤，以望复关。不见复关，泣涕涟涟。既见复关，载笑载言。尔卜尔筮⑥，体无咎言。以尔车来，以我贿迁。

桑之未落，其叶沃若。于嗟鸠兮，无食桑葚。于嗟女兮，无与士耽。士之耽兮，犹可说也。女之耽兮，不可说也。

桑之落矣，其黄而陨。自我徂尔⑦，三岁食贫。淇水汤汤，渐⑧车帷裳⑨。女也不爽，士贰其行。士也罔极，二三其德。

三岁为妇，靡室劳矣。夙兴夜寐，靡有朝矣。言既遂矣，至于暴矣。兄弟不知，咥⑩其笑矣。静言思之，躬自悼矣。

及尔偕老，老使我怨。淇则有岸，隰则有泮。总角之宴，言笑晏晏⑪。信誓旦旦，不思其反。反是不思，亦已焉哉！

注释

① 氓（méng）：外来的百姓。
② 蚩（chī）蚩：通"嗤嗤"，憨笑的样子。
③ 愆（qiān）：过失，过错，这里指延误。
④ 将（qiāng）：愿，请。
⑤ 垝（guǐ）垣（yuán）：倒塌的墙壁。
⑥ 尔卜尔筮（shì）：烧灼龟甲的裂纹以判吉凶，叫作"卜"。用蓍（shī）草占卦叫作"筮"。
⑦ 徂（cú）尔：嫁到你家。
⑧ 渐（jiān）：浸湿。
⑨ 帷（wéi）裳（cháng）：车旁的布幔。
⑩ 咥（xì）：讥笑的样子。
⑪ 晏（yàn）晏：欢乐、和悦的样子。

译文

农家小子笑嘻嘻，抱着布匹来换丝。其实并非想换丝，借此契机谈婚事。送他渡过淇水河，一路送到顿丘止。不是我要拖延你，只因你缺好媒人。希望你不要生气，最迟秋天做你妻。
爬上残破的墙垣，望向复关的方向。复关遥远不可见，涕泪涟涟心忧患。望见你从复关来，有说有笑心情好。求神卜卦问吉凶，凶象全无心欢畅。只等迎亲礼车来，载我嫁妆去你家。
桑树繁盛未枯时，叶子肥沃有光泽。可恨那些斑鸠鸟，不要啃食那桑葚！可叹世间的女子，莫要沉迷于爱恋！男人痴情一时热，尚且还可以脱身。女人痴情太执着，一往情深难解脱。
桑树到了落叶季，叶子变黄随风落。自从我嫁到你家，多年清贫苦日子。淇水浩荡回娘家，溅湿车上的布幔。为人妻子无过失，丈夫行为不检点。做人糊涂又反复，三心二意德行失。
做你妻子许多年，不辞辛劳做家务。早起晚睡手脚勤，没有一天不如此。对我嫌弃更家暴。兄弟姐妹不知情，反而还要嘲笑我。静思此间种种事，独自难过流眼泪。

说好白头共偕老，如今让我多哀怨。淇水浩荡仍有岸，沼泽深沉也有畔。回忆年少纯真时，欢声笑语多美好。信誓旦旦许承诺，不料如今全违背。既然你已弃承诺，不如从此与君别！

竹竿

籊籊①竹竿,以钓于淇。岂不尔思?远莫致之。
泉源在左,淇水在右。女子有行,远兄弟父母。
淇水在右,泉源在左。巧笑之瑳②,佩玉之傩③。
淇水滺滺④,桧楫松舟。驾言出游,以写⑤我忧。

注释
① 籊(tì)籊:长而尖削貌。
② 瑳(cuō):玉色洁白,这里指露齿巧笑状。
③ 傩(nuó):通"娜",婀娜。
④ 滺(yōu)滺:河水荡漾之状。
⑤ 写(xiè):通"泻",宣泄,排解。

译文
细细长长的竹竿,垂钓在那淇水岸。难道我不思念你?路远且长无法至。
泉水之源在左边,淇水滔滔在右边。女子即将要出嫁,离开兄弟和父母。
淇水滔滔在右边,泉水之源在左边。巧笑嫣然露玉齿,佩戴美玉婀娜姿。
淇水悠悠荡碧波,桧木船桨松木舟。驾车游玩四处逛,发泄心中思乡愁。

芄兰

芄兰①之支，童子佩觿②。虽则佩觿，能不我知。
容兮遂兮，垂带悸兮。
芄兰之叶，童子佩韘③。虽则佩韘，能不我甲④。
容兮遂兮，垂带悸兮。

注释
① 芄（wán）兰：萝藦，亦名女青，蔓生。
② 觿（xī）：古代一种解结的锥子，用骨、玉等制成。本为成人所佩，童子佩戴，是成人的象征。
③ 韘（shè）：扳指，用玉或象骨制成，射箭时用以勾弦拉弓。
④ 甲（xiá）：借作"狎"，戏，亲昵。

译文
芄兰枝条细又长，童子用来作锥子。虽然童子戴锥子，尚且不知我心意。从容安逸好相貌，摇摇摆摆垂衣摆。
芄兰叶片弯又薄，童子用来作扳指。虽然童子戴扳指，尚且不能亲近我。从容安逸好相貌，摇摇摆摆垂衣摆。

河广

谁谓河广?一苇杭①之。谁谓宋远?跂②予望之。

谁谓河广?曾不容刀③。谁谓宋远?曾不崇朝④。

注释

① 杭:通"航"。
② 跂(qǐ):踮起脚尖。
③ 刀:通"舠(dāo)",小船。曾不容刀,意为黄河窄,竟容不下一条小船。
④ 崇朝(zhāo):终朝,从天亮到吃早饭时,形容时间之短。

译文

谁说黄河太宽广?一苇即可渡过河。谁说宋国太遥远?踮脚就能望得见。

谁说黄河太宽广?竟容不下一小船。谁说宋国太遥远?路程不过一早上。

伯兮

伯兮朅①兮，邦之桀②兮。伯也执殳③，为王前驱。
自伯之东，首如飞蓬。岂无膏沐④，谁适⑤为容！
其雨其雨，杲杲⑥出日。愿言思伯，甘心首疾。
焉得谖⑦草？言树之背。愿言思伯，使我心痗⑧。

注释

① 朅（qiè）：英武高大。
② 桀：同"杰"，杰出的人。
③ 殳（shū）：古兵器，杖类。
④ 膏沐：妇女润发的油脂。
⑤ 适（dí）：悦。
⑥ 杲（gǎo）：明亮的样子。
⑦ 谖（xuān）草：萱草，忘忧草，俗称黄花菜。
⑧ 痗（mèi）：忧思成病。

译文

我的丈夫真雄武，乃是国家的英杰。丈夫执殳去从军，效忠君王做前锋。
自从丈夫东征去，我的头发乱蓬蓬。并非没有润发膏，只是为谁悦容颜！
希望老天下大雨，日出之后放光芒。满腔思念为丈夫，头痛欲裂心也甜。
哪里能寻忘忧草？种在屋子的北面。满腔思念为丈夫，让我想出了心病。

有狐

有狐绥绥①,在彼淇梁。心之忧矣,之子无裳②。

有狐绥绥,在彼淇厉③。心之忧矣,之子无带。

有狐绥绥,在彼淇侧。心之忧矣,之子无服。

注释
① 绥(suí)绥:慢走貌。
② 裳(cháng):下身的衣服。上曰衣,下曰裳。
③ 厉:水深及腰,可以涉过之处。

译文
有只狐狸悠悠走,在那淇水的桥梁。我的心里好忧愁,你的下身没衣裳。

有只狐狸悠悠走,在那淇水的浅滩。我的心里好忧愁,你的身上没衣带。

有只狐狸悠悠走,在那淇水的岸边。我的心里好忧愁,你的身上没衣服。

木瓜

投我以木瓜,报之以琼琚①。匪报也,永以为好也。
投我以木桃②,报之以琼瑶。匪报也,永以为好也。
投我以木李③,报之以琼玖。匪报也,永以为好也。

注释
① 琼琚(jū):美玉,下"琼瑶""琼玖"同。
② 木桃:樝(zhā)子。
③ 木李:又名木梨。

译文
你将木瓜赠予我,我以琼琚来回报。不仅是为了回报,愿结良缘永不忘。
你将木桃赠予我,我以琼瑶来回报。不仅是为了回报,愿结良缘永不忘。
你将木李赠予我,我以琼玖来回报。不仅是为了回报,愿结良缘永不忘。

王风

黍离

彼黍离离,彼稷①之苗。行迈靡靡②,中心摇摇。知我者,谓我心忧;不知我者,谓我何求。悠悠苍天,此何人哉?

彼黍离离,彼稷之穗。行迈靡靡,中心如醉。知我者,谓我心忧;不知我者,谓我何求。悠悠苍天,此何人哉?

彼黍离离,彼稷之实。行迈靡靡,中心如噎③。知我者,谓我心忧;不知我者,谓我何求。悠悠苍天,此何人哉?

注释

① 稷(jì):高粱。
② 靡(mǐ)靡:行步迟缓貌。
③ 噎(yē):堵塞。此处解释为食物卡在食管。比喻难以呼吸。

译文

那边的谷物连成排,那边的高粱长出苗。前行步伐慢吞吞,心中犹如叶飘摇。了解我的人,说我在忧愁;不了解我的人,问我有何求。悠悠苍天啊,这到底是什么人呀?

那边的谷物连成排,那边的高粱长出穗。前行步伐慢吞吞,心中如醉难清醒。了解我的人,说我在忧愁;不了解我的人,问我有何求。悠悠苍天啊,这到底是什么人呀?

那边的谷物连成排,那边的高粱结出实。前行步伐慢吞吞,心如噎到难喘息。了解我的人,说我在忧愁;不了解我的人,问我有何求。悠悠苍天啊,这到底是什么人呀?

君子于役

君子于役,不知其期,曷至哉?鸡栖于埘①,日之夕矣,羊牛下来。君子于役,如之何勿思!

君子于役,不日不月,曷其有佸②?鸡栖于桀③,日之夕矣,羊牛下括。君子于役,苟无饥渴!

注释
① 埘(shí):鸡舍,墙壁上挖洞做成。
② 有(yòu)佸(huó):相会,来到。
③ 桀:鸡栖的木桩。

译文
夫君从军服兵役,不知多久是归期。到底何时能归来?鸡儿住在鸡窝中,太阳已经落下去,牛羊成群回圈里。丈夫从军服兵役,叫我如何不思念!

夫君从军服兵役,不知多少日与月。到底何时能相会?鸡儿栖在木桩上,太阳已经落下去,牛羊成群回圈里。丈夫从军服兵役,愿他无饥也无渴!

君子阳阳

君子阳阳,左执簧,右招我由房①。其乐只且。
君子陶陶,左执翿②,右招我由敖③。其乐只且。

注释
① 由房:一种房中的音乐娱乐。
② 翿(dào):古代跳羽舞或葬礼所用的旌旗。
③ 由敖:舞曲名。

译文
男子喜洋洋,左手握着簧,右手招我跳由房。且歌且舞且欢喜。
男子乐悠悠,左手握着翿,右手招我跳由敖。且歌且舞且欢喜。

扬之水

扬之水,不流束薪。彼其之子,不与我戍申。

怀哉怀哉!曷月予还归哉?

扬之水,不流束楚。彼其之子,不与我戍甫①。

怀哉怀哉!曷月予还归哉?

扬之水,不流束蒲②。彼其之子,不与我戍许③。

怀哉怀哉!曷月予还归哉?

注释
① 甫:甫国,即吕国。
② 蒲:蒲柳。
③ 许:许国。

译文
悠然流淌的河水,无法冲走一捆柴。远方那位我的妻,不能陪我驻申地。多想她啊多想她!何时我才能归去?

悠然流淌的河水,无法冲走一捆荆。远方那位我的妻,不能陪我驻甫地。多想她啊多想她!何时我才能归去?

悠然流淌的河水,无法冲走一捆蒲。远方那位我的妻,不能陪我驻许地。多想她啊多想她!何时我才能归去?

中谷有蓷

中谷有蓷①,暵②其干矣。有女仳离③,嘅其④叹矣。

嘅其叹矣,遇人之艰难矣!

中谷有蓷,暵其修矣。有女仳离,条其歗矣。

条其歗矣,遇人之不淑矣!

中谷有蓷,暵其湿⑤矣。有女仳离,啜其泣矣。

啜其泣矣,何嗟及矣!

注释

① 蓷(tuī):益母草。
② 暵(hàn)其:"暵暵",形容干枯、枯萎的样子。
③ 仳(pǐ)离:离别,亦指妇女被遗弃。
④ 嘅(kǎi)其:"嘅嘅",叹息之貌。
⑤ 湿:"曝(qì)"的假借,干。

译文

山谷中有益母草,天干物燥将枯萎。有位女子被离弃,忧愁感慨又叹息。忧愁感慨又叹息,嫁错郎君多艰难!

山谷中有益母草,天干物燥将枯死。有位女子被离弃,无奈哀号又长啸。无奈哀号又长啸,遇人不淑多悲哀!

山谷中有益母草,天干物燥将干涸。有位女子被离弃,抽噎不止又哭泣。抽噎不止又哭泣,后悔莫及徒悲叹!

兔爰

有兔爰爰①，雉离于罗。我生之初，尚无为；
我生之后，逢此百罹。尚寐无吪②。
有兔爰爰，雉离于罦③。我生之初，尚无造；
我生之后，逢此百忧。尚寐无觉。
有兔爰爰，雉离于罿④。我生之初，尚无庸；
我生之后，逢此百凶。尚寐无聪。

注释
① 爰（yuán）爰：舒缓悠闲的样子。
② 无吪（é）：不想说话。
③ 罦（fú）：一种装设机关的网，鸟兽触动，就自行覆盖。
⑤ 罿（tóng）：捕鸟兽的网。

译文
野兔活得真逍遥，山鸡撞入罗网中。当我初来这世上，尚且不用服兵役；当我渐渐地长大，遭逢苦难何其多。但愿长睡不说话！
野兔活得真逍遥，山鸡撞入机关中。当我初来这世上，尚且不用服徭役；当我渐渐地长大，遭逢忧愁何其多。但愿长睡不复醒！
野兔活得真逍遥，山鸡撞入陷阱中。当我初来这世上，尚且不用服劳役；当我渐渐地长大，遭逢灾祸何其多。但愿长睡不再听！

葛藟

绵绵葛藟,在河之浒①。终远兄弟,谓他人父。

谓他人父,亦莫我顾。

绵绵葛藟,在河之涘。终远兄弟,谓他人母。

谓他人母,亦莫我有。

绵绵葛藟,在河之漘②。终远兄弟,谓他人昆。

谓他人昆,亦莫我闻。

注释
① 浒:水边,一说岸上。
② 漘(chún):河岸,水边。

译文
藤蔓绵绵长又长,长在大河的边上。远离亲人和兄弟,认人为父求生存。认了父亲也无用,依然不会照顾我。
藤蔓绵绵长又长,长在大河的边上。远离亲人和兄弟,认人为母求生存。认了母亲也无用,依然不会爱护我。
藤蔓绵绵长又长,长在大河的边上。远离亲人和兄弟,认人为兄求生存。认了兄长也无用,依然不会关心我。

采葛

彼采葛兮，一日不见，如三月兮！

彼采萧①兮，一日不见，如三秋②兮！

彼采艾兮！一日不见，如三岁兮！

注释
① 萧：艾蒿。
② 三秋：三个秋季，即九个月。

译文
那个采葛的姑娘哟，一天见不到面，仿佛隔了三个月！
那个采萧的姑娘哟，一天见不到面，仿佛隔了三个秋！
那个采艾的姑娘哟，一天见不到面，仿佛隔了三年！

大车

大车槛槛①,毳衣②如菼③。岂不尔思?畏子不敢。
大车啍啍④,毳衣如璊⑤。岂不尔思?畏子不奔。
榖⑥则异室⑦,死则同穴。谓予不信,有如皦日。

注释

① 槛(kǎn)槛:车轮的响声。
② 毳(cuì)衣:兽毛织的衣服。
③ 菼(tǎn):初生的芦苇。
④ 啍(tūn)啍:重滞徐缓的样子。
⑤ 璊(mén):红色美玉,此处喻红色车篷。
⑥ 榖(gǔ):生,活着。
⑦ 异室:两地分居。

译文

大车行进声沉沉,青色兽毛织的衣服似芦苇。我又岂会不想你?怕就只怕你不敢。
大车行进声闷闷,红色兽毛织的衣服似赤玉。我又岂会不想你?怕就怕你不私奔。
活着不能住一起,死了也要埋一处。若说此话不可信,皎皎之日如我心。

丘中有麻

丘中有麻,彼留①子嗟②。彼留子嗟,将其来施施。

丘中有麦,彼留子国。彼留子国,将其来食。

丘中有李,彼留之子。彼留之子,贻我佩玖③。

注释
① 留:留客,一说姓氏"刘"。
② 子嗟:人名。
③ 玖:次于玉的黑石。

译文
山丘上面种着麻,子嗟在那儿等着我。子嗟在那儿等着我,希望他能帮助我。
山丘上面种着麦,子国在那儿等着我。子国在那儿等着我,希望他能养着我。
山丘上面种着李,之子在那儿等着我。之子在那儿等着我,送我黑石佩饰。

郑风

缁衣

缁衣①之宜兮，敝，予又改为兮。适子之馆兮。还，予授子之粲②兮。

缁衣之好兮，敝，予又改造兮。适子之馆兮，还，予授子之粲兮。

缁衣之席③兮，敝，予又改作兮。适子之馆兮，还，予授子之粲兮。

注释

① 缁（zī）衣：黑色的衣服，当时卿大夫到官署所穿的衣服。
② 粲（càn）：形容新衣鲜明的样子。一说"餐"的假借。
③ 席：宽大舒适。古以宽大为美。

译文

你穿黑衣很合身，旧了，我为你换成新衣裳。清早送你去官署，等你回来，我奉上美食。

你穿黑衣很好看，旧了，我为你换成新衣裳。清早送你去官署，等你回来，我奉上美食。

你穿黑衣很宽大，旧了，我为你换成新衣裳。清早送你去官署，等你回来，我奉上美食。

将仲子

将①仲子兮,无逾我里②,无折我树杞③。岂敢爱之?畏我父母。仲可怀也,父母之言,亦可畏也。

将仲子兮,无逾我墙,无折我树桑。岂敢爱之?畏我诸兄。仲可怀也,诸兄之言,亦可畏也。

将仲子兮,无逾我园,无折我树檀。岂敢爱之?畏人之多言。仲可怀也,人之多言,亦可畏也。

注释
① 将(qiāng):愿,请。一说发语词。
② 里:古代居民组织,先秦以二十五家为里。
③ 杞(qǐ):木名,即杞柳。

译文
希望仲子哥哥呀,不要爬进我家院,不要折我家杞树。难道是我不舍得?只是敬畏我父母。固然想念仲子哥,父母的话也要听。

希望仲子哥哥呀,不要翻过我家墙,不要折我家桑树。难道是我不舍得?只是敬畏诸兄长。固然想念仲子哥,兄长的话也要听。

希望仲子哥哥呀,不要爬进我园子,不要折我家檀树。难道是我不舍得?只是怕人说闲话。固然想念仲子哥,他人闲话亦可畏。

叔于田

叔于田,巷无居人。岂无居人?不如叔也,洵①美且仁。
叔于狩②,巷无饮酒。岂无饮酒?不如叔也,洵美且好!
叔适野,巷无服马。岂无服马?不如叔也,洵美且武!

注释
① 洵(xún):真正的,的确。
② 狩:冬猎为"狩",此处为田猎的统称。

译文
小叔出门去田猎,巷子里面无居民。难道真的无居民?无人可比咱小叔,实在英俊又仁义。
小叔出门去狩猎,巷里无人在喝酒。真的无人在喝酒?无人可比咱小叔,实在英俊又美好!
小叔野外去打猎,巷里无人在骑马。真的无人在骑马?无人可比咱小叔,实在英俊又勇武!

大叔于田

叔于田，乘乘①马。执辔②如组③，两骖④如舞。叔在薮⑤，火烈具举。襢裼⑥暴⑦虎，献于公所。将叔无狃⑧，戒其伤女！

叔于田，乘乘黄。两服上襄，两骖雁行。叔在薮，火烈具扬。叔善射忌，又良御忌。抑磬控⑨忌，抑纵送忌。

叔于田，乘乘鸨⑩。两服齐首，两骖如手。叔在薮，火烈具阜。叔马慢忌，叔发罕忌。抑释掤⑪忌，抑鬯⑫弓忌。

注释

① 乘（chéng）乘（shèng）：前一"乘"为动词，驾；后为名词，古时一车四马叫"一乘"。
② 辔（pèi）：驾驭牲口的嚼子和缰绳。
③ 组：织带平行排列的经线。
④ 骖（cān）：驾车的四马中外侧两边的马。
⑤ 薮（sǒu）：低湿多草木的沼泽地带。
⑥ 襢（tǎn）裼（xī）：脱衣袒身。

⑦ 暴：通"搏"，搏斗。
⑧ 狃（niǔ）：反复地做。
⑨ 磬（qìng）控：弯腰如磬，勒马使之缓行或停步。
⑩ 鸨（bǎo）：有黑白杂毛的马。其色如鸨，故以鸟名马。
⑪ 棚（bīng）：箭筒盖。
⑫ 鬯（chàng）：弓囊，此处用作动词。

译文

大叔出门去打猎，驾着四匹骏马的马车。手握马缰如丝带，两侧骖马如跳舞。小叔经过低洼地，烈火烧草驱野兽。脱掉衣服打老虎，打完全献给公家。希望大叔莫疏忽，谨防猛兽伤害你。

大叔出门去打猎，驾着四匹黄马的马车。两匹服马走在前，两侧骖马如大雁。大叔经过低洼地，烈火烧草驱野兽。大叔擅射身手好，且又精通御马车。抑或勒马使缓行，抑或纵马奔向前。

大叔出门去打猎，驾着四匹花马的马车。两匹服马并头走，两侧骖马如双手。大叔经过低洼地，烈火烧草驱野兽。大叔御马慢下来，大叔射箭渐渐少。打开箭筒放回箭，打开弓袋收回弓。

清人

清人①在彭②，驷介③旁旁。二矛重英④，河上乎翱翔⑤。

清人在消⑥，驷介麃麃⑦。二矛重乔⑧，河上乎逍遥。

清人在轴，驷介陶陶。左旋右抽，中军作好。

注释

① 清人：指郑国大臣高克带领的清邑的士兵。清，郑国之邑。
② 彭：郑国地名，在黄河边上。
③ 驷（sì）介：一车驾四匹披甲的马。
④ 重（chóng）英：以朱羽为矛饰，二矛竖车上，遥遥相对，重叠相见。重，重叠。英，矛上的缨饰。
⑤ 翱（áo）翔：游戏之貌。
⑥ 消：黄河边上的郑国地名。
⑦ 麃（biāo）麃：英勇威武貌。
⑧ 乔：雉羽。

译文

清邑士兵守在彭，四马披甲真雄壮。两旁长矛饰红缨，黄河之上若翱翔。

清邑士兵守在消，四马披甲真威武。两旁长矛饰鸡毛，黄河之上自逍遥。

清邑士兵守在轴，四马披甲乐陶陶。左边转弯右拔刀，军中风貌准备好。

羔裘

羔裘如濡①,洵直且侯。彼其之子,舍命不渝。

羔裘豹饰,孔武有力。彼其之子,邦之司直②。

羔裘晏③兮,三英④粲兮。彼其之子,邦之彦⑤兮。

注释

① 濡(rú):润泽,形容羔裘柔软而有光泽。
② 司直:官名,负责正人过失的官吏。
③ 晏:鲜艳或鲜明的样子。
④ 三英:装饰袖口的三道豹皮镶边。
⑤ 彦(yàn):美士,指贤能之人。

译文

羊皮袄柔润光泽,大夫正直又俊美。他是如此一个人,舍生忘死不渝志。

羊皮袄袖缝豹皮,大夫威武又强壮。他是如此一个人,匡扶国家的正义。

羊皮袄鲜艳华丽,三道豹皮好灿烂。他是如此一个人,国家栋梁与楷模。

遵大路

遵大路兮，掺①执子之祛②兮，无我恶兮，不寁③故也。

遵大路兮，掺执子之手兮，无我魗④兮，不寁好也。

注释
① 掺（shǎn）：执，拉住，抓住。
② 祛（qū）：衣袖，袖口。
③ 寁（zǎn）：去，即丢弃、忘记。
④ 魗（chǒu）：丑。

译文
沿着大路走，牵着你的袖。莫要厌恶我，不可忘旧情。
沿着大路走，牵着你的手，莫要嫌我丑，不可忘旧情。

女曰鸡鸣

女曰鸡鸣,士曰昧旦①。子兴视夜,明星有烂。将翱将翔,弋②凫③与雁。

弋言加之,与子宜之。宜言饮酒,与子偕老。琴瑟在御,莫不静好④。

知子之来之,杂佩以赠之。知子之顺之,杂佩以问之。知子之好之,杂佩以报之。

注释
① 昧旦:天色将明未明之际。
② 弋(yì):用生丝做绳,系在箭上射鸟。
③ 凫(fú):野鸭。
④ 好(hào):爱恋。

译文
女说鸡已鸣,男说天未亮。你且看夜色,启明星闪烁。鸟儿将翱翔,去射鸭与雁。
若能射下来,给你做菜肴。下酒同饮之,与你共偕老。弹奏琴与瑟,静谧又美好。
知你真情意,赠予你杂佩。知你顺我心,杂佩表谢意。知你待我好,回报以杂佩。

有女同车

有女同车,颜如舜华①。将翱将翔②,佩玉琼琚。
彼美孟姜③,洵美且都。
有女同行,颜如舜英。将翱将翔,佩玉将将。
彼美孟姜,德音④不忘。

注释
① 舜华(huā):木槿花,"华"同"花"。一说牵牛花。
② 将翱将翔:形容女子步履轻盈。
③ 孟姜:姜姓长女,也作为美女的通称。
④ 德音:好声誉。

译文
女子与我同坐车,美貌犹如木槿花。身姿轻盈如飞鸟,佩戴美玉珍且佳。她是如此之美女,真是美好又优雅。
女子与我同路行,美貌犹如木槿花。身姿轻盈如飞鸟,佩戴美玉声锵锵。她是如此之美女,音容德行永难忘。

山有扶苏

山有扶苏①,隰②有荷华。不见子都③,乃见狂且!
山有乔松,隰有游龙④。不见子充⑤,乃见狡童。

注释
① 扶苏:树木名。
② 隰(xí):洼地。
③ 子都:古代美男子。
④ 游龙:水草名,即荭草、水荭、红蓼。
⑤ 子充:古代美男子。

译文
山上有扶苏,湿地有荷花。见不到美男,只见轻狂人。
山上有乔松,湿地有游龙。见不到美男,只见到顽童。

萚兮

萚①兮萚兮，风其吹女②。叔兮伯兮，倡予和女。

萚兮萚兮，风其漂女。叔兮伯兮，倡予要女。

注释
① 萚（tuò）：脱落的树叶。
② 女：汝。

译文
树叶纷纷落，风轻轻吹着你。小弟和大哥，你们唱我来和。
树叶纷纷落，风轻轻吹着你。小弟和大哥，我来唱你们和。

狡童

彼狡童①兮,不与我言兮。维子之故,使我不能餐兮。
彼狡童兮,不与我食兮。维子之故,使我不能息兮。

注释｜① 狡童:狡,同"姣",美貌少年。一说"狡猾",是戏谑之言。

译文｜那个美好的小伙子啊,为何不与我说话?都是因为你,害我饭也吃不下。
那个美好的小伙子啊,为何不与我共餐?都是因为你,害我睡也睡不好。

褰裳

子惠思我,褰①裳涉溱②。子不我思,岂无他人?狂童③之狂也且!

子惠思我,褰裳涉洧④。子不我思,岂无他士?狂童之狂也且!

注释
① 褰(qiān):提起。
② 溱(zhēn):郑国水名,发源于今河南密县东北。
③ 狂童:谑称,犹言"傻小子"。
④ 洧(wěi):郑国水名。

译文
你要是真思念我,提起衣裳渡溱河。你要是不思念我,难道我没别人爱?狂妄小子你真自大!
你要是真思念我,提起衣裳渡洧河。你要是不思念我,难道我没别人想?狂妄小子你真自大!

丰

子之丰兮,俟①我乎巷兮,悔予不送兮。
子之昌兮,俟我乎堂兮,悔予不将②兮。
衣锦褧衣,裳锦褧裳。叔兮伯兮,驾予与行!
裳锦褧裳,衣锦褧衣。叔兮伯兮,驾予与归。

注释
① 俟(sì):等候。
② 将:同行。

译文
阁下风姿惹人爱,曾在巷口等待我,后悔没能跟你走。
阁下健壮身姿美,曾在堂屋等待我,后悔没有随你去。
穿上锦衣与披风,换上锦缎与纱裙。叔叔伯伯快回来,驾车接我一起同回还。
换上锦缎与纱裙,穿上锦衣与披风。叔叔伯伯快回来,驾车接我一起同归还。

东门之墠

东门之墠①，茹藘②在阪③。其室则迩④，其人甚远。
东门之栗，有践⑤家室。岂不尔思？子不我即。

注释
① 墠（shàn）：经过整治的郊野平地。
② 茹（rú）藘（lú）：草名，即茜草。
③ 阪（bǎn）：小山坡。
④ 迩（ěr）：近。
⑤ 践：好。

译文
东门的郊野，茜草漫山坡。家虽离我近，人却隔很远。
东门有栗树，屋舍齐整列。岂是不想你？你不亲近我。

风雨

风雨凄凄,鸡鸣喈喈①。既见君子,云胡不夷?
风雨潇潇,鸡鸣胶胶。既见君子,云胡不瘳②?
风雨如晦,鸡鸣不已。既见君子,云胡不喜?

注释
① 喈(jiē)喈:鸡鸣声。
② 瘳(chōu):病愈,此指愁思萦怀的心病消除。

译文
凄风冷雨,鸡鸣不息。终于见到你,怎能不开心?
凄风冷雨,鸡鸣不止。终于见到你,怎会不高兴?
风雨昏暗,鸡鸣不已。终于见到你,怎么不欢喜?

子衿

青青子衿①,悠悠我心。纵我不往,子宁不嗣音②?

青青子佩,悠悠我思。纵我不往,子宁不来?

挑兮达兮③,在城阙兮。一日不见,如三月兮。

注释
① 子衿:周代读书人的服装。衿,衣领。
② 嗣(sì)音:保持音信。嗣,接续,继续。
③ 挑(tiāo,一说读tāo)、达(tà):独自走来走去的样子。

译文
　　青青的是你的衣领,悠悠的是我的心境。即使我没去找你,难道你就没音信?
　　青青的是你的佩带,悠悠的是我的情怀。即使我没去找你,难道你就不会来?
　　独自来往多匆忙,前往城楼去守望。一天没能见到你,仿佛过了三个月!

扬之水

扬之水①,不流束楚。终鲜②兄弟,维予与女。
无信人之言,人实迋③女。
扬之水,不流束薪。终鲜兄弟,维予二人。
无信人之言,人实不信。

注释
① 扬之水:平缓流动的水。扬,悠扬,缓慢无力的样子。
② 鲜(xiǎn):缺少。
③ 迋(kuáng):欺骗。

译文
悠扬流淌的河水,无法冲走一捆荆。我的兄弟本就少,只剩你我共相依。莫听外人的闲言,他人确实在骗你。
悠扬流淌的河水,无法冲走一捆柴。我的兄弟本就少,只剩你我共相依。莫听外人的闲言,他人确实不可信。

出其东门

出其东门，有女如云。虽则如云，匪我思存。
缟①衣綦②巾，聊乐我员③。
出其闉阇④，有女如荼。虽则如荼，匪我思且。
缟衣茹藘⑤，聊可与娱。

注释
① 缟（gǎo）：白色；素白绢。
② 綦（qí）：暗绿色。
③ 员（yún）：同"云"，语助词。
④ 闉（yīn）阇（dū）：外城门。
⑤ 茹藘：茜草，可染绛红色，此指绛红色围巾。

译文
来到东门外，美云多如云。虽然多如云，没我思念者。白衣青巾女，才让我快乐。
来到城门外，美女美如荼。虽然美如荼，没我心爱者。白衣红巾女，才让我心欢。

野有蔓草

野有蔓草①,零露漙②兮。有美一人,清扬婉兮。
邂逅③相遇,适我愿兮。
野有蔓草,零露瀼瀼④。有美一人,婉如清扬。
邂逅相遇,与子偕臧⑤。

注释

① 蔓(màn)草:蔓延生长的草。
② 漙(tuán):形容露水多。
③ 邂逅:不期而遇。
④ 瀼(ráng)瀼:形容露水浓。
⑤ 偕臧:都满意,情投意合的意思。臧:善。

译文

野外有蔓草,滴落露水多。美人独自行,清扬又婉约。偶遇此佳人,正是遂我愿。
野外有蔓草,滴落露水多。美人独自行,婉约又清新。偶遇此佳人,与她共和谐。

溱洧

溱与洧①,方涣涣兮。

士与女,方秉蕳②兮。

女曰:"观乎?"士曰:"既且③。""且往观乎?"

洧之外,洵訏④且乐。

维士与女,伊其相谑,赠之以勺药。

溱与洧,浏其清矣。

士与女,殷其盈矣。

女曰:"观乎?"士曰"既且。""且往观乎?"

洧之外,洵訏且乐。

维士与女,伊其将谑,赠之以勺药。

注释

① 溱(zhēn)、洧(wěi):郑国两条河名。
② 蕳(jiān):一种兰草。又名大泽兰,与山兰有别。
③ 且(cú):同"徂",去,往。
④ 訏(xū):实在宽广。

译文

溱水与洧水,汩汩正流淌。
男子与女子,手持兰草往。
女子说:"看看?"男子说:"看过。""再去又何妨。"
洧水的对岸,广阔又欢乐。
男女同结伴,欢声笑语生恋情,互赠芍药以为信。
溱水与洧水,清澈又干净。
男子与女子,热闹又喧嚣。
女子说:"看看?"男子说:"看过。""再去又何妨。"
洧水的对岸,广阔又欢乐。
男女同结伴,欢声笑语生恋情,互赠芍药以为信。

齐风

鸡鸣

"鸡既鸣矣,朝①既盈矣。""匪鸡则鸣,苍蝇之声。"
"东方明矣,朝既昌矣。""匪东方则明,月出之光。"
"虫飞薨薨②,甘与子同梦。""会且归矣,无庶予子憎。"

注释

① 朝(cháo):朝廷,朝堂。
② 薨(hōng)薨:飞虫的振翅声。

译文

"雄鸡既然已打鸣,早朝官员已上堂。""其实不是鸡打鸣,而是苍蝇太聒噪。"

"东方日出天已明,早朝官员都到齐。""其实不是东方明,而是月光依然亮。"

"虫子飞舞声嗡嗡,情愿与你在梦中。""朝会快散早回来,希望不要招人恨。"

还

子之还^①兮,遭我乎峱^②之间兮。
并驱从两肩^③兮,揖我谓我儇^④兮。
子之茂兮,遭我乎峱之道兮。
并驱从两牡兮,揖我谓我好兮。
子之昌兮,遭我乎峱之阳兮。
并驱从两狼兮,揖我谓我臧^⑤兮。

注释
① 还(xuán):通"旋",敏捷,灵便。
② 峱(náo):齐国山名,在今山东淄博南。
③ 肩:借为"豜(jiān)",大猪。
④ 儇(xuān):轻快便捷。
⑤ 臧(zāng):善,好。

译文
　　阁下矫健又轻盈,与我相逢峱山间。我俩并肩逐大猪,作揖夸我好身手。
　　阁下擅射又强壮,与我相逢峱山道。我俩并肩逐公兽,作揖夸我技艺高。
　　阁下狩猎气势旺,与我相逢峱山南。我俩并肩逐野狼,作揖夸我不寻常。

著

俟我于著①乎而②,充耳③以素乎而,尚之以琼华④乎而。

俟我于庭乎而,充耳以青乎而,尚之以琼莹乎而。

俟我于堂乎而,充耳以黄乎而,尚之以琼英乎而。

注释
① 著:正门与屏风之间叫"著"。
② 乎而:方言,此处作语气助词。
③ 充耳:饰物,悬在冠之两侧,以玉制成,下垂至耳。
④ 华:与下文的"莹""英",均指玉之光彩色泽,一说琼华、琼莹、琼英皆为美石之名。

译文
郎君在那门屏之间等着我,素白丝线垂在他耳边,上面悬挂着琼华美玉。

郎君在那庭院之中等着我,青蓝丝线垂在他耳边,上面悬挂着琼莹美玉。

郎君在那大堂之上等着我,亮黄丝线垂在他耳边,上面悬挂着琼英美玉。

东方之日

东方之日兮，彼姝者子，在我室兮。
在我室兮，履我即兮。
东方之月兮，彼姝者子，在我闼①兮。
在我闼兮，履我发兮。

注释　① 闼（tà）：内门。一说内室。

译文　东方的太阳已经升起来，那位姑娘长得真好看，她此刻正在我的房间。她此刻正在我的房间，轻轻走来与我坐一起。
东方的月亮已经升起来，那位姑娘长得真好看，她此刻正在我的内门。她此刻正在我的内门，轻轻踩着我的脚印。

东方未明

东方未明，颠倒衣裳。颠之倒之，自公召之。

东方未晞①，颠倒裳衣。倒之颠之，自公令之。

折柳樊圃，狂夫②瞿瞿③。不能辰夜，不夙则莫④。

注释

① 晞（xī）："昕"的假借，破晓，天刚亮。
② 狂夫：指监工。
③ 瞿（jù）瞿：瞪视貌。
④ 莫（mù）：古"暮"字，晚。

译文

东方天空还未亮，匆忙穿反了衣裳。衣裳颠倒穿上身，只因主公有召唤。

东方天空蒙蒙亮，匆忙穿反了衣裳。颠倒衣裤穿上身，只因主公有命令。

折柳筑篱围菜圃，狂妄监工瞪着眼。不管白天或黑夜，不是清早即深夜。

南山

南山崔崔,雄狐绥绥①。鲁道有荡,齐子由归。

既曰归止,曷又怀止?

葛屦②五两,冠绥③双止。鲁道有荡,齐子庸止。

既曰庸止,曷又从止?

艺④麻如之何?衡从其亩。取妻如之何?必告父母。

既曰告止,曷又鞠⑤止?

析薪⑥如之何?匪斧不克。取妻如之何?匪媒不得。

既曰得止,曷又极止?

注释
① 绥(suí)绥:缓缓行走的样子。
② 屦(jù):麻、葛等制成的单底鞋。
③ 绥(ruí):帽带下垂的部分。
④ 艺:种植。
⑤ 鞠(jú):穷,放任无束。
⑥ 析(xī)薪:砍柴。

译文

南山高耸又巍峨,雄狐徐徐独自行。鲁国道路宽又平,出嫁文姜由此行。既然已经嫁出去,为何想念无法停?

葛布鞋子成一对,帽的带子成双佩。鲁国大路宽又平,出嫁文姜从此行。既然已经嫁出去,为何思念不曾停?

麻草应该怎么种?纵横耕田来回犁。娶妻应当怎么娶?必须告知父和母。既然已经告知过,为何还要再任性?

砍柴应该怎么砍?不用斧头劈不开。娶妻应当怎么娶?没有媒人说不来。既然礼数已周到,为何还要再胡闹?

甫田

无田甫田①，维莠②骄骄。无思远人，劳心忉忉③。

无田甫田，维莠桀桀④。无思远人，劳心怛怛⑤。

婉兮娈兮。总角⑥丱⑦兮。未几见兮，突而弁兮⑧！

注释

① 无田（diàn）甫田：前一"田"，同"佃"，种田；甫田：大田。
② 莠（yǒu）：杂草；狗尾草。
③ 忉（dāo）忉：忧劳貌。
④ 桀桀：高大貌。
⑤ 怛（dá）怛：悲伤。
⑥ 总角：古代男孩将头发梳成两个髻。
⑦ 丱（guàn）：形容总角翘起之状。
⑧ 弁（biàn）：冠，成人的帽子，这里用作动词。古代男子二十而冠。

译文

无力耕种大片田，留下杂草遍地生。不要思念远方人，徒增忧愁劳心神。

无力耕种大片田，留下杂草长又高。不要思念远方人，徒增伤心劳心神。

年少俊俏惹人爱，头发梳成两个髻。仅仅几日未见面，突然弱冠已成年！

卢令

卢^①令令，其人美且仁。

卢重环^②，其人美且鬈^③。

卢重鋂^④，其人美且偲^⑤。

注释
① 卢：黑毛猎犬。
② 重环：大环套小环，又称子母环。
③ 鬈（quán）：勇壮。一说发好貌。
④ 重鋂（méi）：一个大环套两个小环。
⑤ 偲（cāi）：多才多智。一说须多而美。

译文
黑色猎犬颈环响，主人俊美又仁义。
黑色猎犬子母环，主人俊美又强壮。
黑色猎犬戴双环，主人俊美又有才。

敝笱

敝笱①在梁②,其鱼鲂鳏。齐子归止,其从如云。

敝笱在梁,其鱼鲂鱮③。齐子归止,其从如雨。

敝笱在梁,其鱼唯唯。齐子归止,其从如水。

注释

① 敝笱(gǒu):敝,破。笱,竹制的鱼篓。对制止鱼儿来往游动无能为力,隐射文姜和齐襄公的不守礼法。
② 梁:鱼梁,筑在河中用于捕鱼的堤坝。
③ 鱮(xù):鲢鱼。

译文

破旧鱼篓在鱼坝,鲂鱼鳏鱼自逍遥。文姜出嫁又回齐,随行仆从多如云。

破旧鱼篓在鱼坝,鲂鱼鲢鱼自逍遥。文姜出嫁又回齐,随行仆从密如雨。

破旧鱼篓在鱼坝,各种鱼儿自逍遥。文姜出嫁又回齐,随行仆从如水流。

载驱

载驱薄薄,簟①茀②朱鞹③。鲁道有荡,齐子发夕。
四骊④济济,垂辔沵沵⑤。鲁道有荡,齐子岂弟⑥。
汶水汤汤,行人彭彭。鲁道有荡,齐子翱翔。
汶水滔滔,行人儦儦⑦。鲁道有荡,齐子游敖⑧。

注释

① 簟(diàn):方纹竹席。
② 茀(fú):车帘。
③ 朱鞹(kuò):红色皮革制的车盖。
④ 骊(lí):黑马。
⑤ 沵(nǐ)沵:柔软的样子。
⑥ 岂(kǎi)弟(tì):天刚亮。一说欢乐。
⑦ 儦(biāo)儦:行人往来貌。
⑧ 游敖:遨游。

译文

驾着马车一路奔,竹席车帘朱红盖。鲁国大道坦荡荡,文姜日夜在路上。
四匹黑马齐整整,垂下缰绳软又柔。鲁国大道坦荡荡,文姜欢欣不知羞。
汶河之水势滔滔,路人围观人挤人。鲁国大路坦荡荡,文姜快乐回家乡。
汶河之水浩荡荡,路人围观好热闹。鲁国大道坦荡荡,文姜放浪不自知。

猗嗟

猗嗟①昌兮，颀而长兮。抑②若扬兮，美目扬兮。巧趋跄③兮，射则臧兮。

猗嗟名兮，美目清兮。仪既成兮，终日射侯。不出正兮，展我甥兮。

猗嗟娈④兮，清扬婉兮。舞则选兮，射则贯兮。四矢反⑤兮，以御乱兮。

注释

① 猗（yī）嗟：赞叹声。
② 抑（yì）：同"懿"，美好。
③ 跄（qiāng）：步有节奏，摇曳生姿。
④ 娈（luán）：美好。
⑤ 反：指箭皆射中一个点。

译文

哎哟小哥真漂亮，身材修长个子高。天庭宽阔容貌端，美目明亮很有神。动作轻巧身矫健，射箭技艺也很高。

哎哟小哥真清秀，眼睛好看又清澈。礼仪仪式已完成，整天射箭不懈息。箭箭都能中靶心，不愧是我的好外甥。

哎哟小哥真美好，俊朗飘逸又潇洒。舞姿端正显才华，射箭贯穿那靶心。四箭皆能中一点，抵御战乱镇四方。

魏风

葛屦

纠纠葛屦①,可以履霜?掺掺②女手,可以缝裳?要③之襋④之,好人服之。

好人提提⑤,宛然左辟⑥,佩其象揥⑦。维是褊心⑧,是以为刺。

注释
① 葛屦(jù):指夏天穿的葛绳编制的鞋。
② 掺(shān)掺:同"纤纤",形容女子的手很柔弱纤细。
③ 要(yāo):衣的腰身,作动词,缝好腰身。一说纽襻。
④ 襋(jí):衣领,作动词,缝好衣领。
⑤ 提(shī)提:同"媞媞",安舒貌。
⑥ 辟(bì):同"避"。左辟即向左避开。
⑦ 揥(tì):古首饰,可以用来搔头。
⑧ 褊(piān)心:心胸狭窄。

译文
脚上葛鞋用绳系,是否可以踏过霜?纤纤柔嫩女子手,是否可以缝衣裳?缝好腰身和衣领,主人换上新衣裳。
女主人穿上好满意,随后扭头转向左,象牙发簪戴头上。只因主人心眼小,写下此诗讽刺她。

汾沮洳

彼汾沮洳①,言采其莫②。彼其之子,美无度。美无度,殊异乎公路!

彼汾一方,言采其桑。彼其之子,美如英。美如英,殊异乎公行③!

彼汾一曲,言采其藚④。彼其之子,美如玉。美如玉,殊异乎公族。

注释
① 沮(jù)洳(rù):水边低湿的地方。
② 莫:草名,即酸模,又名羊蹄菜。
③ 公行(háng):官名,掌管王公兵车的官吏。
④ 藚(xù):药用植物,即泽泻草。

译文
在那汾水低洼地,有个小伙在采莫。那个男子动我心,美好英俊无人匹。美好英俊无人匹,公家官吏没得比。
在那汾水的岸边,有个小伙在采桑。那个男子动我心,美好英俊如花朵。美好英俊如花朵,公家官吏没得比。
在那汾水的河湾,有个小伙在采藚。那个男子动我心,美好英俊如润玉。美好英俊如润玉,贵族子弟没得比。

园有桃

园有桃，其实之殽。心之忧矣，我歌且谣。不知我者，谓我士也骄。彼人是哉，子曰何其？心之忧矣，其谁知之？其谁知之，盖亦勿思！

园有棘①，其实之食。心之忧矣，聊以行国。不知我者，谓我士也罔极②。彼人是哉，子曰何其？心之忧矣，其谁知之？其谁知之，盖亦勿思！

注释
① 棘：指酸枣树。
② 罔极：无极，无常，没有准则。

译文
园子里面有桃树，桃树果实可以食。心中满满是忧虑，且歌且谣以解愁。那些不了解我的，说我为人太自负。他们说得也没错，你说让我怎么办？心中满满是忧虑，有谁能够了解我？无人能够知我心，不如不要去思虑！
园子里有酸枣树，酸枣果实可以吃。心中满满是忧虑，不如出门去周游。那些不了解我的，说我为人背常道。他们说得也没错，你说让我怎么办？心中满满是忧虑，有谁能够了解我？无人能够知我心，不如不要去思虑！

陟岵

陟彼岵①兮，瞻望父兮。父曰："嗟！予子行役，夙夜无已。上慎旃②哉，犹来无止！"

陟彼屺③兮，瞻望母兮。母曰："嗟！予季行役，夙夜无寐。上慎旃哉，犹来无弃！"

陟彼冈兮，瞻望兄兮。兄曰："嗟！予弟行役，夙夜必偕④。上慎旃哉，犹来无死！"

注释
① 岵（hù）：有草木的山。
② 旃（zhān）：语气助词。
③ 屺（qǐ）：无草木的山。
④ 偕（xié）：俱，在一起。

译文
登上苍郁的山坡，遥望父亲所在的家乡。临别父亲对我说："唉！我儿服役去远方，日夜劳作无休息。希望凡事都谨慎，该回来时赶紧回，千万不要多停留！"
登上荒凉的山坡，遥望母亲所在的家乡。临别母亲对我说："唉！我儿服役去远方，日夜劳作不得眠。希望凡事都谨慎，该回来时赶紧回，千万不要忘故乡！"
登上险峻的山脊，遥望兄长所在的家乡。临别兄长对我说："唉！我弟服役去远方，日夜劳作累得慌。希望凡事都谨慎，该回来时赶紧回，千万不要丢性命！"

十亩之间

十亩之间①兮,桑者闲闲兮,行与子还兮。
十亩之外兮,桑者泄泄②兮,行与子逝兮。

注释
① 十亩之间:指郊外场圃之地。
② 泄(yì)泄:和乐的样子,一说人多的样子。

译文
十亩桑田之间呀,采桑之人多悠闲啊,说说笑笑一同回。
十亩桑田之外呀,采桑之人多和谐啊,其乐融融携手归。

伐檀

坎坎①伐檀兮，置②之河之干兮，河水清且涟猗。不稼③不穑④，胡取禾三百廛⑤兮？不狩不猎，胡瞻尔庭有县⑥貆⑦兮？彼君子兮，不素餐兮！

坎坎伐辐兮，置之河之侧兮，河水清且直猗。不稼不穑，胡取禾三百亿兮？不狩不猎，胡瞻尔庭有县特兮？彼君子兮，不素食兮！

坎坎伐轮兮，置之河之漘⑧兮，河水清且沦猗。不稼不穑，胡取禾三百囷⑨兮？不狩不猎，胡瞻尔庭有县鹑兮？彼君子兮，不素飧⑩兮！

注释

① 坎坎：象声词，伐木声。
② 置：放置。
③ 稼（jià）：播种。
④ 穑（sè）：收获。
⑤ 廛（chán）：通"缠"，古代的度量单位，三百廛就是三百束。
⑥ 县（xuán）：通"悬"，悬挂。
⑦ 貆（huán）：猪獾。也有说是幼小的貉。

⑧ 漘（chún）：水边。
⑨ 囷（qūn）：束。一说圆形的谷仓。
⑩ 飧（sūn）：熟食，此处泛指吃饭。

译文　使劲砍伐那檀树，砍完放置在河边，河水清澈泛涟漪。你们不耕也不收，凭什么收禾三百捆？你们从来不狩猎，凭什么院子里挂猪獾？那些为官的老爷，别吃干饭不做事！

使劲砍伐做车辐，砍完放置在河边，河水清澈波浪缓。你们不耕也不收，凭什么收禾三百束？你们从来不狩猎，凭什么院子里挂兽肉？那些为官的老爷，别吃干饭不做事！

使劲砍伐做车轮，砍完放置在河边，河水清澈微波荡。你们不耕也不收，凭什么收禾三百扎？你们从来不狩猎，凭什么院子里挂鹌鹑？那些为官的老爷，别吃干饭不做事！

硕鼠

硕鼠硕鼠,无食我黍!三岁①贯②女,莫我肯顾。
逝③将去女,适彼乐土。乐土乐土,爰得我所。
硕鼠硕鼠,无食我麦!三岁贯女,莫我肯德。
逝将去女,适彼乐国。乐国乐国,爰得我直。
硕鼠硕鼠,无食我苗!三岁贯女,莫我肯劳。
逝将去女,适彼乐郊。乐郊乐郊,谁之永号?

注释
① 三岁:不是确指,多年之意。
② 贯:借作"宦",侍奉,供养。
③ 逝:通"誓",发誓。

译文
贪得无厌的大老鼠,请不要吃我的黍!长年累月供养你,你却从来不关照。发誓必须离开你,去找远方的乐土。寻得幸福的乐土,才是我想要的好住处。
贪得无厌的大老鼠,请不要吃我的麦!长年累月供养你,你却从不讲仁义。发誓必须离开你,去找远方的乐国。寻得美好的乐国,才是我想要的好去处。
贪得无厌的大老鼠,请不要吃我的苗!长年累月供养你,你却从来不慰劳。发誓必须离开你,去找远方的乐郊。寻得逍遥的乐郊,还有谁会哀号哭诉?

唐风

蟋蟀

蟋蟀在堂，岁聿①其莫②。今我不乐，日月其除。
无已大康③，职思其居。好乐无荒，良士瞿瞿④。
蟋蟀在堂，岁聿其逝。今我不乐，日月其迈。
无已大康，职思其外。好乐无荒，良士蹶蹶⑤。
蟋蟀在堂，役车其休。今我不乐，日月其慆⑥。
无已大康，职思其忧。好乐无荒，良士休休。

注释
① 聿（yù）：作语助词。
② 莫：古"暮"字。
③ 大（tài）康：过于享乐。
④ 瞿（jù）瞿：警惕瞻顾貌，一说敛也。
⑤ 蹶（guì）蹶：勤奋状。
⑥ 慆（tāo）：逝去。

译文
天冷蟋蟀进厅堂，转眼一年已到头。如今我不去行乐，时间无情匆匆过。行乐也别太无度，职责所在莫要忘。行乐不可荒主业，有德之人常警戒。

天冷蟋蟀进厅堂，转眼一年又逝去。如今我不去行乐，时间无情向前走。行乐也别太无度,分外之事也别放。行乐不可荒主业,有德之人自勤勉。

天冷蟋蟀进厅堂,行役车马要休息。如今我不去行乐,时间无情不等闲。行乐也别太无度,职责所在常思虑。行乐不可荒主业,有德之人常得闲。

山有枢

山有枢①，隰有榆。子有衣裳，弗曳②弗娄。
子有车马，弗驰弗驱。宛其死矣，他人是愉。
山有栲，隰有杻。子有廷内，弗洒弗扫。
子有钟鼓，弗鼓弗考。宛其死矣，他人是保。
山有漆，隰有栗。子有酒食，何不日鼓瑟？
且以喜乐，且以永日。宛其死矣，他人入室。

注释

① 枢（shū）：与下文"榆（yú）""栲（kǎo）""杻（niǔ）"，皆为树木名。
② 曳（yè）：拖。

译文

山上长着刺榆，洼地生长白榆。你有许多好衣裳，从来不穿也不用。你有好车和良马，从来不乘也不骑。等到将来过世后，别人拿去多欢喜。

山上长着山栲，洼地生长杻树。你有庭院和屋舍，从不洒水和清扫。你有钟鼓等乐器，从来不敲也不打。等到将来过世后，别人占有多惬意。

山上长着漆树，洼地生长栗子。你有美酒与佳肴，何不鼓瑟来享乐？不如及时去行乐，且将当下作永恒。等到将来过世后，别人住进你房里。

扬之水

扬之水,白石凿凿。素衣朱襮①,从子于沃②。

既见君子,云何不乐?

扬之水,白石皓皓。素衣朱绣,从子于鹄③。

既见君子,云何其忧?

扬之水,白石粼粼。我闻有命,不敢以告人!

注释
① 襮(bó):绣有黼文的衣领,或说衣袖。
② 沃:曲沃,今山西省闻喜县东。
③ 鹄(hú):邑名,即曲沃。

译文
  悠然流淌的河水,冲得白石更鲜明。素白衣服朱红领,跟从阁下到曲沃。既然见到了君子,心中怎能不欢乐?
  悠然流淌的河水,冲得白石更透亮。素白衣服朱红领,跟从阁下到曲沃。既然见到了君子,心中怎会有忧愁?
  悠然流淌的河水,冲得白石更清澈。听闻有令要起事,不敢告知于他人。

椒聊

椒聊之实,蕃衍①盈升。彼其之子,硕大无朋。
椒聊且②,远条且!
椒聊之实,蕃衍盈匊③。彼其之子,硕大且笃。
椒聊且,远条且!

注释

① 蕃衍:繁多,众多。
② 且(jū):语末助词。
③ 匊(jū):"掬"的古字,两手合捧。

译文

花椒树上结果实,满满当当用升量。那位美好的男子呀,高大威猛世无双。花椒果实多又多,香气洋溢到远方!
花椒树上结果实,满满当当用手捧。那位美好的男子呀,高大威猛又善良。花椒果实多又多,香气洋溢到远方!

绸缪

绸缪①束薪②,三星③在天。今夕何夕,见此良人?

子兮④子兮,如此良人何?

绸缪束刍⑤,三星在隅。今夕何夕,见此邂逅?

子兮子兮,如此邂逅何?

绸缪束楚,三星在户。今夕何夕,见此粲⑥者?

子兮子兮,如此粲者何?

注释

① 绸(chóu)缪(móu):缠绕,捆束,犹缠绵也。
② 束薪:喻夫妇同心,情意缠绵,后成为婚姻礼。
③ 三星:参星,主要由三颗星组成。
④ 子兮(xī):你呀。
⑤ 刍(chú):喂牲口的青草。
⑥ 粲(càn):漂亮的人,指新娘。

译文

缠绕木柴捆成束,参星悬挂在天上。今晚到底是何夜,竟然见到此良人?你呀你呀真可爱,如此良人怎么办?

缠绕草料捆成束,参星已到天东南。今晚到底是何夜,竟然与你能相逢?你呀你呀真可爱,邂逅之后怎么办?

缠绕荆条捆成束,参星已到门户边。今晚到底是何夜,竟然遇见此美人?你呀你呀真可爱,如此美人怎么办?

杕杜

有杕①之杜②，其叶湑湑③。独行踽踽④，岂无他人？不如我同父。嗟行之人，胡不比焉？人无兄弟，胡不佽⑤焉？

有杕之杜，其叶菁菁。独行睘睘⑥，岂无他人？不如我同姓。嗟行之人，胡不比焉？人无兄弟，胡不佽焉？

注释
① 杕（dì）：树木孤立生长貌。
② 杜：甘棠。
③ 湑（xǔ）湑：形容树叶茂盛。
④ 踽（jǔ）踽：单身独行、孤独无依的样子。
⑤ 佽（cì）：资助，帮助。
⑥ 睘（qióng）睘：同"茕茕"，孤独无依的样子。

译文
甘棠树孤独生长，叶片繁盛长得茂。独自在外好凄凉，难道再无其他人？比不上我亲兄弟。感叹一路所遇人，为何不与我亲近？孤身在外无兄弟，为何无人肯帮衬？
甘棠树孤独生长，叶片青青长得密。独自在外好辛酸，难道再无其他人？比不上我好兄弟。感叹一路所遇人，为何不与我亲近？孤身在外无兄弟，为何无人肯帮衬？

羔裘

羔裘豹祛①,自我人居居②。岂无他人?维子之故。
羔裘豹褎③,自我人究究。岂无他人?维子之好。

注释
① 祛(qū):袖口。豹祛即镶着豹皮的袖口。
② 居(jù)居:"倨倨",傲慢无礼。
③ 褎(xiù):同"袖",衣袖口。

译文
羊皮袄上豹皮袖,对待我却不讲礼。难道我没他人爱?只因你是旧相识。
羊皮袄上豹皮袖,对待我却太狂傲。难道我没他人爱?只因你是老朋友。

鸨羽

肃肃鸨①羽,集于苞栩②。王事靡盬③,不能蓺④稷黍。

父母何怙⑤?悠悠苍天,曷其有所?

肃肃鸨翼,集于苞棘。王事靡盬,不能蓺黍稷。

父母何食?悠悠苍天,曷其有极?

肃肃鸨行,集于苞桑。王事靡盬,不能蓺稻粱。

父母何尝?悠悠苍天,曷其有常?

注释

① 鸨(bǎo):鸟名,似雁,群居水草地区,性不善栖木。
② 栩(xǔ):栎(lì)树。
③ 盬(gǔ):休止。
④ 蓺(yì):种植。
⑤ 怙(hù):依靠,凭恃。

译文

野雁振羽声肃肃,聚在繁密栎树丛。君王征战不停歇,无法耕种稷与黍。父母苍老何所依?悠悠苍天告诉我,到底何时才能回?

野雁振翅声肃肃,聚在繁密酸枣林。君王征战不停歇,无法耕种黍与稷。父母年迈何所食?悠悠苍天告诉我,到底何时到尽头?

野雁飞行声肃肃,聚在繁密桑树林。君王征战不停歇,无法耕种稻与粱。父母饥饿吃什么?悠悠苍天告诉我,到底何时能正常?

无衣

岂曰无衣？七兮。不如子之衣，安且吉兮。
岂曰无衣？六兮。不如子之衣，安且燠①兮。

注释　①燠（yù）：暖热。

译文　怎能说没衣服穿？我有七件。却不如你的衣服，舒适又好看。
　　　怎能说没衣服穿？我有六件。却不如你的衣服，舒适又保暖。

有杕之杜

有杕①之杜,生于道左。彼君子兮,噬②肯适我?

中心好之,曷饮食之?

有杕之杜,生于道周③。彼君子兮,噬肯来游?

中心好之,曷饮食之?

注释

① 杕(dì):树木孤生独特貌。
② 噬(shì):发语词。
③ 周:通作"右"。

译文

棠梨树孤独生长,长在道路的左侧。那位有德的君子呀,是否愿意来找我?心中对你好欢喜,何不一同饮酒去?

棠梨树孤独生长,长在道路的右侧。那位有德的君子呀,是否愿意共游玩?心中对你好欢喜,何不一同饮酒去?

葛生

葛生蒙楚，蔹①蔓于野。予美亡此，谁与？独处。
葛生蒙棘，蔹蔓于域②。予美亡此，谁与？独息。
角枕③粲兮，锦衾④烂兮。予美亡此，谁与？独旦。
夏之日，冬之夜。百岁之后，归于其居⑤。
冬之夜，夏之日。百岁之后，归于其室。

注释
① 蔹（liǎn）：攀缘性多年生草本植物。
② 域：墓地。
③ 角枕：牛角做的枕头，敛尸物品。
④ 锦衾：锦缎被，尸体入敛时盖。
⑤ 其居：亡夫的墓穴。

译文
葛藤覆盖着荆条，白蔹蔓延于郊野。我的爱人亡于此，还能与谁相厮守？唯有独处度余生。
葛藤覆盖着酸枣，白蔹蔓延于墓地。我的爱人亡于此，还能与谁相厮守？唯有独寝度长夜。
棺内枕头犹鲜亮，所盖锦被仍灿烂。我的爱人亡于此，还能与谁相厮守？唯有独自到天亮。
盛夏白昼，寒冬深夜。待我百年后，与其葬一墓。
寒冬深夜，盛夏白昼。待我百年后，与其埋一室。

采苓

采苓①采苓,首阳②之巅。人之为言③,苟亦无信。
舍旃④舍旃,苟亦无然。人之为言,胡得焉?
采苦采苦,首阳之下。人之为言,苟亦无与。
舍旃舍旃,苟亦无然。人之为言,胡得焉?
采葑⑤采葑,首阳之东。人之为言,苟亦无从。
舍旃舍旃,苟亦无然。人之为言,胡得焉?

注释

① 苓(líng):药草名,即甘草。
② 首阳:山名,即雷首山。
③ 为(wěi)言:"伪言",谎话。
④ 舍旃(zhān):放弃它吧。
⑤ 葑(fēng):芜菁,又叫蔓菁,大头菜之类的蔬菜。

译文

采甘草呀采甘草,在那首阳山之巅。别人的谎言假话,切莫当真切莫信。离远些呀离远些,切莫当真切莫信。别人的谎言假话,能够得到什么呢?
采苦菜呀采苦菜,在那首阳山之下。别人的谎言假话,切莫参与切莫信。离远些呀离远些,切莫当真切莫信。别人的谎言假话,能够得到什么呢?
采芜菁呀采芜菁,在那首阳山之东。别人的谎言假话,切莫听从切莫信。离远些呀离远些,切莫当真切莫信。别人的谎言假话,能够得到什么呢?

秦风

车邻

有车邻邻①,有马白颠②。未见君子,寺人③之令。

阪④有漆,隰有栗。既见君子,并坐鼓瑟。

今者不乐,逝者其耋⑤。

阪有桑,隰有杨。既见君子,并坐鼓簧。

今者不乐,逝者其亡。

注释
① 邻邻:同"辚辚",车行声。
② 白颠:马额正中有块白毛。白颠马是一种良马,也称戴星马。
③ 寺人:宦者。
④ 阪(bǎn):山坡。
⑤ 耋(dié):八十岁,此处泛指老人。

译文
马车奔驰声辚辚,一匹骏马白额头。未能见到君子面,宦官通报等传令。
山坡之上种漆树,洼地之中有板栗。既已见到君子面,一同坐下来鼓瑟。如今若是不享乐,转眼沧桑人已老。
山坡之上种桑树,洼地之中有白杨。既已见到君子面,一同坐下吹响笙。如今若是不享乐,转眼沧桑人已亡。

驷驖

驷驖①孔阜②,六辔在手。公之媚子,从公于狩。

奉时辰牡,辰牡孔硕。公曰左之③,舍拔则获。

游于北园④,四马既闲。辀⑤车鸾镳⑥,载猃⑦歇骄⑧。

注释
① 驖(tiě):毛色似铁的好马。
② 阜:肥硕。
③ 左之:从左面射它。
④ 北园:秦君狩猎憩息的园囿。
⑤ 辀(yóu):用于驱赶堵截野兽的轻便车。
⑥ 镳(biāo):马衔铁。
⑦ 猃(xiǎn):长嘴猎狗。
⑧ 歇骄:亦作"猲骄",短嘴猎狗。

译文
四匹黑马肥又壮,六条缰绳握手上。秦公喜爱的宠臣,跟随主公共狩猎。

奉命驱赶那雄兽,雄兽肥硕四处跑。秦公下令向左转,弓箭离弦猎物倒。

猎毕游玩于北园,四匹马儿自清闲。轻便马车鸾铃响,车上载着小猎犬。

小戎

小戎①俴②收，五楘③梁辀④。游环胁驱，阴靷⑤鋈续⑥。文茵畅毂⑦，驾我骐⑧馵⑨。言念君子，温其如玉。在其板屋，乱我心曲。

四牡孔阜，六辔在手。骐駵⑩是中，騧⑪骊是骖。龙盾之合，鋈以觼軜⑫。言念君子，温其在邑。方何为期？胡然我念之。

俴驷孔群，厹⑬矛鋈錞⑭。蒙伐有苑⑮，虎韔⑯镂膺。交韔二弓，竹闭绲⑰縢⑱。言念君子，载寝载兴。厌厌良人，秩秩德音。

注释

① 小戎：兵车。因车厢较小，故称小戎。
② 俴（jiàn）：浅。
③ 五楘（mù）：用五根皮革缠在车辕上，起加固和修饰作用。
④ 梁辀（zhōu）：曲辕。
⑤ 靷（yǐn）：引车前行的皮革。
⑥ 鋈（wù）续：以白铜镀的环紧紧扣住皮带。鋈，白铜；续，连续。
⑦ 畅毂（gǔ）：通"长毂"。毂，车轮中心的圆木，中有圆孔，用以插轴。

⑧ 骐：青黑色纹理的马。

⑨ 骵（zhù）：左后蹄白或四蹄皆白的马。

⑩ 骝：黑鬃黑尾的红马。

⑪ 骒（guā）：黑嘴黄马。

⑫ 觼䩅：有舌的环穿过皮带，使骖马内缰绳固定。觼（jué）：有舌的环。䩅（nà）：内侧二马的缰绳。

⑬ 厹（qiú）矛：头有三棱锋刃的长矛。

⑭ 镦（duì）：矛柄下端的金属套。

⑮ 苑（yuàn）：花纹。

⑯ 虎韔（chàng）：虎皮弓囊。

⑰ 绲（gǔn）：绳。

⑱ 縢（téng）：缠束。

译文 兵车小巧车厢浅，五根皮箍绕车辕。游动铜环拴马背，拉扯皮带连铜环。虎皮坐垫长车毂，驾着马儿向前奔。念起出征的夫君，性情温润犹如玉。住在他的木板房，心乱如麻又忧伤。
四匹雄马肥又壮，六条缰绳握手上。青马红马在中间，黄马黑马在侧边。画龙盾牌合一块，铜环连着缰绳串。念起出征的夫君，在家乡时多忠厚。何时才能凯旋啊？我是如此思念他。
四马轻盈又齐整，三刃长矛镶铜金。巨大盾牌画图案，虎皮弓套刻花纹。双弓交叠装入袋，竹制弓绳缠绕紧。念起出征的夫君，或睡或醒心不宁。温和安静好夫君，守正遵德有美名。

蒹葭

蒹①葭②苍苍,白露为霜。所谓伊人,在水一方。
溯洄从之,道阻且长。溯游从之,宛在水中央。
蒹葭萋萋,白露未晞③。所谓伊人,在水之湄。
溯洄从之,道阻且跻④。溯游从之,宛在水中坻⑤。
蒹葭采采,白露未已。所谓伊人,在水之涘⑥。
溯洄从之,道阻且右。溯游从之,宛在水中沚⑦。

注释

① 蒹(jiān):没长穗的芦苇。
② 葭(jiā):初生的芦苇。
③ 晞(xī):干。
④ 跻(jī):升,登。
⑤ 坻(chí):水中的小洲。
⑥ 涘(sì):水边。
⑦ 沚(zhǐ):水中的沙滩。

译文

河边芦苇郁郁苍苍,凝结白露仿若成霜。心中爱慕的好姑娘,在那河水的一方。
我逆水而上去找她,道路多阻碍且漫长。我顺着水流去找她,好像就在水中央。
河边芦苇郁郁葱葱,白露未干天还凉爽。心中爱慕的好姑娘,在那河水另一头。
我逆水而上去找她,道路多阻碍且难登。我顺着水流去找她,好像就在水中滩。
河边芦苇蓊蓊郁郁,白露残留天还凉爽。心中爱慕的好姑娘,在那河水另一边。
我逆水而上去找她,道路多阻碍且弯曲。我顺着水流去找她,好像就在水中洲。

终南

终南何有?有条^①有梅。君子至止,锦衣狐裘^②。
颜如渥^③丹^④,其君也哉!
终南何有?有纪有堂^⑤。君子至止,黻衣^⑥绣裳^⑦。
佩玉将将^⑧,寿考^⑨不忘。

注释

① 条:树名,即山楸。
② 锦衣狐裘:当时诸侯的礼服。
③ 渥(wò):涂。
④ 丹:赤石制的红色颜料,今名朱砂。
⑤ 堂:通"棠",即棠梨。
⑥ 黻(fú)衣:黑色与青色花纹相间的上衣。
⑦ 绣裳:五彩绣成的下裳,贵族服装。
⑧ 将将:同"锵锵",象声词。
⑨ 考:高寿。

译文

终南山上有何物?有那山楸与梅树。有位君子来此处,身穿锦衣与狐裘。面色红润似抹丹,不愧秦国好君主!
终南山上有何物?有那杞柳与棠梨。有位君子来此处,贵族服饰五彩绣。佩玉叮当富贵显,愿君长寿又健康!

黄鸟

交交黄鸟,止于棘。谁从穆公?子车①奄息②。维此奄息,百夫之特。临其穴,惴惴其栗。彼苍者天,歼我良人!如可赎兮,人百其身!

交交黄鸟,止于桑。谁从穆公?子车仲行。维此仲行,百夫之防。临其穴,惴惴其栗。彼苍者天,歼我良人!如可赎兮,人百其身!

交交黄鸟,止于楚。谁从穆公?子车鍼虎。维此鍼虎,百夫之御。临其穴,惴惴其栗。彼苍者天,歼我良人!如可赎兮,人百其身!

注释
① 子车:复姓。
② 奄息:字奄,名息。下文子车仲行、子车鍼虎同此,这三人是当时秦国有名的贤臣。

译文
黄鸟飞舞声凄凄,停歇在那酸枣树上。谁从穆公去殉葬?此人叫子车奄息。就是这个好奄息,堪比百人之贤良。来到穆公的墓穴,心中惴惴身颤抖。苍天在上开开眼,我国好人要活埋!

如果可以赎他身,愿用百人来交换!

黄鸟飞舞声凄凄,停歇在那桑树上。谁从穆公去殉葬?此人叫子车仲行。就是这个好仲行,堪比百人之勇猛。来到穆公的墓穴,心中惴惴身颤抖。苍天在上开开眼,我国好人要活埋!如果可以赎他身,愿用百人来交换!

黄鸟飞舞声凄凄,停歇在那荆树上。谁从穆公去殉葬?此人叫子车鍼虎。就是这个好针虎,堪比百人之彪悍。来到穆公的墓穴,心中惴惴身颤抖。苍天在上开开眼,我国好人要活埋!如果可以赎他身,愿用百人来交换!

晨风

鴥①彼晨风②，郁彼北林。未见君子，忧心钦钦。
如何如何，忘我实多！
山有苞栎，隰有六驳③。未见君子，忧心靡乐。
如何如何，忘我实多！
山有苞棣④，隰有树檖⑤。未见君子，忧心如醉。
如何如何，忘我实多！

注释
① 鴥（yù）：鸟疾飞的样子。
② 晨风：鸟名，即鹯（zhān）鸟，属于鹞鹰一类的猛禽。
③ 六驳（bó）：木名，梓榆之属。
④ 棣：唐棣。
⑤ 檖（suì）：山梨。

译文
空中鹯鸟展翅飞翔，北方树林郁郁苍苍。未能见到君子面，忧心忡忡无欢颜。想不到呀想不到，你竟然会把我忘！
山上栎树遍地长，洼地梓榆生得茂。未能见到君子面，忧心忡忡无喜乐。想不到呀想不到，你竟然会把我忘！
山上唐棣遍地长，洼地山梨生得茂。未能见到君子面，忧心忡忡如醉酒。想不到呀想不到，你竟然会把我忘！

无衣

岂曰无衣？与子同袍。王于兴师，修我戈矛。与子同仇！
岂曰无衣？与子同泽①。王于兴师，修我矛戟。与子偕作！
岂曰无衣？与子同裳②。王于兴师，修我甲兵③。与子偕行！

注释
① 泽：内衣，如今之汗衫。
② 裳：下衣，此指战裙。
③ 甲兵：铠甲与兵器。

译文
岂可说没衣服穿？让我与你穿一件战袍。王者之师即将出征，修好我的戈与矛。我们一起同仇敌忾！
岂可说没衣服穿？让我与你穿一件内衣。王者之师即将出征，修好我的矛与戟。我们一起携手并进！
岂可说没衣服穿？让我与你穿一件战裙。王者之师即将出征，修好我的铠甲武器。我们一起勇往直前！

渭阳

我送舅氏,曰至渭阳。何以赠之?路车①乘黄。

我送舅氏,悠悠我思。何以赠之?琼瑰玉佩。

注释　① 路车:古代诸侯乘坐的车。

译文　我送舅舅归国去,不日来到渭水北。送他什么表心意?一辆豪车四黄马。

我送舅舅归国去,悠悠思念不停息。送他什么表心意?琳琅美玉做佩饰。

权舆

於①,我乎!夏屋②渠渠,今也每食无余。于嗟乎!不承权舆③!

於,我乎?每食四簋④,今也每食不饱。于嗟乎!不承权舆!

注释
① 於(wū):叹词。
② 夏屋:大屋。
③ 权舆:本指草木初发,此处引申为起始。
④ 簋(guǐ):古代青铜或陶制圆形食器。

译文
唉,我呀,当初豪宅深又阔,如今饭后没剩余。可怜我自己啊,待遇远不如当初!
唉,我呀,当初顿顿都丰盛,如今每餐吃不饱。可怜我自己啊,待遇远不如当初!

陈风

宛丘

子之汤^①兮，宛丘之上兮。洵有情兮，而无望兮。
坎其^②击鼓，宛丘之下。无冬无夏，值其鹭羽^③。
坎其击缶^④，宛丘之道。无冬无夏，值其鹭翿^⑤。

注释

① 汤（dàng）："荡"之借字，这里是舞动的样子。
② 坎其："坎坎"，描写击鼓声。
③ 鹭羽：指用白鹭羽毛做成的舞蹈道具。
④ 缶（fǒu）：瓦制的打击乐器。
⑤ 鹭翿（dào）：用鹭羽制作的伞形舞蹈道具。聚鸟羽于柄头，下垂如盖。

译文

你的身姿真飘逸，舞动在宛丘之上。确实对你怀情意，心中却知无希望。
击鼓声声多激昂，舞动在宛丘之下。寒冬盛夏都消失，唯有白鹭羽毛飞。
击缶声声多澎湃，舞动在宛丘之道。寒冬盛夏都消失，唯有白鹭羽毛扬。

东门之枌

东门之枌①,宛丘之栩②。子仲③之子,婆娑其下。
榖旦④于差⑤,南方之原。不绩其麻,市也婆娑。
榖旦于逝,越以鬷⑥迈。视尔如荍⑦,贻我握椒。

注释
① 枌(fén):白榆树。
② 栩(xǔ):栎树。
③ 子仲:陈国的姓氏。
④ 榖(gǔ)旦:良辰,好日子。
⑤ 差(chāi):选择。
⑥ 鬷(zōng):会聚,聚集。
⑦ 荍(qiáo):锦葵。

译文
东门外有白榆树,宛丘之上有栎树。子仲家的好姑娘,舞姿婆娑在树下。
挑选良辰与吉日,前往南边的平原。不要再纺手中麻,前往闹市跳舞吧。
良辰吉日要抓紧,越过人群去相聚。看你如同锦葵花,送我花椒表心意。

衡门

衡门之下,可以栖迟①。泌②之洋洋,可以乐饥③。
岂其食鱼,必河之鲂?岂其取妻,必齐之姜④?
岂其食鱼,必河之鲤?岂其取妻,必宋之子⑤?

注释

① 栖迟:栖息,安身,此指幽会。
② 泌(bì):"泌"与"密"同,均为男女幽约之地,在山边曰密,在水边曰泌,故泌水为一般的河流,而非确指。
③ 乐饥:隐语,指性饥渴。
④ 齐之姜:齐国的姜姓美女。姜姓人在齐国为贵族。
⑤ 宋之子:宋国的子姓女子。子姓人在宋国为贵族。

译文

衡门下面,可以歇息。泉水流淌,可以解渴。
莫非吃鱼,非要鲂鱼?莫非娶妻,非要齐女?
莫非吃鱼,非要鲤鱼?莫非娶妻,非要宋女?

东门之池

东门之池①,可以沤②麻。彼美淑姬,可与晤歌③。

东门之池,可以沤纻④。彼美淑姬,可与晤语。

东门之池,可以沤菅⑤。彼美淑姬,可与晤言。

注释
① 池:护城河。
② 沤(òu):长时间用水浸泡。
③ 晤(wù)歌:对歌。
④ 纻(zhù):同"苎",苎麻。
⑤ 菅(jiān):菅草。

译文
东门外的护城河,可以浸泡麻。那个美丽恬静的姑娘,可以来对歌。

东门外的护城河,可以浸苎麻。那个美丽恬静的姑娘,可以说说话。

东门外的护城河,可以浸菅草。那个美丽恬静的姑娘,可以诉衷情。

东门之杨

东门之杨,其叶牂牂①。昏以为期,明星煌煌。

东门之杨,其叶肺肺②。昏以为期,明星晢晢③。

注释

① 牂(zāng)牂:风吹树叶的响声。一说枝叶茂盛的样子。
② 肺(pèi)肺:枝叶茂盛的样子。
③ 晢(zhé)晢:明亮的样子。

译文

东门外的小白杨,叶子茂盛有光泽。约好黄昏来约会,如今星星都闪烁。

东门外的小白杨,风吹树叶哗哗响。约好黄昏来约会,如今星星已满天。

墓门

墓门①有棘,斧以斯之。夫也不良,国人知之。
知而不已,谁昔然矣。
墓门有梅,有鸮②萃止。夫也不良,歌以讯之。
讯予不顾,颠倒思予。

注释
① 墓门:墓道的门。
② 鸮(xiāo):猫头鹰,古人认为是恶鸟。

译文
墓道门前有酸枣树,拿来斧头砍掉它。男人行为不端正,举国上下都知道。明知故犯不会改,从前现在无不同。
墓道门前有梅树,猫头鹰在上面住。男人行为不端正,编个歌谣劝诫他。反复劝诫也不听,等到落魄想起我。

防有鹊巢

防有鹊巢，邛①有旨苕②。谁侜③予美？心焉忉忉④。
中唐⑤有甓⑥，邛有旨鷊⑦。谁侜予美？心焉惕惕⑧。

注释

① 邛（qióng）：土丘，山丘。
② 苕（tiáo）：一种蔓生植物，生长在低湿的地上。
③ 侜（zhōu）：谎言欺骗，挑拨。
④ 忉（dāo）忉：忧愁不安的样子。
⑤ 中唐：古代堂前或门内的甬道，泛指庭院中的主要道路。
⑥ 甓（pì）：砖瓦，瓦片。
⑦ 鷊（yì）：杂色小草，又叫绶草，一般生长在阴湿处。
⑧ 惕（tì）惕：提心吊胆、恐惧不安的样子。

译文

堤岸上有喜鹊巢，土丘上有鲜嫩苕。谁在离间我心爱的人？心中忧愁如火烧。
堂前大路有砖瓦，土丘上有鲜嫩草。谁在离间我心爱的人？心中不安又生气。

月出

月出皎兮,佼人僚①兮。舒窈纠②兮,劳心悄兮。

月出皓兮,佼人懰③兮。舒忧受兮,劳心慅④兮。

月出照兮,佼人燎兮。舒夭绍⑤兮,劳心惨⑥兮。

注释

① 僚:通"嫽",娇美。
② 窈纠(jiǎo):形容女子行走时体态的曲线美。
③ 懰(liú):妩媚。
④ 慅(cǎo):忧愁,心神不安。
⑤ 夭绍:形容女子风姿绰约。
⑥ 惨:当为"懆(cǎo)",焦躁貌。

译文

月亮出来光皎洁,美人出来惹人怜。身姿窈窕步履缓,让我忧心让我愁。

月亮出来光皓皓,美人出来貌如花。身姿摇曳步履缓,让我忧心让我乱。

月亮出来光明照,美人出来撩人笑。身姿绰约步履缓,让我思念心焦躁。

株林

胡为乎株①林?从夏南;匪适株林,从夏南!
驾我乘马②,说③于株野;乘我乘驹,朝食于株。

注释
①株:陈国邑名。
②乘(shèng)马:四匹马。古以一车四马为一乘。
③说(shuì):通"税",停车解马。

译文
为何要去那株林?其实是去找夏南;不是为了去株林,其实是去找夏南!
驾着大车四匹马,歇息在株林郊外。架着大车四匹马,清早用餐株林下!

泽陂

彼泽之陂①,有蒲与荷。有美一人,伤如之何?

寤寐无为,涕泗滂沱②。

彼泽之陂,有蒲与蕳③。有美一人,硕大且卷④。

寤寐无为,中心悁悁⑤。

彼泽之陂,有蒲菡萏⑥。有美一人,硕大且俨。

寤寐无为,辗转伏枕。

注释

① 陂(bēi):堤岸。
② 滂(pāng)沱(tuó):本意是形容雨下得很大,此处比喻眼泪流得很多,哭得厉害。
③ 蕳(jiān):莲蓬,荷花的果实。
④ 卷(quán):头发卷曲而美好的样子。
⑤ 悁(yuān)悁:忧伤愁闷的样子。
⑥ 菡(hàn)萏(dàn):荷花,莲花。

译文

池塘周围有堤坝,上有香蒲与荷花。有位美人在心上,爱她深沉又如何?朝思暮想没办法,泪流满面如雨下。

池塘周围有堤坝,上有香蒲与莲蓬。有位美人在心上,身材高大头发卷。朝思暮想没办法,心中苦闷难自抑。

池塘周围有堤坝,上有香蒲与莲花。有位美人在心上,身材高大又端庄。朝思暮想没办法,辗转反侧伏枕眠。

桧风

羔裘

羔裘逍遥，狐裘以朝。岂不尔思？劳心忉忉①。

羔裘翱翔，狐裘在堂。岂不尔思？我心忧伤。

羔裘如膏②，日出有曜。岂不尔思？中心是悼。

注释
① 忉（dāo）忉：忧愁状。
② 膏（gào）：动词，涂上油。

译文
身穿羔裘好逍遥，披上狐裘去上朝。难道我不思念你？忧心忡忡多烦恼。

身穿羔裘去游逛，披上狐裘在庙堂。难道我不思念你？心中忧伤满当当。

身穿羔裘有光泽，太阳出来闪光芒。难道我不思念你？心中悲伤你不知。

素冠

庶见素冠兮,棘人栾栾[①]兮,劳心忊忊[②]兮。
庶见素衣兮,我心伤悲兮,聊与子同归兮。
庶见素韠[③]兮,我心蕴结兮,聊与子如一兮。

注释
① 栾(luán)栾:体佝肌瘦貌。
② 忊(tuán)忊:忧苦不安。
③ 韠(bì):蔽膝,古代官服装饰,革制,缝在腹下膝上。

译文
有幸见你戴白帽,身心憔悴人消瘦,劳心劳神面色愁。
有幸见你穿孝服,我心伤悲难自抑,想要与你同归去。
有幸见你穿白服,我心郁结难解脱,想要和你共赴死。

隰有苌楚

隰有苌楚①，猗傩②其枝。夭之沃沃。乐子之无知。

隰有苌楚，猗傩其华。夭之沃沃。乐子之无家。

隰有苌楚，猗傩其实。夭之沃沃。乐子之无室。

注释

① 苌（cháng）楚：蔓生植物，羊桃，又叫猕猴桃。
② 猗（ē）傩（nuó）：同"婀娜"，茂盛而柔美的样子。

译文

洼地长有猕猴桃，枝条柔软又细长。肥嫩鲜美有光泽。羡慕你无知无烦恼。

洼地长有猕猴桃，花朵摇曳又娇美。肥嫩鲜美有光泽。羡慕你还没成家。

洼地长有猕猴桃，果实绵密又可口。肥嫩鲜美有光泽。羡慕你没有家室。

匪风

匪风①发②兮,匪车偈③兮。顾瞻周道,中心怛④兮。
匪风飘兮,匪车嘌⑤兮。顾瞻周道,中心吊兮。
谁能亨⑥鱼?溉之釜鬵⑦。谁将西归?怀之好音。

注释
① 匪(bǐ)风:那风。匪:通"彼"。
② 发:犹"发发",风吹声。
③ 偈(jié):疾驰貌。
④ 怛(dá):痛苦,悲伤。
⑤ 嘌(piāo):轻快貌。
⑥ 亨(pēng):通"烹",煮。
⑦ 鬵(xín):大锅。

译文
那风咆哮呼呼响,那车真快飞一样。回顾大道陷迷茫,心中思乡很忧伤。
那风回旋四处绕,那车真快辘辘响。回顾大道陷迷茫,心中悲伤好凄凉。
谁能烹饪鲜美鱼?我来刷锅与清洗。谁将向西回故里?为我传讯报平安。

曹风

蜉蝣

蜉蝣①之羽,衣裳楚楚。心之忧矣,於②我归处。
蜉蝣之翼,采采衣服。心之忧矣,於我归息。
蜉蝣掘阅③,麻衣④如雪。心之忧矣,於我归说。

注释
① 蜉(fú)蝣(yóu):一种昆虫,寿命只有几个小时到一周左右。这里以蜉蝣之羽形容衣服薄而有光泽。
② 於(wū):通"乌",何,哪里。
③ 掘阅(xué):挖穴而出。阅:通"穴"。
④ 麻衣:古代诸侯、大夫等统治阶级的日常衣服,用白麻皮缝制。

译文
蜉蝣羽毛轻又薄,你的衣裳鲜又亮。心中忧愁不思量,不知归处是何方。
蜉蝣翅膀白又亮,你的衣服有光泽。心中忧愁不思量,不知归路是何方。
蜉蝣破土体白嫩,麻衣纯白如冬雪。心中忧愁不思量,不知归宿是何方。

候人

彼候人①兮，何戈与祋②。彼其之子，三百赤芾③。

维鹈④在梁，不濡其翼。彼其之子，不称其服。

维鹈在梁，不濡其咮⑤。彼其之子，不遂其媾。

荟兮蔚兮⑥，南山朝隮⑦。婉兮娈兮，季女斯饥。

注释
① 候人：官名，是看守边境、迎送宾客和治理道路、掌管禁令的小官。
② 祋（duì）：武器，殳的一种，竹制，长一丈二尺，有棱而无刃。
③ 赤芾（fú）：红色的蔽膝，为大夫朝服的一部分。
④ 鹈（tí）：鹈鹕，水禽。
⑤ 咮（zhòu）：禽鸟的喙。
⑥ 荟（huì）、蔚：云起蔽日，阴暗昏沉貌。
⑦ 隮（jī）：同"跻"，升，登。

译文
那个迎宾的小官，肩上扛着戈与祋。那些居高位之人，三百大夫穿赤芾。
鹈鹕站在鱼梁上，不会打湿它羽翼。那些居高位之人，其实不配穿官服。
鹈鹕站在鱼梁上，不会打湿它的喙。那些居高位之人，不配君王的恩宠。
云雾弥漫天阴沉，南山之上升晨云。清婉秀丽惹人怜，少女饥寒谁人知。

鸤鸠

鸤鸠①在桑，其子七兮。淑人君子，其仪一兮。
其仪一兮，心如结兮。
鸤鸠在桑，其子在梅。淑人君子，其带伊丝。
其带伊丝，其弁②伊骐。
鸤鸠在桑，其子在棘。淑人君子，其仪不忒③。
其仪不忒，正是四国。
鸤鸠在桑，其子在榛。淑人君子，正是国人。正是国人，
胡不万年。

注释

① 鸤（shī）鸠（jiū）：布谷鸟。
② 弁（biàn）：皮帽。
③ 忒（tè）：差错。

译文

布谷鸟在桑树上，产下雏鸟有七只。品性善良好君子，仪表德行皆一致。仪表德行皆一致，心如磐石意志坚。
布谷鸟在桑树上，雏鸟却在梅树上。品性善良好君子，腰带上绣白丝边。腰带上绣白丝边，皮帽上镶青黑玉。
布谷鸟在桑树上，雏鸟却在酸枣树上。品性善良好君子，仪表堂堂无瑕疵。仪表堂堂无瑕疵，四国之人向往之。
布谷鸟在桑树上，雏鸟却在榛树上。品性善良好君子，举国上下都推崇。举国上下都推崇，祝他长寿万万年。

下泉

冽彼下泉,浸彼苞稂①。忾②我寤叹,念彼周京③。
冽彼下泉,浸彼苞萧④。忾我寤叹,念彼京周。
冽彼下泉,浸彼苞蓍⑤。忾我寤叹,念彼京师。
芃芃⑥黍苗,阴雨膏之。四国有王,郇伯劳之。

注释
① 稂(láng):莠一类的野草。
② 忾(xì):叹息。
③ 周京:周朝的京都。
④ 萧:艾蒿。
⑤ 蓍(shī):一种用于占卦的草,蒿属。
⑥ 芃(péng)芃:茂盛茁壮的样子。

译文
寒冷泉水地下流,浸湿丛生的野草。醒来感慨又叹气,想念往昔的周京。
寒冷泉水地下流,浸湿丛生的艾蒿。醒来感慨又叹气,想念往昔的周都。
寒冷泉水地下流,浸湿丛生的蓍草。醒来感慨又叹气,想念往昔的京城。
苗壮成长的黍苗,阴雨滋润长得好。天下诸国都有王,郇伯亲自来慰劳。

豳风

七月

七月流火①,九月授衣②。一之日③觱发④,二之日栗烈。无衣无褐,何以卒岁?三之日于耜,四之日举趾。同我妇子,馌⑤彼南亩,田畯⑥至喜。

七月流火,九月授衣。春日载阳,有鸣仓庚⑦。女执懿⑧筐,遵彼微行,爰求柔桑。春日迟迟,采蘩⑨祁祁。女心伤悲,殆及公子同归。

七月流火,八月萑苇⑩。蚕月条桑,取彼斧斨⑪,以伐远扬,猗彼女桑。七月鸣鵙⑫,八月载绩。载玄载黄,我朱孔阳,为公子裳。

四月秀葽⑬,五月鸣蜩⑭。八月其获,十月陨萚⑮。一之日于貉,取彼狐狸,为公子裘。二之日其同,载缵⑯武功。言私其豵⑰,献豜⑱于公。

五月斯螽⑲动股,六月莎鸡振羽。七月在野,八月在宇,九月在户,十月蟋蟀入我床下。穹窒熏鼠,塞向墐⑳户。嗟我妇子,曰为改岁,入此室处。

六月食郁㉑及薁㉒,七月亨葵及菽。八月剥枣,十月获稻。为此春酒,以介眉寿。七月食瓜,八月断壶㉓,九月叔苴,采荼薪樗㉔，食我农夫。

九月筑场圃，十月纳禾稼。黍稷重穋㉕，禾麻菽麦。嗟我农夫，我稼既同，上入执宫功。昼尔于茅，宵尔索绹㉖。亟其乘屋，其始播百谷。

二之日凿冰冲冲，三之日纳于凌阴。四之日其蚤，献羔祭韭。九月肃霜，十月涤场。朋酒斯飨，曰杀羔羊。跻彼公堂，称彼兕㉗觥，万寿无疆！

注释

① 七月流火：火（古读 huǐ），或称大火，星名，即心宿。每年夏历五月，黄昏时候，这颗星位于正南方，也就是正中和最高的位置。过了六月就偏西向下了，这就叫作"流"。
② 授衣：将裁制冬衣的工作交给女工。九月收丝麻等事结束，所以在这时开始做冬衣。
③ 一之日：十月以后第一个月，即十一月。以下二之日、三之日即为十二月和正月。为夏历纪日法。
④ 觱（bì）发（bō）：寒风触物声。
⑤ 馌（yè）：馈送食物。
⑥ 田畯（jùn）：农官名，又称农正或田大夫。
⑦ 仓庚：鸟名，就是黄莺。
⑧ 懿（yì）：深。
⑨ 蘩（fán）：菊科植物，即白蒿。
⑩ 萑（huán）苇：芦苇。
⑪ 斨（qiāng）：方孔的斧头。
⑫ 䴗（jú）：鸟名，即伯劳。
⑬ 葽（yāo）：植物名，今名远志。秀葽即言远志开花。
⑭ 蜩（tiáo）：蝉。

⑮ 陨萚（tuò）：落叶。
⑯ 缵（zuǎn）：继续。
⑰ 豵（zōng）：一岁小猪，这里用来代表比较小的兽。私其豵，小兽归猎者私有。
⑱ 豜（jiān）：三岁的猪，代表大兽。大兽献给公家。
⑲ 斯螽（zhōng）：虫名，蝗类，即蚱蜢、蚂蚱。旧说斯螽以两股相切发声，"动股"言其发出鸣声。
⑳ 墐（jìn）：用泥涂抹。
㉑ 郁：小灌木，果实为郁梨。
㉒ 薁（yù）：野葡萄。
㉓ 壶：葫芦。
㉔ 樗（chū）：木名，臭椿。薪樗言采樗木为薪。
㉕ 穋（lù）：即稑（lù），后种先熟的谷。
㉖ 绹（táo）：绳。索绹是说打绳子。
㉗ 兕（sì）觥（gōng）：角爵，古代用兽角做的酒器。

译文

七月大火星西下，九月女子缝冬衣。十一月寒风吹发，十二月冰冷刺骨，没有暖衣与粗衣，该拿什么来过年。正月里修补农具，二月下田去种地。老婆孩子一同去，向阳地里去送饭，田官看到心欢喜。七月大火星西下，九月女子缝冬衣。春光明媚日光暖，黄莺鸣啭如歌唱。女子手提深竹筐，沿着小路缓步走，采摘柔嫩新桑叶。春天白昼渐变长，采蘩人儿多繁忙。女子心中甚悲伤，怕被公子带回家。七月大火星西下，八月忙活割芦苇。三月修剪桑树枝，用那方孔的斧头，砍掉上扬长枝条，手拿枝条采嫩桑。七月伯劳鸟啼鸣，八月开始织麻纺。染成黑色与黄色，或者红色更明亮，来给公子做衣裳。四月远志结果实，五月蝉声绕耳鸣。八月农忙收庄稼，十月落叶纷纷下。十一月围山猎貉，捕获狐狸取皮毛，送给公子做皮袄。十二月猎人齐聚，练武打猎不等闲。猎到小兽归自家，猎到大兽献公家。五月蚂蚱跳得高，六月莎鸡振翅膀。七月郊野有蟋蟀，八月来到屋檐下。九月蟋蟀进大门,十月藏到床底下。堵住洞口熏老鼠,泥封北窗不留缝。可叹老婆和孩子,眼看就要过新年,却要搬到此处住。

六月吃李和葡萄,七月煮葵又煮豆。八月拿棍打红枣,十月稻谷丰收忙。稻谷红枣酿美酒,主人喝完添福寿。七月摘瓜尽情吃,八月葫芦断须蔓。九月秋风拾麻子,砍下臭椿当柴薪,养活我等农夫命。

九月筑造打谷场,十月五谷放粮仓。黍稷早稻与晚稻,米麻豆子与麦子。可怜我等众农夫,收完粮食进谷仓,还要入宫修宫房。白天辛苦割茅草,夜晚赶工搓绳索。等到这些都忙完,又是开春播百谷。

十二月卖力凿冰,一月放置在冰窖。二月祭祀敬祖先,摆上韭菜与羊羔。九月萧肃降寒霜,十月草木皆凋零。两壶美酒敬宾朋,宰杀羊羔共分享。来到齐聚的公堂,举起酒杯贺主人,祝愿他万寿无疆!

鸱鸮

鸱鸮①鸱鸮,既取我子,无毁我室。恩斯勤斯,鬻②子之闵③斯。

迨④天之未阴雨,彻彼桑土,绸缪⑤牖⑥户⑦。今女下民,或敢侮予?

予手拮据⑧,予所捋⑨荼⑩。予所蓄租,予口卒瘏⑪,曰予未有室家。

予羽谯谯⑫,予尾翛翛⑬,予室翘翘⑭。风雨所漂摇,予维音哓哓⑮!

注释

① 鸱(chī)鸮(xiāo):猫头鹰。
② 鬻(yù):养育。
③ 闵:病。
④ 迨(dài):及,趁着。
⑤ 绸缪(móu):缠缚,密密缠绕。
⑥ 牖(yǒu):窗。
⑦ 户:门。
⑧ 拮据:原指鸟衔草筑巢,脚爪劳累。引申为辛苦操持。
⑨ 捋(luō):成把地摘取。
⑩ 荼:茅草花。

⑪ 卒瘏（tú）：患病。卒通"悴"。
⑫ 谯（qiáo）谯：羽毛疏落貌。
⑬ 翛（xiāo）翛：羽毛枯敝无泽貌。
⑭ 翘（qiáo）翘：危而不稳貌。
⑮ 哓（xiāo）哓：惊恐的叫声。

译文

猫头鹰呀猫头鹰，已经抓走我的孩子，别再摧毁我的房子。悉心照料多辛勤，育子辛劳累出病。

趁着天还没下雨，特意找来桑树根，加固门窗缠绕紧。现在树下的家伙，有谁还敢欺侮我？

我的双手已痉挛，还要采摘茅草花。辛勤储备干茅草，让我嘴角都生疮，只怪我家不牢固。

我的羽毛已枯焦，我的尾巴无力摇，我的房子不牢靠。风雨飘摇无依靠，只能哀号与惨叫！

东山

我徂①东山，慆慆②不归。我来自东，零雨其濛。我东曰归，我心西悲。制彼裳衣，勿士行枚③。蜎蜎④者蠋⑤，烝在桑野。敦彼独宿，亦在车下。

我徂东山，慆慆不归。我来自东，零雨其濛。果臝⑥之实，亦施⑦于宇。伊威⑧在室，蠨蛸⑨在户。町畽⑩鹿场，熠耀⑪宵行。不可畏也，伊可怀也。

我徂东山，慆慆不归。我来自东，零雨其濛。鹳鸣于垤⑫，妇叹于室。洒扫穹窒，我征聿至。有敦瓜苦，烝在栗薪。自我不见，于今三年。

我徂东山，慆慆不归。我来自东，零雨其濛。仓庚⑬于飞，熠耀其羽。之子于归，皇驳其马。亲结其缡，九十其仪。其新孔嘉，其旧如之何？

注释

① 徂（cú）：往。
② 慆（tāo）慆：久。
③ 行枚：行军时衔在口中以保证不出声的竹棍。
④ 蜎（yuān）蜎：幼虫蜷曲的样子。

⑤ 蠋（zhú）：一种野蚕。
⑥ 果臝（luǒ）：葫芦科植物，一名栝楼。
⑦ 施（yì）：蔓延。
⑧ 伊威：一种小虫，俗称土虱。
⑨ 蟏（xiāo）蛸（shāo）：一种蜘蛛。
⑩ 町（tǐng）畽（tuǎn）：田舍旁的空地，野外。
⑪ 熠耀：光明的样子。
⑫ 垤（dié）：小土丘。
⑬ 仓庚：黄莺。

译文 我远征东山，久久不得归。我自东边回，微雨细蒙蒙。才说东归时，想家心悲凉。穿上新制衣，不衔棍行军。蚕虫蠕动慢，久在桑野中。露宿缩成团，睡在车底下。

我远征东山，久久不得归。我自东边回，微雨细蒙蒙。葫芦长果实，蔓延到屋檐。房间有土虱，窗上有蜘蛛。田地变鹿场，磷火在闪烁。没啥可害怕，依然想家乡。

我远征东山，久久不得归。我自东边回，微雨细蒙蒙。白鹳鸣土丘，妻子屋中叹。打扫塞鼠洞，盼着丈夫回。一团团苦瓜，砍来当柴火。不曾见我面，距今已三年。

我远征东山，久久不得归。我自东边回，微雨细蒙蒙。黄莺天上飞，翅膀照光辉。当年初嫁时，迎亲红黄马。其母挂佩巾，细说婚礼仪。新婚多美好，重逢会怎样？

破斧

既破我斧①,又缺我斨②。周公东征,四国是皇③。
哀我人斯,亦孔之将。
既破我斧,又缺我锜④。周公东征,四国是吪⑤。
哀我人斯,亦孔之嘉。
既破我斧,又缺我銶⑥。周公东征,四国是遒⑦。
哀我人斯,亦孔之休。

注释

① 斧:特指圆孔斧头。
② 斨(qiāng):特指方孔的斧头。
③ 皇(kuāng):通"匡"匡正。
④ 锜(qí):凿子,一种兵器。
⑤ 吪(é):感化,教化。一说震惊貌。
⑥ 銶(qiú):"锹"。一说是独头斧。
⑦ 遒(qiú):团结、安和之意。

译文

我的战斧已损坏,我的大斨也残缺。周公亲自去东征,反叛四国皆匡正。可怜我们这些人,活着回来已万幸。
我的战斧已损坏,我的战锜也残缺。周公亲自去东征,反叛四国皆感化。可怜我们这些人,活着回来已庆幸。
我的战斧已损坏,我的战銶也残缺。周公亲自去东征,反叛四国皆臣服。可怜我们这些人,活着回来已知足。

伐柯

伐柯如何？匪斧不克。取妻如何？匪媒不得。

伐柯伐柯，其则不远。我觏①之子，笾②豆有践。

注释
① 觏（gòu）：通"遘"，遇见。
② 笾（biān）豆有践：古代举办盛大喜庆活动时，用笾豆等器皿放满食品，整齐地排列于活动场所。此处指迎亲礼仪有条不紊地执行。

译文
如何砍木做斧柄？没有斧头可不成。如何才能娶老婆？没有媒人娶不得。

做斧柄呀做斧柄，方法就在你手上。我见姑娘已倾心，摆好食物来迎亲。

九罭

九罭①之鱼鳟鲂，我觏之子，衮衣②绣裳。
鸿飞遵渚，公归无所，于女信处③。
鸿飞遵陆，公归不复，于女信宿④。
是以有衮衣兮，无以我公归兮，无使我心悲兮。

注释

① 九罭（yù）：网眼较小的渔网。九，虚数，表示网眼很多。
② 衮（gǔn）衣：古时礼服，一般为君主或高级官员所穿。
③ 信处：住两夜，两宿为信。
④ 信宿：同"信处"，住两夜。

译文

拿密眼渔网捕鱼，捕到鳟鱼与鲂鱼。路上遇见一个人，龙纹锦衣真贵气。
大雁沿着沙洲飞，阁下回去无住处，希望留您住两晚。
大雁沿着河岸飞，阁下一去不再回，希望留您住两宿。
将你华服藏起来，希望阁下不要走，不要让我心悲伤。

狼跋

狼跋①其胡②,载③疐④其尾。公孙⑤硕肤⑥,赤舄⑦几几⑧。

狼疐其尾,载跋其胡。公孙硕肤,德音不瑕。

注释
① 跋(bá):践,踩。
② 胡:老狼颈项下的垂肉。
③ 载:同"再",又。
④ 疐(zhì):同"踬",跌倒。一说脚踩。
⑤ 公孙:国君的子孙。
⑥ 硕肤:大腹便便貌。
⑦ 赤舄(xì):赤色鞋,贵族所穿。
⑧ 几几:鞋头弯曲貌。

译文
老狼匍匐踏颈肉,倒退又踩长尾巴。公孙大人体宽胖,红鞋高贵气势足。
老狼匍匐踩尾巴,一脚踩到肥下巴。公孙大人体宽胖,人品声望皆无瑕。

雅

小雅

鹿鸣

呦呦①鹿鸣,食野之苹②。我有嘉宾,鼓瑟吹笙。

吹笙鼓簧,承筐是将。人之好我,示我周行。

呦呦鹿鸣,食野之蒿。我有嘉宾,德音孔昭。

视民不恌,君子是则是效。我有旨酒,嘉宾式燕以敖。

呦呦鹿鸣,食野之芩③。我有嘉宾,鼓瑟鼓琴。

鼓瑟鼓琴,和乐且湛④。我有旨酒,以燕乐嘉宾之心。

注释

① 呦(yōu)呦:鹿的叫声。
② 苹:蒿草。
③ 芩(qín):草名,蒿类植物。
④ 湛(dān):深厚。

译文

小鹿鸣叫声呦呦,啃食郊外的蒿草。我有一位嘉宾到,鼓瑟吹笙来欢迎。吹笙鼓簧还不够,奉上礼品表心意。嘉宾也很喜欢我,指示大道献良策。

小鹿鸣叫声呦呦,啃食郊外的蒿草。我有一位嘉宾到,德高望重美名扬。世人楷模不轻佻,君子以他为榜样。我以美酒表敬佩,嘉宾畅饮无拘束。

小鹿鸣叫声呦呦,啃食郊外的蒿草。我有一位嘉宾到,鼓瑟弹琴来欢迎。鼓瑟弹琴还不够,其乐融融甚欢欣。我以美酒表敬佩,嘉宾心中甚欢喜。

四牡

四牡骓骓①,周道倭迟②。岂不怀归?

王事靡盬③,我心伤悲。

四牡骓骓,啴啴④骆马。岂不怀归?

王事靡盬,不遑⑤启处。

翩翩者鵻⑥,载飞载下,集于苞栩⑦。

王事靡盬,不遑将父。

翩翩者鵻,载飞载止,集于苞杞。

王事靡盬,不遑将母。

驾彼四骆,载骤骎骎⑧。岂不怀归?

是用作歌,将母来谂⑨。

注释

① 骓(fēi)骓:马行走不止貌。
② 倭迟:亦作"逶迤",道路迂回遥远的样子。
③ 盬(gǔ):止息。
④ 啴(tān)啴:喘息的样子。
⑤ 不遑(huáng):无暇。
⑥ 鵻(zhuī):鹁鸪鸟,即斑鸠。
⑦ 栩(xǔ):柞树,也叫栎树。

⑧骎(qīn)骎:形容马走得很快。
⑨谂(shěn):想念。

译文 四匹骏马跑不停,大道曲折且漫长。难道我不想回归?君王之事无休止,徒增伤悲在我心。
四匹骏马跑不停,骆马累得直喘息。难道我不想回归?君王之事无休止,无暇在家享太平。
翩翩飞舞鹁鸪鸟,时而飞上时而下,聚集茂密柞树林。君王之事无休止,无暇尽孝老父亲。
翩翩飞舞鹁鸪鸟,时而飞行时而歇,聚集茂密杞树林。君王之事无休止,无暇侍奉老母亲。
驾着四匹大骆马,大步流星冲向前。难道我不想回归?无奈才会作此歌,将我母亲来思念。

皇皇者华

皇皇者华,于彼原隰。駪駪①征夫,每怀靡及。
我马维驹,六辔②如濡。载驰载驱,周爰咨诹。
我马维骐,六辔如丝。载驰载驱,周爰咨谋。
我马维骆,六辔沃若。载驰载驱,周爰咨度。
我马维骃,六辔既均。载驰载驱,周爰咨询。

注释
① 駪(shēn)駪:众多疾行貌。
② 六辔(pèi):古代一车四马,马各二辔,其中两骖马的内辔系在轼前不用,故称六辔。辔:缰绳。

译文
明丽灿烂的鲜花,开在平原低洼处。疾行不止的使者,总怕工作有差池。
我乘良马名为驹,六条缰绳柔又亮。或是疾驰或鞭笞,遍访良策来安邦。
我乘良马名为骐,六条缰绳如细丝。或是疾驰或鞭笞,遍访良谋来安邦。
我乘良马名为骆,六条缰绳很光洁。或是疾驰或鞭笞,遍访妙计来安邦。
我乘良马名为骃,六条缰绳甚协调。或是疾驰或鞭笞,遍访忠言来安邦。

常棣

常棣之华,鄂不①韡韡②。凡今之人,莫如兄弟。
死丧之威,兄弟孔怀。原隰裒③矣,兄弟求矣。
脊令④在原,兄弟急难。每有良朋,况也永叹。
兄弟阋⑤于墙,外御其务⑥。每有良朋,烝⑦也无戎。
丧乱既平,既安且宁。虽有兄弟,不如友生。
傧⑧尔笾豆⑨,饮酒之饫⑩。兄弟既具,和乐且孺。
妻子好合,如鼓瑟琴。兄弟既翕⑪,和乐且湛⑫。
宜尔室家,乐尔妻帑⑬。是究是图,亶⑭其然乎?

注释

① 鄂(è)不(fū):花萼和花蒂。鄂:通"萼";不:通"柎"花蒂。
② 韡(wěi)韡:鲜明茂盛的样子。
③ 裒(póu):聚集。
④ 脊令(líng):通"鹡鸰",一种水鸟。
⑤ 阋(xì):争吵。
⑥ 务(wǔ):通"侮"。
⑦ 烝(zhēng):长久。
⑧ 傧(bīn):陈列。
⑨ 笾(biān)豆:祭祀或宴享时用来盛食物的器具。笾用竹制,豆用

木制。

⑩饫（yù）：私宴。

⑪翕（xī）：聚合，和好。

⑫湛（dān）：喜乐。

⑬帑（nú）：通"孥"，儿女。

⑭亶（dǎn）：信，确实。

译文｜棠棣树开棠棣花，花萼花蒂同根生。如今世上这些人，无人比得上兄弟。

面对死亡的恐惧，唯有兄弟最在意。身处平原或湿地，兄弟都会寻找你。

鹡鸰鸟在原野上，兄弟有难定帮忙。虽然也有些朋友，整日只会长叹息。

兄弟在家虽争吵，外有欺侮共抵抗。反倒那些好朋友，关键时候人无踪。

等到丧乱已平息，彼此安宁不打扰。此时即便亲兄弟，不如朋友在身旁。

摆好器具办宴席，痛快饮酒莫客气。兄弟齐聚在一起，相亲相爱多和乐。

妻子儿女都和睦，如同琴瑟乐声谐。兄弟团聚在一起，和和美美多欢乐。

愿你家和百事兴，妻子儿女都欢喜。仔细琢磨这个理，你说在理不在理？

伐木

伐木丁丁①,鸟鸣嘤嘤②。出自幽谷,迁于乔木。

嘤其鸣矣,求其友声。

相彼鸟矣,犹求友声。矧③伊人矣,不求友生?

神之听之,终和且平。

伐木许许④,酾酒⑤有藇⑥。既有肥羜⑦,以速诸父。

宁适不来,微我弗顾。

於粲洒扫,陈馈八簋⑧。既有肥牡,以速诸舅。

宁适不来,微我有咎。

伐木于阪,酾酒有衍。笾豆有践,兄弟无远。

民之失德,干糇⑨以愆⑩。

有酒湑我,无酒酤我。坎坎鼓我,蹲蹲⑪舞我。

迨我暇矣,饮此湑⑫矣。

注释

① 丁(zhēng)丁:砍树的声音。
② 嘤嘤:鸟叫声。
③ 矧(shěn):况且。
④ 许(hǔ)许:砍伐树木的声音。

⑤ 酾（shī）酒：筛酒。酾，过滤。
⑥ 羛（xù）：甘美。
⑦ 羜（zhù）：小羊羔。
⑧ 簋（guǐ）：古时盛放食物用的圆形器皿。
⑨ 干糇（hóu）：干粮。
⑩ 愆（qiān）：过错，过失。
⑪ 蹲（cún）蹲：和着音乐起舞的样子。
⑫ 湑（xǔ）：滤过的酒。

译文

伐木辛勤声丁丁，鸟鸣婉转声嘤嘤。来自幽谷一路飞，迁到大树来栖息。嘤嘤鸣叫所为何，寻求同伴的回应。

你来看看这些鸟，尚要寻求到知音。更不用说我们人，没有朋友怎生存？诸神在上听我言，赐予和美与平静。

伐木辛勤斧声声，过滤清酒味甘甜。备上肥嫩小羊羔，邀请叔伯来开宴。宁可他们过不来，我也不能没诚意。

内外清扫房屋净，八盘佳肴呈上桌。已经备好肥羊肉，邀请舅父来开宴。宁可他们过不来，我也不能没邀请。

伐木辛勤在山坡，过滤清酒斟满杯。食具样样摆齐全，兄弟情深不疏远。有人不端失德行，一口干粮惹怨念。

有酒我要先过滤，无酒拿钱快去买。鼓声大作甚畅快，众人跳舞我心欢。趁我现在还有空，赶紧干完这杯酒。

天保

天保定尔,亦孔之固。俾①尔单厚,何福不除?俾尔多益,以莫不庶。

天保定尔,俾尔戬穀②。罄③无不宜,受天百禄。降尔遐福,维日不足。

天保定尔,以莫不兴。如山如阜④,如冈如陵,如川之方至,以莫不增。

吉蠲⑤为饎⑥,是用孝享。禴祠烝尝⑦,于公先王。君曰卜尔,万寿无疆。

神之吊矣,诒尔多福。民之质矣,日用饮食。群黎百姓,遍为尔德。

如月之恒⑧,如日之升。如南山之寿,不骞⑨不崩。如松柏之茂,无不尔或承。

注释
① 俾(bǐ):使。
② 戬(jiǎn)穀(gǔ):吉祥,幸福。
③ 罄(qìng):尽,指所有的一切。
④ 阜(fù):土山,高丘。

⑤ 蠲（juān）：祭祀前沐浴斋戒使之清洁。
⑥ 饎（chì）：祭祀用的酒食。
⑦ 禴（yuè）祠烝尝：一年四季在宗庙里举行的祭祀的名称，春祭曰祠，夏祭曰禴，秋祭曰尝，冬祭曰烝。
⑧ 恒：指月到上弦。
⑨ 骞（qiān）：因风雨剥蚀而亏损。

译文

上天保佑您安定，国家稳固又太平。使您富足又丰厚，什么福气不赐予？使您财富多又多，没有什么不繁盛。

上天保佑您安定，使您吉祥又幸福。任何事情都适宜，承受上天多福禄。降下福德长久远，日日享福享不尽。

上天保佑您安定，没有什么不兴旺。福德如同山与阜，又如山冈与丘陵。如同江水滚滚流，任何事物都增添。

吉日沐浴添酒食，祭奠祖先敬宗祠。春夏秋冬献祭礼，怀念先公与先王。先祖欣慰保佑您，赐福泽万寿无疆。

神灵护佑在身旁，赐予多福又安康。百姓纯良心质朴，日常吃喝皆满足。黎民官员都一心，感恩您的大恩德。

如同明月恒久远，又如旭日升在天。愿您寿如南山久，不会减损与崩塌。愿您兴盛如松柏，承载祝福与拥护。

采薇

采薇采薇，薇亦作止。曰归曰归，岁亦莫止。
靡室靡家，狁狁①之故。不遑启居，狁狁之故。
采薇采薇，薇亦柔止。曰归曰归，心亦忧止。
忧心烈烈，载饥载渴。我戍未定，靡使归聘②。
采薇采薇，薇亦刚止。曰归曰归，岁亦阳止。
王事靡盬③，不遑启处。忧心孔疚，我行不来！
彼尔维何？维常之华。彼路斯何？君子之车。
戎车既驾，四牡业业。岂敢定居？一月三捷。
驾彼四牡，四牡骙骙④。君子所依，小人所腓⑤。
四牡翼翼，象弭⑥鱼服。岂不日戒？狁狁孔棘！
昔我往矣，杨柳依依。今我来思，雨雪霏霏⑦。
行道迟迟，载渴载饥。我心伤悲，莫知我哀！

注释

① 狁（xiǎn）狁（yǔn）：中国古代北方少数民族名，也作"北狄"。
② 聘（pìn）：探问。
③ 盬（gǔ）：止息，了结。
④ 骙（kuí）：雄强，威武。这里的"骙骙"指马强壮的样子。

⑤腓（féi）：庇护，掩护。
⑥弭（mǐ）：弓的一种，其两端饰以骨角。
⑦霏（fēi）霏：雪花纷落的样子。

译文　采薇菜呀采薇菜，菜苗刚刚冒出来。说回家呀说回家，一年到头还未回。没有妻子没有家，因为北狄尚未灭。没有空暇来休憩，只因北狄犯边境。

采薇菜呀采薇菜，菜苗鲜嫩初长成。说回家呀说回家，心中烦忧不得回。忧愁之心如烈火，又饥又渴受煎熬。戍守之地总未定，无法请人送回信。

采薇菜呀采薇菜，菜苗茎秆已变老。说回家呀说回家，匆匆又到十月底。君王征战无休止，没有空暇来休憩。忧心难挨又痛苦，出征至今不能回！

远处那是什么花？原是棠棣花盛开。路上那是什么车？将帅所乘大战车。兵车已经紧随去，四匹战马气势足。岂敢随意图安定？一月之间多捷报。

驾驶四匹大雄马，战马膘肥又体健。将帅坐在马车上，卫兵在旁守护紧。四匹战马齐整整，象弭鱼服装备精。岂敢一日不警戒？北狄之犯很紧急！

想起未曾出征时，杨柳依依轻风随。如今归来沿途上，漫天雨雪催人冷。道路多阻且漫长，饥渴交加人难熬。我心伤悲甚凄凉，谁人懂得我哀伤！

出车

我出我车，于彼牧矣。自天子所，谓我来矣。
召彼仆夫，谓之载矣。王事多难，维其棘矣。
我出我车，于彼郊矣。设此旐①矣，建彼旟矣。
彼旟②旐斯，胡不旆旆③？忧心悄悄，仆夫况瘁④。
王命南仲，往城于方。出车彭彭，旂⑤旐央央⑥。
天子命我，城彼朔方。赫赫南仲，狎狁于襄。
昔我往矣，黍稷方华。今我来思，雨雪载途。
王事多难，不遑启居。岂不怀归？畏此简书。
喓喓⑦草虫，趯趯⑧阜螽⑨。未见君子，忧心忡忡。
既见君子，我心则降。赫赫南仲，薄伐西戎。
春日迟迟，卉木萋萋。仓庚喈喈⑩，采蘩⑪祁祁⑫。
执讯获丑，薄言还归。赫赫南仲，狎狁于夷。

注释

① 旐（zhào）：画有龟蛇图案的旗帜。
② 旟（yǔ）：画有鹰隼图案的旗帜。
③ 旆（pèi）旆：旗帜飘扬的样子。
④ 况瘁（cuì）：辛苦憔悴。

⑤ 旂（qí）：绘蛟龙图案的旗帜，带铃。
⑥ 央央：鲜明的样子。
⑦ 喓（yāo）喓：昆虫的叫声。
⑧ 趯（tì）趯：蹦蹦跳跳的样子。
⑨ 阜螽（zhōng）：蚱蜢。
⑩ 喈（jiē）喈：鸟叫声。
⑪ 蘩（fán）：白蒿。
⑫ 祁祁：众多貌。

译文 乘坐我的大马车，前往那边的郊外。天子宫殿传下令，亲自下诏命我来。召唤车夫来身旁，装载军备上战场。君王征战多危难，北狄来犯事态急。

乘坐我的大马车，前往那边的郊外。龟蛇旗帜高高竖，旌旗飘扬树军威。鹰隼旗帜龟蛇旗，迎风招展又飘扬。前途未卜心中忧，车夫急行人憔悴。

周王命南仲为将，筑防城池于北方。战车齐出声嘭嘭，漫天旗帜色鲜明。天子命我为大将，速往北方筑城墙。赫赫有名的南仲，必将平定北狄乱。

回想当初出征时，黍稷刚刚开出花。如今远征归来时，雨雪交加路难行。君王征战多危难，没有空暇去休憩。难道我不想回家？只是敬畏天子令。

草虫鸣叫声喓喓，蚱蜢蹦蹦又跳跳。未能见到丈夫面，忧心忡忡心里愁。等到见到丈夫归，心中忧惧都放下。赫赫有名的南仲，归途路上伐西戎。

春日迟迟好光景，草木茂盛郁苍苍。黄鹂鸟婉转啼鸣，美丽姑娘忙采蘩。抓捕审讯战俘后，简单收拾就凯旋。赫赫有名的南仲，扫平北狄定安邦。

杕杜

有杕①之杜,有睆②其实。王事靡盬③,继嗣我日。

日月阳止,女心伤止,征夫遑④止。

有杕之杜,其叶萋萋。王事靡盬,我心伤悲。

卉木萋止,女心悲止,征夫归止。

陟彼北山,言采其杞。王事靡盬,忧我父母。

檀车⑤幝幝⑥,四牡痯痯⑦,征夫不远!

匪载匪来,忧心孔疚⑧。期逝不至,而多为恤。

卜筮偕止,会言近止,征夫迩止!

注释

① 杕(dì):树木孤独貌。
② 睆(huǎn):果实圆浑貌。
③ 盬(gǔ):停止。
④ 遑(huáng):闲暇。一说忙。
⑤ 檀车:役车,一般是用檀木做的。一说是车轮用檀木做的。
⑥ 幝(chǎn)幝:破败貌。
⑦ 痯(guǎn)痯:疲劳貌。
⑧ 疚(jiù):病痛。

译文

孤独生长赤棠梨,果实累累挂枝上。君王征战无休止,服役没有停歇日。日月飞快到十月,女子心中甚伤悲,征夫有暇不得回。

孤独生长赤棠梨,叶子茂密绿油油。君王征战无休止,我心满是伤与悲。草木旺盛在生长,女子心中甚伤悲,征夫何时才能归。

登上北边的山坡,采采枸杞把家回。君王征战无休止,双亲无依忧我心。檀木兵车破破烂,四匹战马也累坏,征夫也应快回来!

依然见不到人来,心中忧惧已成病。征期已过人不回,更多惶恐与不安。问卜求卦辨吉凶,算出结果皆雷同,征夫不久即还家!

鱼丽

鱼丽①于罶②，鲿③鲨④。君子有酒，旨且多。

鱼丽于罶，鲂鳢⑤。君子有酒，多且旨。

鱼丽于罶，鰋⑥鲤。君子有酒，旨且有。

物其多矣，维其嘉矣！

物其旨矣，维其偕矣！

物其有矣，维其时矣！

注释

① 丽（lí）：同"罹"，意谓遭遇。
② 罶（liǔ）：捕鱼的工具。
③ 鲿（cháng）：黄颊鱼。
④ 鲨：能吹沙的小鱼。
⑤ 鳢（lǐ）：俗称黑鱼。
⑥ 鰋（yǎn）：俗称鲇鱼，体滑无鳞。

译文

鱼儿钻进鱼笼里，黄颊鱼与鲨。君子备好酒设宴，味美香甜种类多。
鱼儿钻进鱼笼里，鲂鱼与黑鱼。君子备好酒设宴，种类繁多味甘美。
鱼儿钻进鱼笼里，鲇鱼与鲤鱼。君子备好酒设宴，味道甘甜啥都有。
食物何其之丰盛，美食美酒味道好！
食物何其之美味，应有尽有尽管吃！
食物何其之齐全，都是时下新鲜货！

南有嘉鱼

南有嘉鱼,烝然①罩罩。君子有酒,嘉宾式燕以乐。
南有嘉鱼,烝然汕汕②。君子有酒,嘉宾式燕以衎③。
南有樛木④,甘瓠⑤累之。君子有酒,嘉宾式燕绥之。
翩翩者鵻,烝然来思。君子有酒,嘉宾式燕又思。

注释
① 烝(zhēng)然:众多的样子。
② 汕(shàn)汕:群鱼游水的样子。
③ 衎(kàn):快乐。
④ 樛(jiū)木:弯曲的树木。
⑤ 瓠(hù):葫芦。

译文
南方盛产鲜嫩鱼,鱼儿众多摇摆游。君子设宴备美酒,嘉宾畅饮齐欢乐。
南方盛产鲜嫩鱼,鱼儿众多自在游。君子设宴备美酒,嘉宾畅饮真痛快。
南方盛产弯枝树,葫芦枝蔓相缠绕。君子设宴备美酒,嘉宾畅饮心欢喜。
翩翩飞舞的鹁鸪,纷至沓来聚一处。君子设宴备美酒,嘉宾畅饮又劝酒。

南山有台

南山有台①,北山有莱②。乐只君子,邦家之基。

乐只君子,万寿无期!

南山有桑,北山有杨。乐只君子,邦家之光。

乐只君子,万寿无疆!

南山有杞,北山有李。乐只君子,民之父母。

乐只君子,德音不已!

南山有栲③,北山有杻④。乐只君子,遐不眉寿⑤。

乐只君子,德音是茂!

南山有枸⑥,北山有楰⑦。乐只君子,遐不黄耇⑧。

乐只君子,保艾⑨尔后!

注释

① 台:通"薹(tái)",莎草,又名蓑衣草,可制蓑衣。
② 莱:藜(lí)草,嫩叶可食。
③ 栲(kǎo):树名,山樗(chū),俗称鸭椿。
④ 杻(niǔ):树名,檍(yì)树,俗称菩提树。
⑤ 眉寿:高寿。

⑥枸（jǔ）：树名，即枳（zhǐ）椇（jǔ）。
⑦楰（yú）：树名，即鼠梓（zǐ），也叫苦楸。
⑧黄耇（gǒu）：高寿。
⑨保艾：保养。

译文

南山上有蓑衣草，北山上有莱菜。这位君子甚喜乐，他为国家立根基。这位君子很快乐，愿他长寿无尽期！

南山上有桑树林，北山上有杨树。这位君子甚喜乐，他是国家的荣光。这位君子很快乐，愿他长寿无尽期！

南山上有杞树林，北山上有李树。这位君子甚喜乐，他是人民父母官。这位君子很快乐，希望德行传永世！

南山上有山樗，北山上有杻树。这位君子甚喜乐，福寿绵长无灾祸。这位君子很快乐，美德传颂美名扬！

南山上有枸树林，北山上有苦楸。这位君子甚喜乐，长寿健康到百岁。这位君子很快乐，子孙后代天保佑！

蓼萧

蓼①彼萧斯，零露湑②兮。既见君子，我心写③兮。

燕笑语兮，是以有誉处兮。

蓼彼萧斯，零露瀼瀼④。既见君子，为龙为光。

其德不爽，寿考不忘。

蓼彼萧斯，零露泥泥。既见君子，孔燕岂弟⑤。

宜兄宜弟，令德寿岂。

蓼彼萧斯，零露浓浓。既见君子，鞗⑥革⑦冲冲。

和鸾⑧雍雍，万福攸同。

注释

① 蓼（lù）：长而大的样子。
② 湑（xǔ）：湑然，即叶子上沾着水珠。
③ 写（xiè）：倾吐，舒畅。
④ 瀼（ráng）瀼：露繁貌，露水很多。
⑤ 岂（kǎi）弟（tì）："恺悌"，和乐平易。
⑥ 鞗（tiáo）：辔头。
⑦ 革："勒"的借字，马勒。
⑧ 和鸾：车铃。挂在轼上的叫"和"，挂在车衡上的叫"鸾"。

译文 艾蒿茁壮长得高,露珠晶莹落叶上。已经见到君子面,心中欢快无法言。言笑晏晏谈笑间,众人安乐尽愉悦。

艾蒿茁壮长得高,露珠晶莹湿漉漉。已经见到君子面,无上荣幸与光荣。他的德行无差错,愿他长寿福绵延。

艾蒿茁壮长得高,露珠晶莹湿答答。已经见到君子面,心中安宁与喜乐。待我如同兄弟般,品德高尚寿命长。

艾蒿茁壮长得高,露珠晶莹不胜数。已经见到君子面,马辔饰物皆垂下。銮铃和谐声清脆,万般福德都归您。

湛露

湛湛①露斯,匪阳不晞②。厌厌夜饮,不醉无归。
湛湛露斯,在彼丰草。厌厌夜饮,在宗载考。
湛湛露斯,在彼杞棘③。显允④君子,莫不令德。
其桐其椅,其实离离。岂弟君子,莫不令仪。

注释

① 湛湛:露水浓重的样子。
② 晞(xī):干。
③ 杞(qǐ)棘(jí):枸杞和酸枣。
④ 显允:光明磊落而诚信忠厚。

译文

熠熠生辉露华浓,旭日未升露不干。夜间饮酒尽余欢,不到醉时不回还。
熠熠生辉露华浓,垂在萋萋芳草中。夜间饮酒尽余欢,宗庙落成人盈满。
熠熠生辉露华浓,在那枸杞酸枣间。光明正大皆君子,个个都有好德行。
梧桐椅树皆挺立,果实累累挂树梢。和乐安宁皆君子,仪表无人不堂堂。

彤弓

彤弓①弨②兮，受言藏之。我有嘉宾，中心贶之。

钟鼓既设，一朝飨之。

彤弓弨兮，受言载之。我有嘉宾，中心喜之。

钟鼓既设，一朝右③之。

彤弓弨兮，受言櫜④之。我有嘉宾，中心好之。

钟鼓既设，一朝酬之。

注释
① 彤弓：漆成红色的弓，天子用来赏赐有功诸侯。
② 弨（chāo）：弓弦松弛貌。
③ 右：通"侑"，劝（酒）。
④ 櫜（gāo）：装弓的袋，此处指装入弓袋。

译文
朱彤长弓弦已松，好好保管细珍藏。我有一众贤宾客，心中大悦好欢喜。钟鼓乐器已陈列，从早到晚来飨宴。
朱彤长弓弦已松，用心留存细珍藏。我有一众贤宾客，心中大喜好欢乐。钟鼓乐器已陈列，从早到晚来劝酒。
朱彤长弓弦已松，妥善保存细珍藏。我有一众贤宾客，心中大畅好欢快。钟鼓乐器已陈列，从早到晚尽酬宾。

菁菁者莪

菁菁①者莪②，在彼中阿③。既见君子，乐且有仪。

菁菁者莪，在彼中沚。既见君子，我心则喜。

菁菁者莪，在彼中陵。既见君子，锡我百朋。

泛泛杨舟，载沉载浮。既见君子，我心则休。

注释
① 菁（jīng）菁：草木茂盛貌。
② 莪（é）：莪蒿，又名萝蒿，一种可吃的野草。
③ 中阿（ē）：即阿中。阿：大山。

译文
茂密青翠萝蒿草，长在远方大丘陵。已经见到君子面，神情喜乐且英俊。
茂密青翠萝蒿草，长在那边水中洲。已经见到君子面，我心欢喜展笑颜。
茂密青翠萝蒿草，长在那边大土丘。已经见到君子面，君子赐我一百金。
杨木小舟泛河上，起起伏伏随波荡。已经见到君子面，我心安乐甚舒畅。

六月

六月栖栖,戎车既饬①。四牡骙骙②,载是常服③。
狁孔④炽,我是用急。王于出征,以匡王国。
比物四骊,闲之维则。维此六月,既成我服。
我服既成,于三十里。王于出征,以佐天子。
四牡修广,其大有颙⑤。薄伐狁,以奏肤公。
有严有翼,共武之服。共武之服,以定王国。
狁匪茹,整居焦获。侵镐⑥及方,至于泾阳。
织文鸟章,白旆央央。元戎十乘,以先启行。
戎车既安,如轾如轩⑦。四牡既佶,既佶⑧且闲。
薄伐狁,至于大原。文武吉甫,万邦为宪。
吉甫燕喜,既多受祉。来归自镐,我行永久。
饮御诸友,炰⑨鳖脍鲤⑩。侯谁在矣?张仲⑪孝友。

注释
① 饬(chì):整顿,整理。
② 骙(kuí)骙:马很强壮的样子。
③ 常服:军服。
④ 孔:很。

⑤ 颙（yóng）：大头大脑的样子。
⑥ 镐（hào）：地名，通"鄗"，不是周朝的都城镐京。
⑦ 如轾（zhì）如轩：指车子平稳前进。轾：车子前面重而前低后高；轩：车子后面重而前高后低。
⑧ 佶（jí）：健壮。
⑨ 炰（páo）：蒸煮。
⑩ 脍（kuài）鲤：切成细条的鲤鱼。
⑪ 张仲：周宣王卿士。

译文

六月出征人繁忙，兵车都已整顿好。四匹雄马甚健壮，日常军服载车上。北狄来犯气焰狂，我朝用兵事态急。王师出征平北狄，匡扶国家镇四方。

四匹黑马齐发力，按照规矩忙驯马。正是炎热六月天，军服做好穿身上。穿披军服赴战场，每日行军三十里。王师出征平北狄，辅佐天子安天下。

四匹公马体修长，大头大脑有气势。猛烈出击伐北狄，建功立业博功勋。排兵布阵很有序，齐心协力共讨敌。齐心协力共讨敌，保家卫国定边疆。

北狄势壮不可轻，整军焦获备敌侵。敌人侵犯镐与方，很快就要到泾阳。凤鸟军旗迎风扬，白色飘带多鲜明。巨大兵车有十辆，率先冲锋去迎战。

兵车又大又安全，俯仰自如行得稳。四匹公马健又壮，训练精良步伐稳。出征讨伐贼戎狄，一路进军到大原。文武双全尹吉甫，天下敬仰的英才。

得胜大宴吉甫喜，蒙受诸多的福祉。离开镐京回家乡，出征时日太漫长。老友相聚饮美酒，蒸上甲鱼和鲤鱼。席间宾客都有谁？周王卿张仲孝友。

采芑

薄言采芑①，于彼新田，于此菑②亩。方叔莅③止，其车三千，师干之试。方叔率止，乘其四骐，四骐翼翼。路车有奭④，簟茀⑤鱼服，钩膺⑥鞗革。

薄言采芑，于彼新田，于此中乡。方叔莅止，其车三千，旂旐央央。方叔率止，约軝⑦错衡⑧，八鸾玱玱⑨。服其命服，朱芾⑩斯皇，有玱葱珩⑪。

鴥彼飞隼，其飞戾⑫天，亦集爰止。方叔莅止，其车三千，师干之试。方叔率止，钲⑬人伐鼓，陈师鞠旅。显允方叔，伐鼓渊渊，振旅阗阗⑭。

蠢尔蛮荆，大邦为仇。方叔元老，克壮其犹。方叔率止，执讯获丑。戎车啴啴，啴啴焞焞⑮，如霆如雷。显允方叔，征伐玁狁，蛮荆来威。

注释
① 芑（qǐ）：一种野菜。
② 菑（zī）：开垦一年的田。毛传："田一岁曰菑，二岁曰新田，三岁曰畬（yù）。"
③ 莅：到来。

④ 奭（shì）：红色的涂饰。
⑤ 簟（diàn）茀（fú）：遮挡战车后部的竹席子。
⑥ 钩膺（yīng）：带有铜制钩饰的马胸带。
⑦ 约軝（qí）：用皮革约束车轴露出车轮的部分。
⑧ 错衡：在战车扶手的横木上饰以花纹。
⑨ 玱（qiāng）玱：象声词，金玉撞击声。
⑩ 芾（fú）：通"韍"，皮制的蔽膝。
⑪ 葱珩（héng）：翠绿色的佩玉。
⑫ 戾（lì）：到达。
⑬ 钲（zhēng）人：掌管击钲击鼓的官员。
⑭ 阗（tián）阗：击鼓声。
⑮ 啍（tūn）啍：车马众多的样子。

译文

大家一起采苦菜，从那开垦二年的田，来到开垦一年的地。贤臣方叔带兵来，战车就有三千辆，操练军队舞盾牌。方叔统领着大军，驾驭着四匹骐马，四匹骐马阵容齐。战车赤红好气派，竹帘车窗鱼皮厢，马匹装饰也华丽。

大家一起采苦菜，从那开垦二年的田，来到乡下田中央。贤臣方叔带兵来，战车就有三千辆，龙蛇旗帜随风扬。方叔统领着大军，红皮战车毂纹辕，八个车铃声铛铛。身穿天子所赐服，朱红蔽膝好气派，青翠玉佩响叮当。

飞隼天空自翱翔，一飞冲天任自在，有时停在树梢上。贤臣方叔带兵来，战车就有三千辆，操练军队舞盾牌。方叔统领着大军，兵士鸣金又打鼓，整顿军队振军心。尊敬方叔有威德，击鼓深深军震动，鸣金收兵顿肃静。

那些愚蠢的荆蛮，竟与大国来为敌。方叔显赫为元老，深谋远虑有计策。方叔统领着大军，抓捕审讯收俘虏。战车轰鸣奋勇进，千军万马声隆隆，如雷如电如怒吼。尊敬方叔有威德，征伐戎狄大胜归，震慑荆蛮心畏惧。

车攻

我车既攻，我马既同。四牡庞庞，驾言徂①东②。

田车既好，四牡孔阜③。东有甫草，驾言行狩。

之子于苗，选徒嚣嚣④。建旐设旄，搏兽于敖。

驾彼四牡，四牡奕奕⑤。赤芾金舄⑥，会同有绎。

决⑦拾⑧既佽⑨，弓矢既调。射夫既同，助我举柴⑩。

四黄既驾，两骖不猗。不失其驰，舍矢如破。

萧萧马鸣，悠悠旆旌。徒御不惊，大庖⑪不盈。

之子于征，有闻无声。允矣君子，展也大成！

注释
① 徂：往。
② 东：东都洛阳。
③ 阜（fù）：高大肥硕有气势。
④ 嚣嚣：声音嘈杂。
⑤ 奕奕：马从容而迅捷貌。
⑥ 金舄（xì）：用铜装饰的鞋。舄，双层底的鞋。
⑦ 决：射箭拉弦时用的扳指。
⑧ 拾：臂套。
⑨ 佽（cì）：齐备。
⑩ 柴（zì）："胔"，或"骴"，堆积的动物尸体。

⑪ 大庖（páo）：天子的厨房。

译文 我的猎车都坚固，我的马儿都整齐。四匹公马多强健，驾车前往东都地。
猎车都已准备好，四匹公马多雄壮。东都洛邑大圃田，驾着马车去打猎。
天子六月要狩猎，选拔猎手声喧哗。车上竖起旄尾旗，前往敖山猎野兽。
四匹公马驾猎车，匹匹公马高又壮。红色蔽膝金马靴，诸侯络绎来朝见。
扳指护臂穿戴好，强弓利箭装备齐。射手待命配合好，就等帮我抬猎物。
四匹黄马一齐跑，两侧骖马向前拉。驭手驾驶甚熟练，射手出箭无虚发。
战马嘶鸣声萧萧，旌旗锦簇随风飘。步兵车服静悄悄，厨房猎物满当当。
天子回宫车马还，只闻车马无喧哗。君王俨然有威德，确能安国定太平。

吉日

吉日维戊，既伯①既祷。田车既好，四牡孔阜。

升彼大阜，从其群丑。

吉日庚午，既差我马。兽之所同，麀②鹿麌麌③。

漆沮④之从，天子之所。

瞻彼中原，其祁孔有。儦儦⑤俟俟⑥，或群或友。

悉率左右，以燕天子。

既张我弓，既挟我矢。发彼小豝⑦，殪⑧此大兕⑨。

以御宾客，且以酌醴⑩。

注释

① 伯：祭祀马的祖先。
② 麀（yōu）：母鹿，这里泛指母兽。
③ 麌（yǔ）麌：兽众多貌。
④ 漆沮：古代二水名，在今陕西境内。
⑤ 儦（biāo）儦：疾走貌。
⑥ 俟（sì）俟：缓行等待貌。
⑦ 豝（bā）：母猪。
⑧ 殪（yì）：射死。
⑨ 兕（sì）：大野牛，或谓犀牛。
⑩ 酌醴（lǐ）：酌饮美酒。醴，甜酒。

译文 戊辰是吉利的好日子,祈祷之后祭祀马的祖先。前往田猎的车辆已经准备好,四匹公马都是膘肥体壮。坐车登上大土丘,追逐野兽其乐无穷。

庚午是吉祥的好日子,前往打猎用的马匹已经准备好。寻找野兽的聚集地,看到成群结队的母鹿。追赶到漆沮河水边,驱赶到天子的射猎场。

展望一望无际的原野,广袤土地上应有尽有。急行奔驰或慢行,追逐野兽三五成群。全都赶到天子的猎兽场,让天子尽显身手玩得畅快。

我们张开劲弓,将箭握在手上蓄势待发。一箭就射死一只小野猪,再一箭射死一头大野牛。将这些山珍野味做成食物招待宾客,美酒佳肴好生快活。

鸿雁

鸿雁①于飞，肃肃其羽。之子于征，劬②劳于野。
爰及矜人③，哀此鳏④寡⑤。
鸿雁于飞，集于中泽。之子于垣，百堵皆作。
虽则劬劳，其究安宅？
鸿雁于飞，哀鸣嗷嗷。维此哲人，谓我劬劳。
维彼愚人，谓我宣骄。

注释
① 鸿雁：水鸟名，即大雁；或谓大者叫鸿，小者叫雁。
② 劬（qú）劳：勤劳辛苦。
③ 矜人：穷苦的人。
④ 鳏（guān）：老而无妻者。
⑤ 寡：老而无夫者。

译文
鸿雁在天上飞，羽毛振动声肃肃。这个男人服劳役远行，辛勤劳作于野外。可怜这些卑微的人，可怜这些鳏寡孤独的人。
鸿雁在天上飞，聚集在沼泽之上。这个男人服役去筑墙，辛苦筑造上百堵。虽然艰苦又辛劳，不知安居在何方？
鸿雁在天上飞，鸣声悲哀嗷嗷叫。只有那些明白道理的人，才知道我有多艰辛。只有那些愚蠢无知的人，才会说我宣扬骄傲。

庭燎

夜如何其？夜未央，庭燎①之光。君子至止，鸾声将将。
夜如何其？夜未艾，庭燎晣晣②。君子至止，鸾声哕哕③。
夜如何其？夜乡晨④，庭燎有辉⑤。君子至止，言观其旂。

注释
① 庭燎：宫廷中照亮的火炬。
② 晣（zhé）晣：明亮貌。
③ 哕（huì）哕：鸾铃声。
④ 乡（xiàng）晨：近晨，将亮。乡，同"向"。
⑤ 有辉：光明貌。一说火光暗淡貌。

译文
此时夜色怎么样？长夜漫漫似无尽，宫廷火烛亮红光。诸位君子将到来，车铃声声很悠扬。
此时夜色怎么样？长夜漫漫似无垠，宫廷火烛明晃晃。诸位君子将到来，车铃声声甚清晰。
此时夜色怎么样？长夜将尽天将明，宫廷火烛有余辉。诸位君子将到来，旌旗招展风清扬。

沔水

沔①彼流水，朝宗于海。鴥彼飞隼，载飞载止。
嗟我兄弟，邦人诸友。莫肯念乱，谁无父母？
沔彼流水，其流汤汤。鴥彼飞隼，载飞载扬。
念彼不迹，载起载行。心之忧矣，不可弭②忘。
鴥彼飞隼，率彼中陵。民之讹③言，宁莫之惩？
我友敬④矣，谗言其兴。

注释
① 沔（miǎn）：流水满溢貌。
② 弭（mǐ）：止，消除。
③ 讹（é）言：谣言。
④ 敬：通"警"，警惕。

译文
流水盈盈将满溢，一路向东归于海。飞隼翱翔于苍穹，时而疾飞时而止。可叹我的兄弟们，以及国人与朋友。无人挺身平祸乱，敢问谁没有父母？
流水盈盈将满溢，浩浩荡荡水势急。飞隼翱翔于苍穹，自由飞翔真快意。可有人为非作歹，让我坐立皆不安。忧心忡忡愁难解，如影随形难忘怀。
飞隼翱翔于苍穹，沿着山陵来回飞。人们之间传谣言，难道不能有惩罚？我的朋友要警惕，谗言难止反远播。

鹤鸣

鹤鸣于九皋①,声闻于野。鱼潜在渊,或在于渚。

乐彼之园,爰②有树檀③,其下维萚④。他山之石,可以为错⑤。

鹤鸣于九皋,声闻于天。鱼在于渚,或潜在渊。

乐彼之园,爰有树檀,其下维榖⑥。他山之石,可以攻玉。

注释

① 九皋(gāo):皋,沼泽地。九,虚数,言沼泽之多。
② 爰(yuán):于是。
③ 檀(tán):古书中称檀的木很多,常指豆科的黄檀、紫檀。
④ 萚(tuò):草木脱落的皮或叶。
⑤ 错:磨刀石。
⑥ 榖:即楮树。

译文

仙鹤鸣于曲幽沼泽之间,整个原野都可听闻其叫声。鱼儿潜伏在深渊之中,或者游荡于浅滩边。那些美好的乐园,檀树参天,落叶松软。其他山上有玉石,可以用来做磨石。
仙鹤鸣于曲幽沼泽之间,天空之上都可听闻其叫声。鱼儿游荡于浅滩边上,或者潜伏在深渊。那些美好的乐园,檀树参天,楮树连荫。其他山上有玉石,可以用来磨良玉。

祈父

祈父①！予王之爪牙②。胡转予于恤？靡③所止居！

祈父！予王之爪士。胡转予于恤？靡所厎④止！

祈父！亶不聪。胡转予于恤？有母之尸饔⑤。

注释
① 祈（qí）父（fǔ）：周代执掌封畿兵马之事的高级官员，即司马。
② 爪（zhǎo）牙：保卫国王的武士，是对武臣的比喻。《汉书·李广传》记载："将军者，国之爪牙也。"谓祈父执掌国王爪牙之事也。现在多用作贬义。
③ 靡（mǐ）所：没有处所。
④ 厎（zhǐ）：停止。一说"至也"。
⑤ 饔（yōng）：熟食。

译文
祈父大人！我是大王的亲卫。凭什么找我麻烦？害我居无定所漂泊在外！

祈父大人！我是大王的心腹。凭什么找我麻烦？害我征伐打仗流离失所！

祈父大人！您不能明辨是非。凭什么找我麻烦？让我家中老母没有热饭吃。

白驹

皎皎白驹，食我场苗。絷①之维之，以永今朝。
所谓伊人，于焉逍遥。
皎皎白驹，食我场藿②。絷之维之，以永今夕。
所谓伊人，于焉嘉客。
皎皎白驹，贲然来思。尔公尔侯，逸豫无期。
慎尔优游，勉尔遁思。
皎皎白驹，在彼空谷。生刍③一束，其人如玉。
毋金玉尔音，而有遐心④。

注释

① 絷（zhí）：用绳子绊住马足。
② 藿（huò）：豆叶。
③ 生刍（chú）：喂牲畜的青草。
④ 遐心：疏远之心。

译文

皎洁明亮的白马，吃着我园中菜苗。绊住马足拴住它，延长今日的相会。人人称颂的贤人，请在我这里逍遥。
皎洁明亮的白马，吃着我园中豆叶。绊住马足拴住它，延长今夜的相聚。人人称颂的贤人,请在我这做宾客。

皎洁明亮的白马,华美优雅地到来。赐你公爵或侯爵,安闲自在无终期。劝你不要到处走,希望不要再隐遁。

皎洁明亮的白马,在那空幽的山谷。嫩肥草料扎一束,贤人德行如美玉。望你珍惜我心意,千万别把我疏离。

黄鸟

黄鸟黄鸟,无集于榖①,无啄我粟。

此邦之人,不我肯榖②。言旋言归,复我邦族。

黄鸟黄鸟,无集于桑,无啄我梁。

此邦之人,不可与明。言旋言归,复我诸兄。

黄鸟黄鸟,无集于栩③,无啄我黍。

此邦之人,不可与处。言旋言归,复我诸父。

注释

① 榖(gǔ):树名,即楮树。
② 榖:亲善,友好。一说养育。
③ 栩(xǔ):柞树。

译文

黄鸟黄鸟听我说,不要栖息楮树上,不要啄食我的粟。这个国家的人们,不能好好善待我。不如早点回家去,回到自己的家国。

黄鸟黄鸟听我说,不要栖息桑树上,不要啄食我的梁。这个国家的人们,为人处世不光明。不如早点回家去,和我兄弟在一起。

黄鸟黄鸟听我说,不要栖息柞树上,不要啄食我的黍。这个国家的人们,无法和睦地相处。不如早点回家去,和我叔伯在一处。

我行其野

我行其野,蔽芾①其樗②。婚姻之故,言就尔居。

尔不我畜,复我邦家。

我行其野,言采其蓫③。婚姻之故,言就尔宿。

尔不我畜,言归斯复。

我行其野,言采其葍④。不思旧姻,求尔新特。

成不以富,亦祇以异。

注释
① 蔽芾(fèi):树叶初生的样子。
② 樗(chū):臭椿树,不材之木,喻所托非人。
③ 蓫(chú):草名,俗名羊蹄菜,似萝卜。
④ 葍(fú):多年生蔓草,饥荒之年,可以御饥。

译文
我走在荒郊野外,路边上椿树稀疏。因为和你结了婚,所以和你同居住。你不好好对待我,我就返回我老家。
我走在荒郊野外,顺便采摘羊蹄菜。因为和你结了婚,所以和你同居住。你不好好对待我,我就回到我娘家。
我走在荒郊野外,采摘蔓草来充饥。你不遵守旧婚约,追求新欢忘旧情。并非她家有点钱,只是你心容易变。

斯干

秩秩^①斯干，幽幽南山。如竹苞矣，如松茂矣。兄及弟矣，式相好矣，无相犹矣。

似续妣祖^②，筑室百堵，西南其户。爰居爰处，爰笑爰语。

约之阁阁，椓^③之橐橐^④。风雨攸除，鸟鼠攸去，君子攸芋。

如跂斯翼，如矢斯棘，如鸟斯革，如翚^⑤斯飞，君子攸跻。

殖殖^⑥其庭，有觉其楹。哙哙^⑦其正，哕哕其冥。君子攸宁。

下莞^⑧上簟，乃安斯寝。乃寝乃兴，乃占我梦。吉梦维何？维熊维罴，维虺^⑨维蛇。

大人占之：维熊维罴，男子之祥；维虺维蛇，女子之祥。

乃生男子，载寝之床。载衣之裳，载弄之璋。其泣喤喤，朱芾^⑩斯皇，室家君王。

乃生女子，载寝之地。载衣之裼^⑪，载弄之瓦^⑫。无非无仪，唯酒食是议，无父母诒罹。

注释

① 秩秩：涧水清清流淌的样子。
② 妣祖：先妣、先祖，统指祖先。
③ 椓（zhuó）：用杵捣土，犹今之夯打。
④ 橐（tuó）橐：捣土的声音。
⑤ 翚（huī）：锦鸡。
⑥ 殖殖：平正的样子。
⑦ 哙哙：房间宽敞明亮的样子。
⑧ 莞（guān）：蒲草，可用来编席，此指蒲席。
⑨ 虺（huǐ）：一种毒蛇，颈细头大，身有花纹。
⑩ 朱芾（fú）：蔽膝，诸侯、天子的服饰。
⑪ 裼（tì）：婴儿用的褓衣。
⑫ 瓦：古代纺线用的陶制纺锤。

译文

林间小溪水潺潺，流淌在幽幽终南山。竹林丛生静悄悄，松林茂盛在山脚。周王兄弟恭敬友爱，和睦相处情深义重，彼此没有钩心斗角。

继承祖先的基业，建造上百的宫殿，西面南面建宫门。周室子孙一起搬迁，其乐融融欢欣喜悦。将筑板捆绑咚咚响，夯实泥土与围墙。房屋坚固不惧风雨，鸟雀老鼠无法损坏，周室王族安居乐业。

宫殿高耸人须仰望，墙角如箭矢棱角分明，飞檐屋宇如鸟展翅，五彩斑斓如同锦鸡飞，这就是周室的新王宫。

王宫庭院平坦宽阔，楹柱挺立巍峨高耸，白昼回望大殿明亮，夜晚也是幽静肃穆。周王感到宁静舒适。

竹席铺在蒲席之上，君王安然进入梦乡。一觉醒来浑身舒畅，占卜梦境以定吉凶。吉祥的梦是怎么样？梦里的熊和罴都是如此强壮，梦里的虺和蛇都柔软绵长。

太卜前来解君王梦,说梦境之中有熊和罴,预兆要生儿子好福气;说梦境之中有虺和蛇,预兆生女吉祥美丽。

若生下来是儿子,让他睡在檀木大床。给他穿上漂亮衣裳,让他玩弄精美玉璋。听他哭声如此洪亮,将来必定一鸣惊人,成为周室的君王。

若生下来是女儿,让她睡在宫殿地上。给她包裹温暖被子,让她玩弄织布纺锤。但愿她将来乖顺听话不招惹是非,每天忙碌在厨房厅堂,安分守己不给父母惹麻烦!

无羊

谁谓尔无羊?三百维群。谁谓尔无牛?九十其犉①。尔羊来思,其角濈濈②。尔牛来思,其耳湿湿③。

或降于阿④,或饮于池,或寝或讹⑤。尔牧来思,何⑥蓑何笠,或负其餱。三十维物,尔牲则具。

尔牧来思,以薪以蒸,以雌以雄。尔羊来思,矜矜⑦兢兢⑧,不骞⑨不崩⑩。麾之以肱,毕来既升。

牧人乃梦,众⑪维鱼矣,旐维旟矣,大人占之:众维鱼矣,实维丰年;旐维旟矣,室家溱溱⑫。

注释

① 犉(rún):大牛。
② 濈(jí)濈:一作"戢戢",群角聚集貌。
③ 湿湿:摇动的样子。
④ 阿(ē):大山。
⑤ 讹(é):同"吪",动,醒。
⑥ 何:同"荷",负,戴。
⑦ 矜矜:小心翼翼。
⑧ 兢兢:谨慎紧随貌,指羊怕失群。
⑨ 骞(qiān):损失,此指走失。
⑩ 崩:散乱。

⑪众：通"螽"(zhōng)，蝗虫。
⑫溱(zhēn)溱：同"蓁蓁"，众盛貌。

译文 谁说你家没有羊？一群足有三百只。谁说你家没有牛？大黄牛有九十头。羊群一起回来时，羊角相碰挤一起。牛群一起回来时，耳朵摇动多温驯。

有些牛羊在山下，有些在池边喝水，有些睡觉有些玩。你家牧人走过来，穿着蓑衣戴斗笠，有时还背干粮袋。牛羊种类相当多，用来祭祀很齐全。

你家牧人走过来，砍了粗柴和细柴，猎下雌兽与雄兽。你的羊群回家来，个个小心又胆怯，不会走散和走丢。牧人轻轻一招手，羊群乖乖回圈内。

牧人做了个美梦，梦到蝗虫变成鱼，龟蛇旗变鹰旗迎风飘，太卜听闻来解梦：蝗虫变鱼是吉兆，说明今年大丰收；龟蛇旗变鹰旗迎风展，预兆子孙多又多。

节南山

节彼南山，维石岩岩。赫赫师尹①，民具尔瞻。
忧心如惔②，不敢戏谈。国既卒斩，何用不监！
节彼南山，有实其猗。赫赫师尹，不平谓何。
天方荐瘥③，丧乱弘多。民言无嘉，憯④莫惩嗟。
尹氏大师，维周之氐⑤；秉国之钧，四方是维。
天子是毗⑥，俾民不迷。不吊昊天，不宜空我师。
弗躬弗亲，庶民弗信。弗问弗仕，勿罔君子。
式夷式已，无小人殆。琐琐姻亚，则无膴⑦仕。
昊天不佣，降此鞠讻⑧。昊天不惠，降此大戾。
君子如届，俾民心阕。君子如夷，恶怒是违。
不吊昊天，乱靡有定。式月斯生，俾民不宁。
忧心如酲，谁秉国成？不自为政，卒劳百姓。
驾彼四牡，四牡项领。我瞻四方，蹙蹙⑨靡所骋。
方茂尔恶，相尔矛矣。既夷既怿，如相酬矣。
昊天不平，我王不宁。不惩其心，覆怨其正。
家父作诵，以究王讻。式讹⑩尔心，以畜万邦。

注释

① 师尹：太师尹氏。
② 惔（tán）："炎"的误字，火烧。
③ 瘥（cuó）：疫病。
④ 憯（cǎn）：曾，乃。
⑤ 氐：借为"榰（zhī）"，屋柱的石礅。
⑥ 毗（pí）：犹"裨"，辅助。
⑦ 肒（wǔ）仕：高官厚禄。
⑧ 鞠讻（xiōng）：极乱。讻，祸乱，昏乱。
⑨ 蹙（cù）蹙：局促的样子。
⑩ 讹：改变。

译文

高峻嵯峨终南山，畏途巉岩不可攀。赫赫威名尹太师，百姓全都在期待。忧心忡忡如火烧，哪敢随意来说笑。国家衰败将灭亡，阁下为何不监督！

高峻嵯峨终南山，广阔山坡大丘陵。赫赫威名尹太师，执政为何不公平？如今上天降灾难，民间到处是丧乱。百姓对你多怨言，你却丝毫无愧疚。

尹氏既然做太师，周朝安危要心系。治国安邦是责任，平定四方得安稳。天子统治你辅助，民心迷惑你开解。不够善良的老天，降下苦难在人间。

从不躬亲于政务，百姓也不信任你。罔顾朝政不作为，欺上瞒下骗君王。以身作则去不平，莫让小人损国运。尸位素餐的亲戚，靠着关系来做官。

老天爷你不当班，降下灾祸给百姓。老天爷你不开眼，降下惩罚给百姓。君王如果能管事，民心安定不再乱。君王如果能公允，百姓怨怒将平息。

老天爷你不善良，灾祸动乱不太平。生灵涂炭民不聊生，草民心中不安宁。忧心如同喝醉酒，到底是谁在治国？君王自己不执政，最终苦了老百姓。

驾车用那四匹马,四匹骏马脖子粗。站在车上望四方,去路迷茫心怅惘。

为非作歹行恶事,凝视长矛想杀人。戾气平息露悦色,仿若好友在喝酒。

老天爷你不公平,我王每日不安宁。尹氏一族不受惩,反而抱怨正经人。

家父写下这首诗,探究君王的祸乱。希望感化你的心,一心报国为万民。

正月

正月繁霜，我心忧伤。民之讹言，亦孔之将。
念我独兮，忧心京京①。哀我小心，癙②忧以痒③。
父母生我，胡俾我瘉？不自我先，不自我后。
好言自口，莠言④自口。忧心愈愈，是以有侮。
忧心惸惸⑤，念我无禄。民之无辜，并其臣仆。
哀我人斯，于何从禄？瞻乌爰止？于谁之屋？
瞻彼中林，侯薪侯蒸。民今方殆，视天梦梦。
既克有定，靡人弗胜。有皇上帝，伊谁云憎？
谓山盖卑，为冈为陵。民之讹言，宁莫之惩。
召彼故老，讯之占梦。具曰予圣，谁知乌之雌雄！
谓天盖高，不敢不局。谓地盖厚，不敢不蹐。
维号斯言，有伦有脊。哀今之人，胡为虺蜴⑥？
瞻彼阪田⑦，有菀其特。天之扤⑧我，如不我克。
彼求我则，如不我得。执我仇仇⑨，亦不我力。
心之忧矣，如或结之。今兹之正，胡然厉矣。
燎之方扬，宁或灭之？赫赫宗周，褒姒威⑩之！
终其永怀，又窘阴雨。其车既载，乃弃尔辅。

载输尔载,将伯助予。

无弃尔辅,员于尔辐。屡顾尔仆,不输尔载。

终逾绝险,曾是不意。

鱼在于沼,亦匪克乐。潜虽伏矣,亦孔之炤。

忧心惨惨,念国之为虐!

彼有旨酒,又有嘉肴。洽比其邻,昏姻孔云。

念我独兮,忧心殷殷。

佌佌⑪彼有屋,蔌蔌⑫方有谷。民今之无禄,天夭是椓。

哿⑬矣富人,哀此惸独!

注释

① 京京:忧愁深长。
② 癙(shǔ):忧闷。
③ 痒:病。
④ 莠(yòu)言:坏话。
⑤ 惸(qióng)惸:忧郁不快。
⑥ 虺(huǐ)蜴(yì):毒蛇与蜥蜴,古人把无毒的蜥蜴也视为毒虫。
⑦ 阪田:山坡上的田。
⑧ 扤(wù):动摇。
⑨ 仇(qiú)仇:慢怠。
⑩ 威(miè):"灭"。
⑪ 佌(cǐ)佌:比喻小人卑微。
⑫ 蔌(sù)蔌:鄙陋。
⑬ 哿(gě):欢乐。

译文

正阳之月天降寒霜,事出反常我心忧伤。民间纷纷出现谣言,信口雌黄十分夸张。独自一人孤苦无依,满怀忧愁惨惨戚戚。谨慎做人小心翼翼,愁闷憋屈尽是压抑。

父母生我来到世上,为何我却苦难繁多?生前苦难不曾发生,死后灾难未必出现。良言皆是出自他口,恶语亦是由人所传。心中忧伤与日俱增,遭受侮辱嘲笑不止。

郁郁寡欢孤独难耐,一想自身不幸缠身。百姓求生何其艰难,一朝沦丧成亡国奴。可叹我等国土沦丧,不知幸福何处寻求?看那乌鸦驻留何方停在谁家屋檐之上?

眺望远方茫茫森林,可以砍柴烧饭度日。如今百姓生计艰辛,上天仿佛沉睡不醒。既然天数都已注定,无人可以反抗命运。上天如此光明伟大,不知是因为憎恨谁?

人言那边山峰低矮,实则崇山峻岭巍峨。百姓之间流传谣言,竟不去管放任自流。召见旧臣老臣商议,占卜梦境求问吉凶。都说自己最是灵验,只是乌鸦雌雄难辨。

人言苍天辽远高阔,弯腰低头接受命运。人言大地宽广笃厚,轻手轻脚踏实生活。大声疾呼这些良言,循规蹈矩安分守己。可叹如今那些官员,竟然歹毒犹如蛇蝎。

眺望远方山坡田野,庄稼茂盛生长茁壮。上天一心要折磨我,唯恐不能彻底击溃。当初君王召我为官,怕我推辞不肯从政。等我从政辅佐君王,他又急慢不愿重用。

心中忧伤难以纾解,如同绳子反复打结。如今朝廷虎狼当道,愈加残忍心狠手辣。大火熊熊燃烧原野,到时有谁还能扑灭?兴盛伟大的周王朝,如今竟因褒姒而灭!

满怀忧伤难以发泄,不巧又遇阴雨连绵。马车之上满载货物,竟敢抽走挡板上路。等到货物全都落地,方才请求大哥帮忙。

莫要丢弃车子挡板,应当加厚保障牢固。多加监督赶车马夫,确保没有掉落货物。小心谨慎绝处逢生,切勿轻视细节小事。

鱼在池塘虽能游动,终究水浅难得畅快。即使潜藏深水不动,依然能够清楚看见。心中忧伤甚是悲痛,想到国家乱施暴政。
贵族饮酒寻欢作乐,大鱼大肉奢侈糜烂。官官相护结党营私,互相联姻把持朝政。而我只是孤身一人,只能感到忧愁烦闷。卑鄙小人住在大屋,无耻之徒粮食盈库。百姓度日全无幸福,上天还要降下灾苦。富贵之人无忧无虑,可怜穷人孤苦无依。

十月之交

十月之交,朔月辛卯。日有食之,亦孔之丑。
彼月而微,此日而微。今此下民,亦孔之哀。
日月告凶,不用其行。四国无政,不用其良。
彼月而食,则维其常。此日而食,于何不臧。
烨烨①震电,不宁不令。百川沸腾,山冢②崒③崩。
高岸为谷,深谷为陵。哀今之人,胡憯④莫惩⑤。
皇父卿士,番维司徒。家伯维宰,仲允膳夫。
棸子⑥内史,蹶⑦维趣马。楀⑧维师氏⑨,艳妻煽方处。
抑此皇父,岂曰不时?胡为我作,不即我谋?
彻我墙屋,田卒污莱。曰予不戕,礼则然矣。
皇父孔圣,作都于向。择三有事⑩,亶⑪侯⑫多藏。
不慭⑬遗一老,俾守我王。择有车马,以居徂向。
黾勉从事,不敢告劳。无罪无辜,谗口嚣嚣。
下民之孽,匪降自天。噂沓⑭背憎,职竞由人。
悠悠我里⑮,亦孔之痗⑯。四方有羡,我独居忧。

民莫不逸，我独不敢休。

天命不彻，我不敢效我友自逸。

注释
① 烨烨：雷电闪耀。
② 冢：山顶。
③ 崒：通"碎"，崩坏。
④ 胡憯（cǎn）：怎么。
⑤ 莫惩：不制止。
⑥ 棸（zōu）子：姓棸的人。
⑦ 蹶（guì）：姓。
⑧ 楀（yǔ），又读jǔ：姓。
⑨ 师氏：掌管贵族子弟教育的官。
⑩ 三有事：三有司，即三卿。
⑪ 亶（dǎn）：信，确实。
⑫ 侯：助词，维。
⑬ 慭（yìn）：愿意，肯。
⑭ 噂（zǔn）沓：聚在一起说话。噂，聚会。沓，语多貌。
⑮ 里："悝"之假借，忧愁。
⑯ 瘵（mèi）：病。

译文
十月伊始，初一辛卯。天空出现日食，恐怕是不好的征兆。前不久才出现过月食，今天又出现日食。当今天下的老百姓，日子过得非常悲哀。

日月出现凶兆，看来运行不正常。国家不施行良政，朝廷不任用忠良。以前也有过月食，所以觉得很正常。如今又出现日食，我却感到不吉祥。

电闪雷鸣，不得安宁。无数江河沸腾，无数山峰坍塌。高崖变为深谷,深谷变为高崖。可悲的是如今治理国家的人,面对危险毫无警惕。

皇父身居显耀卿士的官职,番氏坐着司徒的位置。家伯身负冢宰的职责,仲允担任御前厨师总管。棸子做内史官,蹶氏担任养马官。橘氏掌管贵族子弟教育之事,周幽王的宠妃褒姒迷惑君王祸乱朝纲。

可恶的皇父,难道搞不清如今状况?为何要让我去服役,却不和我商量?折掉我家墙和屋,害我家良田积水变荒芜。还对我说不是他成心想害我,只是按照规矩办。

皇父你可真是个了不起的"圣人"啊,自己在向地筑造城池安枕无忧。让身边的亲信做三卿把持朝政,贪赃枉法中饱私囊。朝中的老臣都被你赶走,只有你这狗贼"守护"君王。你挑选好车好马,迁往自己的向城。

勤勉工作的人,不敢说自己有多辛劳。无罪无辜的人,却遭遇无数谗言诽谤。老百姓所遭遇的灾难,并非来自苍天。相聚的时候谈笑风生,背后却阴谋诡计,这都是无耻之徒造成的人祸。

我心中忧愁悲叹,抑郁难解如患大病。天下的人还无忧无虑,而我独自深处忧患之中。老百姓无不安逸生活,唯独我不敢休息。周朝的天命不会毁灭,我不敢只顾自己的生活安逸。

雨无正

浩浩昊天，不骏其德。降丧饥馑，斩伐四国。旻天疾威，弗虑弗图。舍彼有罪，既伏其辜。若此无罪，沦胥以铺。

周宗既灭，靡所止戾①。正大夫离居，莫知我勚②。三事大夫③，莫肯夙夜。邦君诸侯，莫肯朝夕。庶曰式臧，覆出为恶。

如何昊天，辟言不信。如彼行迈，则靡所臻。凡百君子，各敬尔身。胡不相畏，不畏于天？

戎成不退，饥成不遂。曾我暬御④，憯憯⑤日瘁。凡百君子，莫肯用讯。听言则答，谮言⑥则退。

哀哉不能言，匪舌是出，维躬是瘁。哿⑦矣能言，巧言如流，俾躬处休。

维曰于仕，孔棘且殆。云不可使，得罪于天子。亦云可使，怨及朋友。

谓尔迁于王都，曰予未有室家。鼠⑧思泣血，无言不疾。昔尔出居，谁从作尔室？

注释
① 止戾：安定、定居。
② 勩（yì）：劳苦。
③ 三事大夫：指三公，即太师、太傅、太保。
④ 蓺（xiè）御：侍御。国王左右亲近之臣。
⑤ 憯（cǎn）憯：忧伤。
⑥ 谮（zèn）言：诋毁的话，此指批评。
⑦ 哿（gě）：欢乐。
⑧ 鼠：通"癙（shǔ）"，忧伤。

译文
苍茫浩瀚老天爷，不对人间施恩德。降下死亡与饥馑，残害天下老百姓。老天残暴发威风，不分是非惩人间。放过那些有罪人，却去残害无辜者。这些无辜的百姓，遭遇病苦与死丧。
周朝宗室已毁灭，没有地方可逃生。高官大夫都逃亡，无人理解我操劳。三司大夫不忠心，不肯日夜为国忙。各国诸侯也一样，不肯尽心护天子。周王原本能行善，如今反而更作恶。
想要问问老天爷，正义的话听不见。如同行走慢悠悠，永远无法到终点。诸位君子太虚伪，只顾保命无担当。为何心中无敬畏，为何不敬老天爷？
西戎贼寇兵难退，饥荒蔓延成灾害。我等天子侍卫官，愁容满面心憔悴。诸位君子太虚伪，不肯对王来劝谏。顺从之话采作答，忠言逆耳就退却。
可悲实话不能讲，不是舌头太笨拙，鞠躬尽瘁为国家。可叹那些说话者，巧舌如簧讨欢喜，高官厚禄吃闲饭。
虽然是说去出仕，倍感忐忑与危险。若是不顺从天子，得罪君王惹祸端。如果顺从了天子，朋友又会埋怨我。
早已说过迁王都，却说房屋还未建。悲愤交加流血泪，句句痛彻我心扉。以前你们离京城，是谁造好房屋等？

小旻

旻天①疾威，敷于下土。谋犹回遹②，何日斯沮？谋臧③不从④，不臧覆用。我视谋犹，亦孔之邛。

潝潝⑤訿訿⑥，亦孔之哀。谋之其臧，则具是违。谋之不臧，则具是依。我视谋犹，伊于胡厎。

我龟既厌，不我告犹。谋夫孔多，是用不集。发言盈庭，谁敢执其咎？如匪行迈谋，是用不得于道。

哀哉为犹，匪先民是程，匪大犹是经。维迩言⑦是听，维迩言是争。如彼筑室于道谋，是用不溃于成。

国虽靡止，或圣或否。民虽靡膴⑧，或哲或谋，或肃或艾。如彼泉流，无沦胥以败。

不敢暴虎⑨，不敢冯河⑩。人知其一，莫知其他。战战兢兢，如临深渊，如履薄冰。

注释
① 旻（mín）天：指苍天。
② 回遹（yù）：邪僻。
③ 臧（zāng）：善、好。
④ 从：听从、采用。

⑤潝(xī)潝：小人党同而相和的样子。
⑥訾(zǐ)訾：小人伐异而相毁的样子。
⑦迩(ěr)言：近言，指谗佞肤浅无远见的言论。
⑧膴(wǔ)：肥。靡膴，犹言不富足、尚贫困。
⑨暴虎：空手打虎。
⑩冯(píng)河：徒步渡河。

译文 | 老天发怒显神威，降下灾祸到凡间。国家政策真邪门，不知何时能改变？良谋善策不听从，歪风邪气来施政。我看国家的政策，问题多多很糟糕。
叽叽喳喳互争斗，结党营私真悲哀。凡是利国好政策，他们全都不实施。凡是荒谬坏政策，他们反而作凭依。我看国家的施政，祸乱江山害社稷。
常用灵龟来占卜，制定谋略不找我。谋士倒是非常多，争论不休难定夺。宫中发言都积极，谁敢指出真弊病？真正良谋看实践，实施起来都不行。
可叹周王没主见，根本不像他祖先，不将常理去遵循。只听亲信浅薄言，奸佞小人来争权。如同盖屋问路人，当然没有好建议。
国事全都无法度，有的贤明有的不。百姓虽然不富足，有人聪明会谋划，有人尽忠为国家。如同奔流的泉水，不会腐臭与断绝。
不敢空手打老虎，不敢徒步过深河。人们只知眼前危，不知其他的凶险。我总是战战兢兢，每一天如临深渊，心里头如履薄冰。

小宛

宛彼鸣鸠，翰飞戾①天。我心忧伤，念昔先人。
明发不寐，有怀二人。
人之齐圣，饮酒温克。彼昏不知，壹醉日富。
各敬尔仪，天命不又。
中原有菽，庶民采之。螟蛉有子，蜾蠃②负之。
教诲尔子，式穀③似之。
题彼脊令，载飞载鸣。我日斯迈，而月斯征。
夙兴夜寐，毋忝④尔所生。
交交桑扈⑤，率场⑥啄粟。哀我填⑦寡，宜岸宜狱。
握粟出卜，自何能穀？
温温恭人，如集于木。惴惴小心，如临于谷。
战战兢兢，如履薄冰。

注释
① 戾（lì）：至。戾天，犹说"摩天"。
② 蜾（guǒ）蠃（luǒ）：一种黑色的细腰土蜂，常捕捉螟蛉幼虫入巢，以养育其幼虫，古人误以为是代螟蛾哺养幼虫，故称养子为螟蛉义子。

③ 穀（gǔ）：善。
④ 忝（tiǎn）：辱没。
⑤ 桑扈（hù）：鸟名，俗名青雀。
⑥ 场：打谷场。
⑦ 瘨：通"癫（diān）"，病。

译文 婉转鸣叫小斑鸠，自由飞翔在天上。我的心满是忧伤，思念已故的先人。天都亮了还没睡，依然思念我父母。

人若样样都优秀，醉酒也温和稳重。那些昏聩无知者，只会天天喝醉酒。希望你保持礼仪，天命没有第二次。

中原大地有大豆，庶民一起去采摘。螟蛉小虫也有子，蜾蠃将它背下来。我来教育你孩子，继承家业和传统。

瞧瞧那些脊令鸟，边飞边叫多欢畅。我天天在外辛劳，你月月都要出征。早起晚睡生活累，为了不丢父母脸。

往来翻飞的青雀，沿着谷场来啄谷。可怜我们穷又病，遭遇官司真要命。手握粟米来占卜，何时才能够转运？

温良恭俭的贤人，如同栖居高树上。我等心惊又谨慎，如同走在深谷边。战战兢兢真害怕，如同脚踩着薄冰。

小弁

弁①彼鸒②斯,归飞提提③。民莫不穀,我独于罹④。
何辜于天?我罪伊何?心之忧矣,云如之何!
踧踧⑤周道,鞠⑥为茂草。我心忧伤,惄⑦焉如捣。
假寐永叹,维忧用老。心之忧矣,疢⑧如疾首。
维桑与梓,必恭敬止。靡瞻匪父,靡依匪母。
不属于毛,不罹于里。天之生我,我辰安在?
菀⑨彼柳斯,鸣蜩嘒嘒⑩。有漼⑪者渊,萑⑫苇淠淠⑬。
譬彼舟流,不知所届。心之忧矣,不遑假寐。
鹿斯之奔,维足伎伎⑭。雉之朝雊⑮,尚求其雌。
譬彼坏木,疾用无枝。心之忧矣,宁莫之知?
相彼投兔,尚或先之。行有死人,尚或墐⑯之。
君子秉心,维其忍之。心之忧矣,涕既陨之。
君子信谗,如或酬之。君子不惠,不舒究之。
伐木掎⑰矣,析薪扡⑱矣。舍彼有罪,予之佗⑲矣!
莫高匪山,莫浚匪泉。君子无易由言,耳属于垣。
无逝我梁,无发我笱⑳。我躬不阅,遑恤我后!

注释

① 弁（pán）：快乐。
② 鹬（yù）：寒鸦。
③ 提（shí）提：群鸟安闲翻飞的样子。
④ 雁：忧愁。下文之"雁"，一作"离"，通"丽"，附着。
⑤ 踧（dí）踧：平坦的状态。
⑥ 鞠（jū）：阻塞、充塞。
⑦ 怒（nì）：忧伤。
⑧ 疢（chèn）：病，指内心忧痛烦热。
⑨ 菀：茂密的样子。
⑩ 嘒（huì）嘒：蝉鸣的声音。
⑪ 漼（cuǐ）：水深的样子。
⑫ 萑（huán）苇：芦苇。
⑬ 淠（pèi）淠：茂盛的样子。
⑭ 伎（qí）伎：鹿急跑的样子。
⑮ 雊（gòu）：雉鸣。
⑯ 瑾（jìn）：掩埋。
⑰ 掎（jǐ）：牵引。此句说，伐木要用绳子牵引着，把它慢慢放倒。
⑱ 扡（chǐ）：顺着纹理劈开。
⑲ 佗（tuó）：加。
⑳ 笱（gǒu）：捕鱼用的竹笼。

译文

寒鸦欢欣，结伴而归。百姓莫不感到安乐，唯独我却处于困境。是我什么地方惹到老天爷了吗？我到底犯了什么罪过？心中的忧伤，到底该怎么办？

宽阔大道，杂草丛生。我心中的忧伤，如同棒杵在胡捣。穿着衣服躺卧叹息，忧虑使我渐渐苍老。心中的忧伤，让我上火又头疼。

桑树梓树，毕恭毕敬。对待父亲岂能没有尊敬，对待母亲岂能没有依恋。如今父亲也无法依靠,母亲也无法亲近。上天生我在人间,何时才是属于我的好时候?

柳树苍郁,蝉鸣不已。深深河水看不到底,芦苇丛生茁壮成长。我就如同河流中的一艘船,漂漂荡荡不知去向何方。心中的忧伤啊,让我无法安眠与悠闲。

小鹿奔跑,四足如飞。公鸡不停地打鸣,是为了吸引母鸡。我就如同一棵患病的小树,没有同伴孤独无依。我心里的忧伤啊,怎么就没有人能懂?

看那自投罗网的兔子,尚且有好心人帮它放生。路上遇到死去的陌生人,也会有善人帮着埋葬。可是君王对我的态度啊,竟会如此铁石心肠。我心中忧伤啊,眼泪不禁掉下来。

君王听信那谗言,沉迷奸佞妄言如同嗜酒。君王对我不理不睬,也不去追究谣言的真假。砍树需要斜拉才会倾倒,劈柴需要顺着纹理才能劈开。君王对有罪之人不闻不问,却把黑锅扣在我身上。

君王之心是比山更高的山,比泉更深的泉。君王啊不要听信谗言,隔墙有耳须防备。不要去我那捕鱼的鱼梁,也不要偷偷打开我的鱼篓。如今我自顾不暇无处安身,哪里还顾得上身后事!

巧言

悠悠昊天，曰父母且。无罪无辜，乱如此幠。
昊天已威，予慎无罪。昊天泰怃①，予慎无辜。
乱之初生，僭②始既涵。乱之又生，君子信谗。
君子如怒，乱庶遄沮。君子如祉③，乱庶遄已。
君子屡盟，乱是用长。君子信盗，乱是用暴。
盗言孔甘，乱是用餤④。匪其止共，维王之邛⑤。
奕奕寝庙，君子作之。秩秩大猷⑥，圣人莫之。
他人有心，予忖度之。跃跃毚⑦兔，遇犬获之。
荏染⑧柔木，君子树之。往来行言，心焉数之。
蛇蛇硕言⑨，出自口矣。巧言如簧，颜之厚矣。
彼何人斯？居河之麋⑩。无拳无勇，职为乱阶。
既微⑪且尰⑫，尔勇伊何？为犹将多，尔居徒几何？

注释

① 泰怃（hū）：太怠慢。
② 僭：通"谮"，谗言。
③ 祉：福，指任用贤人。
④ 餤（tán）：原意为进食，引申为增多。

⑤ 邛（qióng）：病。
⑥ 秩秩大猷（yóu）：多而有条理的典章制度。
⑦ 毚（chán）：狡猾。
⑧ 荏染：柔弱貌。
⑨ 蛇（yí）蛇硕言：夸夸其谈的大话。
⑩ 麋（méi）：通"湄"，水边。
⑪ 微：通"癓"，小腿生疮。
⑫ 瘇（zhǒng）：脚肿。

译文

悠悠苍天，犹如父母。我等未曾犯罪何其清白无辜，竟会遭遇如此祸乱。苍天已发威，我等确实无罪。苍天太傲慢，我等太无辜。

祸乱初起时，那些谗言都被君王接受。祸乱越来越严重，君主还是听信谗言。君主当初要是能够对谗言佞语发怒，斥责进言者，那么祸乱早就可以平息。君王如果能够任用贤能，祸乱很快就会结束。

君王与诸侯屡屡结盟，祸乱由此更是增加。君王相信盗贼奸佞，祸乱变得越发严重。奸邪贼人说话很好听，然而只会引发恶劣的乱局。奸邪贼人哪会克尽职守，他们只会给君王带来灾殃。

王宫宗庙雄伟高大，乃是先王一手所建立。规章制度井然有序，乃是圣人所制定。小人成心破坏这些，我心里有数。就像上蹿下跳的狡兔，遇到猎犬一下被抓住。

娇柔美好的树木，是君子所种植。四处流传的谣言，要用心去辨别。蛇蝎心肠的口蜜腹剑，出自小人之口毫无检点。巧舌如簧能言善辩，这些人的脸皮真是厚。

小人到底是什么人？住在河水的岸边。他们没有武力和勇气，只会制造混乱谋私利。腿上生疮脚浮肿，你的勇气从何而来？阴险狡诈诡计多，你的同伙有几人？

何人斯

彼何人斯？其心孔艰。胡逝我梁，不入我门？伊谁云从？维暴之云。

二人从行，谁为此祸？胡逝我梁，不入唁我？始者不如今，云不我可。

彼何人斯？胡逝我陈？我闻其声，不见其身。不愧于人？不畏于天？

彼何人斯？其为飘风。胡不自北？胡不自南？胡逝我梁？祇①搅我心。

尔之安行，亦不遑舍。尔之亟行，遑脂尔车。壹者之来，云何其盱②。

尔还而入，我心易也。还而不入，否难知也。壹者之来，俾我祇③也。

伯氏吹埙，仲氏吹篪④。及尔如贯，谅不我知。出此三物，以诅尔斯。

为鬼为蜮⑤，则不可得。有靦⑥面目，视人罔极。作此好歌，以极反侧。

注释
① 衹（zhǐ）：仅仅，只。
② 盱（xū）：忧、病，或曰望也。
③ 疧：通"疷"，病，或曰安也。
④ 篪（chí）：古竹制乐器，如笛，有八孔。
⑤ 蜮（yù）：传说中一种水中动物，能在水中含沙射人影，又名射影。
⑥ 靦（tiǎn）：露面见人之状。

译文
那位到底是什么人？他的心思太艰深。为什么来到我的鱼梁，却又不愿意来我家？他到底是跟从谁的？一味跟从暴公说的话。

当初我们两个人一起行路，到底谁是这场祸事的肇事者？为什么来到我的鱼梁，却又不愿意来我家慰问？如今不再似当初，形同陌路不再对我好。

那位到底是什么人？为什么来到我家院子？我听见他的声音，却又见不到他的身影。难道是有愧于人不敢见面？还是说有愧于天忐忑退却？

那位到底是什么人？好像一阵飘过的风。莫非是从北方刮来？莫非是从南方刮来？为什么来到我的鱼梁？这莫名其妙的行为搅得我心乱如麻。

你心平气和地漫步，却不曾有闲暇停留。你急匆匆地赶路，连涂抹车油的时间都没有。希望你可以抽空来看望我一次，不要让我徒然期待忐忑不安。

希望你返程路过的时候能进我家门，让我心情能够欢喜平静。如果你返程的时候还不来我家，我不知道我会变成什么样。希望你可以抽空来看望我一次，让我难以平静的心情得到安慰。

想当年大哥你吹埙，小弟我吹篪。我们就像一条连接在一起的绳子一般亲密无间,怎么后来就不来往了呢?我想为你献上猪狗鸡三牲,在神灵面前杀牲歃血,订下盟约。

难不成你其实是个鬼或者妖精,那么确实见不了人。我看你长着一张脸也有鼻子有眼,竟做人反复无常没有原则说变就变。我现在写下这首歌,是因为辗转反侧难以成眠。

巷伯①

萋兮斐兮②,成是贝锦。彼谮人③者,亦已大④甚!
哆⑤兮侈⑥兮,成是南箕⑦。彼谮人者,谁适与谋?
缉缉翩翩,谋欲谮人。慎尔言也,谓尔不信。
捷捷幡幡⑧,谋欲谮言。岂不尔受?既其女迁。
骄人好好,劳人草草。苍天苍天,视彼骄人,矜⑨此劳人。
彼谮人者,谁适与谋?取彼谮人,投畀豺虎。豺虎不食,投畀有北。有北不受,投畀有昊!
杨园之道,猗于亩丘。寺人⑩孟子,作为此诗。凡百君子,敬而听之。

注释

① 巷伯:掌管宫内之事的宦官。
② 萋(qī)、斐:有文采的样子。
③ 谮人:诬陷别人的人。
④ 大(tài):同"太"。
⑤ 哆(chǐ):张口。
⑥ 侈(chǐ):大。
⑦ 南箕:星宿名。古人观星象附会人事,认为箕星主口舌。

⑧ 幡幡：反复进言状。
⑨ 矜：怜悯。
⑩ 寺人：阉人，宦官。

译文　各种纹路交错鲜明，编织成彩色的贝纹锦。那个造谣生事的家伙，实在太过分！

大嘴巴一开一合说闲话，好比南箕星宿。那个造谣生事的家伙，是谁给你谋划？

叽叽喳喳乱说话，只想把人来诬陷。警告你说话要谨慎，说你你还不肯听。

七嘴八舌来回传，只会说些害人的话。难道没有人信你的鬼话？看你靠谣言反而高升。

无耻之徒反而过得好，被诬陷的无处伸冤。苍天呀苍天，你倒是看看那些无耻之徒，可怜可怜被冤枉的吧！

那些造谣生事的家伙，是谁给你们谋划？赶紧抓住那些混蛋，投喂给豺狼虎豹吧！我看豺狼虎豹都不愿意吃，不如扔到北方的荒野。北方的荒野不接受，就交给上帝收拾吧！

通往杨园的大道，紧挨田地与山丘。在下乃是寺人孟子，是我写下这首诗控诉。希望诸位君子贤良，听了我的话都要警惕小人呀。

谷风

习习^①谷风，维风及雨。将恐将惧，维予与女。

将安将乐，女转弃予。

习习谷风，维风及颓。将恐将惧，置予于怀。

将安将乐，弃予如遗。

习习谷风，维山崔嵬^②。无草不死，无木不萎。

忘我大德，思我小怨。

注释
① 习习：大风声。
② 崔嵬：山高峻的样子。

译文
山谷大风习习吹，风雨交加天气差。曾经恐惧又担忧，唯独你我相依赖。如今安康又喜乐，你却转身离我去。
山谷大风习习吹，自上而下起旋风。曾经恐惧又担忧，你将我搂在怀里。如今安康又喜乐，你抛弃我如垃圾。
山谷大风习习吹，吹过高高的山岭。风吹草儿都死去，一切树木皆枯萎。忘记我的大恩德，挑剔我的小过错。

蓼莪

蓼蓼①者莪②,匪莪伊蒿。哀哀父母,生我劬劳③。

蓼蓼者莪,匪莪伊蔚④。哀哀父母,生我劳瘁。

瓶之罄矣,维罍⑤之耻。鲜民之生,不如死之久矣。无父何怙?无母何恃?出则衔恤,入则靡至。

父兮生我,母兮鞠我。抚我畜⑥我,长我育我,顾我复我,出入腹我。欲报之德。昊天罔极!

南山烈烈,飘风发发。民莫不穀,我独何害!

南山律律,飘风弗弗。民莫不穀,我独不卒!

注释
① 蓼(lù)蓼:长又大的样子。
② 莪(é):一种草,即莪蒿。
③ 劬(qú)劳:辛劳疲惫。
④ 蔚:一种草,即牡蒿。
⑤ 罍:大肚小口的酒坛。
⑥ 畜(xù):爱。

译文 莪蒿草生长得高,其实不是莪蒿是香蒿。可怜我父母,生我养我太辛劳。

莪蒿草生长得高,其实不是莪蒿是牡蒿。可怜我父母,生我养我太劳苦。

瓶子已空空荡荡,生活空虚惹人笑。孤独活在这世上,不如早点就死掉。没有父亲哪有依靠?没有母亲哪有照料?出门在外心中悲戚,回到家里茫然无绪。

父亲呀你生养我,母亲呀你养育我。父母关心我疼爱我,养育我教育我,照顾我呀庇护我,出入家门都抱我。想要报答父母恩,天命难测不得报!

南山高耸又巍峨,风儿呜呜响声大。众人过得都平安,唯独我遇到不幸!

南山崇山又峻岭,风儿呼呼响声大。众人过得都平乐,唯独我无法尽孝!

大东

有饛①簋飧，有捄②棘匕③。周道如砥，其直如矢。
君子所履，小人所视。眷言顾之，潸焉出涕。
小东大东，杼柚④其空。纠纠葛屦，可以履霜。
佻佻公子，行彼周行。既往既来，使我心疚。
有冽氿泉⑤，无浸获薪。契契寤叹，哀我惮⑥人。
薪是获薪，尚可载也。哀我惮人，亦可息也。
东人之子，职劳不来。西人之子，粲粲衣服。
舟人⑦之子，熊罴是裘。私人之子，百僚是试。
或以其酒，不以其浆。鞙鞙⑧佩璲，不以其长。
维天有汉，监亦有光。跂彼织女，终日七襄。
虽则七襄，不成报章。睆⑨彼牵牛，不以服箱。
东有启明，西有长庚。有捄天毕，载施之行。
维南有箕，不可以簸扬。维北有斗，不可以挹酒浆。
维南有箕，载翕其舌。维北有斗，西柄之揭。

| 注释 | ① 饛（méng）：食物满器貌。
② 捄（qíu）：曲而长貌。
③ 匕：勺。
④ 杼柚（zhóu）：指织布机。柚：通"轴"。
⑤ 氿（guǐ）泉：泉流受阻而自旁侧流出的泉水，狭而长。
⑥ 惮（dàn）：通"瘅"，因劳成病。
⑦ 舟人：有舟之人，指西边富人。
⑧ 鞙（juǎn）鞙：形容玉圆（或长）之貌。
⑨ 睆（huǎn）：明亮貌。

| 译文 | 食器中装满了熟食，上面插着枣木做的勺匙。宽阔大道如同磨石一般平坦，如同射出来的箭矢一样笔直向前。君子在大道上散步，小老百姓却只能眼睁睁地望着。不满地回望那大道，为这不平等感到悲哀难过泪流满面。
远近有大小诸侯国，民间纺织机上的布帛都已经空了。葛草鞋子用绳子缠牢，这样的鞋子怎么能够踩踏冰霜。那些轻佻的贵族公子哥，行走在宽阔的大道上。他们优哉游哉地来回游荡，看得我心里痛苦不已。
寒冽山泉因受阻而侧流，我担心泉水浸湿新砍下来的柴薪。日夜感叹无法入眠，可怜我辛劳疲敝身心不堪。这些刚砍下来的柴薪，尚且可以运回家过活。可怜我辛劳疲敝身心不堪，暂时也算可以休息。
我们这些东方的草民，辛苦劳碌却无人关心。那些西方的贵族子弟，衣着华丽不事生产。地位低一些的舟人，也能穿上熊黑裘服大摇大摆。那些贵族的家臣，也有机会当得上朝廷的官。
贵族随意饮美酒，草民米浆都难得。贵族佩戴圆宝玉，草民根本用不上。天空之上有银河，如同明镜明闪闪。织女星有三颗星，日夜旋转整七次。

织女星日夜旋转整七次，却不能织布绣锦缎。牵牛星亮晶晶，却不能真的牵牛驾车辆。启明星在东方，长庚星在西方。天毕星像长柄又长又弯，斜挂银河旁。

南边的天空有簸箕星，却不能用来做簸箕抖扬。北方天空有北斗星，却不能用来当斗舀酒浆。南边的天空有簸箕星，好像吐着舌头在伸缩。北方的天空有北斗星，好像举起一条长柄朝西方。

四月

四月①维夏,六月徂暑。先祖匪人,胡宁忍予?
秋日凄凄,百卉②具腓③。乱离瘼④矣,爰其适归?
冬日烈烈,飘风发发。民莫不穀,我独何害!
山有嘉卉,侯⑤栗侯梅。废为残贼,莫知其尤。
相彼泉水,载清载浊。我日构祸,曷云能穀!
滔滔江汉,南国之纪。尽瘁以仕,宁莫我有!
匪鹑匪鸢,翰飞⑥戾天。匪鳣⑦匪鲔⑧,潜逃于渊。
山有蕨薇,隰有杞桋⑨。君子作歌,维以告哀。

注释

① 四月:指夏历(今农历)四月。
② 卉:草的总称。
③ 腓:此系"痱"的假借字,(草木)枯萎或病。
④ 瘼:病、痛苦。
⑤ 侯:是。
⑥ 翰飞:高飞。
⑦ 鳣(zhān):大鲤鱼。
⑧ 鲔(wěi):鲟鱼。
⑨ 桋(yí):赤楝。

译文

人间四月入初夏，六月开始变炎热。我的先祖不仁义，忍心让我过得差？

自古逢秋冷凄凄，百花凋零芳菲尽。遭受如此大困难，何时才能回家中？

冬天寒风真凛冽，寒风刺骨呼呼呼。人们个个都平安，偏偏只有我倒霉！

山上长着好花草，有那栗树与梅花。如今花木都凋零，不知这是谁的罪。

看那泉水潺潺流，时而清澈时而浊。我天天都有灾祸，到底何时能安好！

滔滔江水兀自流，连接南方的江河。鞠躬尽瘁为君王，君王莫非看不到！

我不是雕或老鹰，不能飞翔九天上。不是鳣鱼或鲔鱼，无法潜逃深渊里。

高山上有蕨和薇，洼地有枸杞赤楝。在下写下这首歌，表达心中的悲凉。

北山

陟彼北山,言采其杞。偕偕①士子,朝夕从事。王事靡盬②,忧我父母。

溥③天之下,莫非王土;率土之滨,莫非王臣。大夫不均,我从事独贤。

四牡彭彭,王事傍傍。嘉我未老,鲜我方将。旅力方刚,经营四方。

或燕燕居息,或尽瘁事国;或息偃在床,或不已于行。

或不知叫号,或惨惨劬劳;或栖迟偃仰,或王事鞅掌④。

或湛⑤乐饮酒,或惨惨畏咎⑥;或出入风议,或靡事不为。

注释
① 偕偕:健壮貌。
② 靡盬(gǔ):无休止。
③ 溥(pǔ):古本作"普"。
④ 鞅掌:事多繁忙,烦劳不堪的样子。
⑤ 湛(dàn):快乐。
⑥ 畏咎(jiù):怕出差错获罪招祸。

译文

登上那边的北山坡,采摘山上的枸杞。我是一个身强体壮的士子,早晚工作忙。君王的政事没完没了,我又担心父母年迈无人照料。

天空之下的广阔大地,都是君王的领土;四海之内的诸多人才,都是君王的臣子。士大夫执政不公平,独独让我一个士子筋疲力尽。

四匹公马跑得欢,君王之事忙不完。君王夸我还年轻,赞我身体可真棒。我膂力过人浑身是劲,血气方刚四处奔波。

我看到有人在家懒散度日,有人鞠躬尽瘁为了国家;有人躺在床上酣睡不起,有人到处奔波不得停歇。

有人对百姓之苦漠不关心,有人为民忧心辛勤奋发;有人休憩游玩贪图享乐,有人急急忙忙为君王政事案牍劳形。

有人贪杯饮酒作乐,有人忧心忡忡不敢犯错;有人高谈阔论虚华不实,有人日理万机事事亲为。

无将大车

无将大车，衹自尘兮。无思百忧，衹自疧[1]兮。
无将大车，维尘冥冥。无思百忧，不出于颎[2]。
无将大车，维尘雍兮。无思百忧，衹自重兮。

注释
① 疧（qí）：病痛。
② 颎（jiǒng）：通"炯"，光明。

译文
别去推那大牛车，只会搞得一身尘埃。别去想那些忧愁的事，只会徒增烦恼与痛苦。
别去推那大牛车，灰尘蒙蒙看不清路。别去想那些忧愁的事，让你的心中没有光亮。
别去推那大牛车，尘埃飞扬没有方向。别去想那些忧愁的事，只会愈加地沉重难过。

小明

明明上天，照临下土。我征徂西，至于艽野①。二月初吉，载离寒暑。心之忧矣，其毒大苦！念彼共人，涕零如雨。岂不怀归？畏此罪罟②！

昔我往矣，日月方除。曷云其还？岁聿云莫。念我独兮，我事孔庶。心之忧矣，惮我不暇。念彼共人，眷眷怀顾！岂不怀归？畏此谴怒！

昔我往矣，日月方奥③。曷云其还？政事愈蹙。岁聿云莫，采萧获菽。心之忧矣，自诒伊戚！念彼共人，兴言出宿。岂不怀归？畏此反覆！

嗟尔君子，无恒安处！靖共尔位，正直是与。神之听之，式穀④以女。

嗟尔君子，无恒安息！靖共尔位，好是正直。神之听之，介尔景福。

注释

① 艽（qíu）野：荒远的边地。
② 罪罟（gǔ）：指法网。
③ 奥（yù）："燠"之假借，温暖。

④ 穀：善，此指福。

译文

光明伟大的老天爷，光辉照耀人间大地。我从军来到西方，所到之处遍地荒野。在二月吉日出家门，历经寒冬与酷暑。心中满满的忧伤，遭遇如此巨大苦难。想起那昔日的好友，忍不住泪如雨下。难道我不想回去吗？只是害怕承担罪责！

想当初我刚出发时，正是岁末将过年。到底何时能回去？眼看一年就快到头。孤身一人在这里，活多得做不完。心中满满的忧伤，整日忙碌不得闲。想起昔日的好友，情深义重眷恋怀念！难道我不想回去吗？只是害怕惹怒朝廷把我惩罚！

想当初我刚出发的时候，天气正是由冷转暖时节。到底什么时候才能回去呀？公务繁忙怎么也没有尽头。眼看一年就快要到头，人们开始采摘蒿草大豆。心中满满的忧伤，是我自怨自艾自寻烦恼。想起昔日的好友，心潮起伏难入眠。难道我不想回去吗？怕我回去就会遭遇不测。

可叹那些所谓的君子，不要沉迷安乐不思进取。希望尽忠职守谨慎行事，结交正直人士。天上的神明会感知到这一切，然后赐予你们鸿福齐天。

可叹那些所谓的君子，不要贪图享乐混吃等死。希望你们尽忠职守兢兢业业，结交正直人士。天上的神明会看到这一切，然后赐予你们好运与吉祥。

鼓钟

鼓钟将将,淮水汤汤①,忧心且伤。淑人君子,怀允不忘。
鼓钟喈喈②,淮水湝湝③,忧心且悲。淑人君子,其德不回④。
鼓钟伐鼛⑤,淮有三洲,忧心且妯⑥。淑人君子,其德不犹。
鼓钟钦钦,鼓瑟鼓琴,笙磬同音。以雅以南,以籥⑦不僭⑧。

注释
① 汤(shāng)汤:大水涌流貌,犹荡荡。
② 喈(jiē)喈:象声词,形容钟声和谐。
③ 湝(jiē)湝:水流貌,犹"汤汤"。
④ 回:奸邪。
⑤ 鼛(gāo):一种大鼓。
⑥ 妯(chōu):因悲伤而动容、心绪不宁。
⑦ 籥(yuè):乐器名,似排箫。
⑧ 僭(jiàn):超越本分,此指乱。不僭,犹言按部就班,和谐合拍。

译文
敲响钟鼓声锵锵,淮河之水浪滔滔,我心忧虑又悲伤。德行美好的君子,深深怀念不会忘。
敲响钟鼓声清脆,淮河之水滚滚流,我心忧虑又悲凉。德行美好的君子,正直品德甚无邪。
敲响钟声擂大鼓,淮河之水有三洲,我心忧虑又痛苦。德行美好的君子,美德传世永不朽。
敲响钟鼓声悠扬,鼓瑟弹琴来伴奏,笙磬协调来协奏。配合雅乐与南乐,籥管和谐乐声美。

楚茨

楚楚者茨①，言抽其棘。自昔何为？我蓺②黍稷。我黍与与，我稷翼翼。我仓既盈，我庾③维亿。以为酒食，以享以祀。以妥以侑，以介④景福。

济济跄跄，絜尔牛羊，以往烝尝。或剥或亨，或肆或将。祝祭于祊⑤，祀事孔明。先祖是皇，神保是飨。孝孙有庆，报以介福，万寿无疆！

执爨⑥踖踖⑦，为俎⑧孔硕。或燔⑨或炙⑩，君妇莫莫。为豆孔庶，为宾为客。献酬交错，礼仪卒度，笑语卒获。神保是格，报以介福，万寿攸酢！

我孔熯⑪矣，式礼莫愆。工祝致告，徂赉⑫孝孙。苾⑬芬孝祀，神嗜饮食。卜尔百福，如畿如式。既齐⑭既稷，既匡既敕。永锡尔极，时万时亿！

礼仪既备，钟鼓既戒。孝孙徂位，工祝致告。神具醉止，皇尸载起。钟鼓送尸，神保聿⑮归。诸宰君妇，废彻不迟。诸父兄弟，备言燕私。

乐具入奏，以绥⑯后禄。尔肴既将，莫怨具庆。既醉既饱，小大稽首。神嗜饮食，使君寿考。孔惠孔时，维其尽之。子子孙孙，勿替引之！

注释
① 茨：蒺藜。
② 蓺（yì）：种植。
③ 庾（yǔ）：露天囤粮，以草席围成圆形。
④ 介：求。
⑤ 祊（bēng）：设祭的地方，在宗庙门内。
⑥ 爨（cuàn）：炊，烧菜煮饭。
⑦ 踖（jí）踖：恭谨敏捷貌。
⑧ 俎：祭祀时盛牲肉的铜制礼器。
⑨ 燔：烧肉。
⑩ 炙：烤肉。
⑪ 煤（nǎn）：通"戁（nǎn）"，敬惧。
⑫ 赉（lài）：赐予。
⑬ 苾（bì）：浓香。
⑭ 齐：通"斋"，庄敬。
⑮ 聿（yù）：乃。
⑯ 绥：安，此指安享。

译文
蒺藜丛生繁茂旺盛，我们要去清除荆棘开发田地。自古以来都是这么做，我们是为了种植黍稷。我们的黍苗生长茁壮，我们的高粱整整齐齐。我们的粮仓满满当当，我们囤积的米粮上亿。用粮食酿成美酒，用来做祭品祭祀。祈求神灵能够到来喝酒，祈求神灵可以赐予我们福气安康。
我们恭恭敬敬地来到祖庙，将牛羊好好清洗干净，拿去作为冬祭或秋祭品。宰割或烹煮牛羊作为祭品，有人陈设摆列有人手捧奉献神明。祭祀官站在庙门旁，主持祭祀的礼仪端庄周详。

祖先神灵来到祭祀场,将祭品酒肉品尝。孝顺的子孙必将得到幸运吉祥,祖先的神灵将赐予他们福气安康,保佑他们长命百岁万寿无疆。

祭祀的厨师手脚麻利态度恭谨,装肉的铜制礼器硕大无比。有人烤肉有人烧肉,妇女们勤劳干活恭恭敬敬。各式各样的豆类食物摆满了食器,许许多多宾客前来参加仪式。主人与宾客之间来回敬酒彼此谦让,言行举止都合乎礼仪恰如其分,谈笑也很有分寸。等到祖宗的神灵来到祭祀场,赐予子孙们福气安康,万寿无疆鸿福齐天!

我们敬奉祖先庄严肃穆,所有祭祀礼仪详细周全。主祭祀官转达神灵的旨意,将要庇佑在场的孝子孝孙。祭品全都芳香可口,神灵表示很满意大快朵颐。赐予我们无数的福气安康,祭祀要合乎法度如期举行,祭祀之人要举止端庄恭敬严谨,仪式要庄严肃穆小心翼翼。神灵将赐予我等大福气,亿万福气永无止境!

礼仪做得全都到位得体,钟鼓齐鸣演奏音乐。孝子贤孙来到祭祀位置,祭祀官开始致辞敬告:神灵享用祭品皆已畅饮喝醉,神尸起身离开原本位置。敲打钟鼓欢送神尸离开,祖先神灵也一一开始离去。诸位厨师与妇人,撤去祭品收拾场地。诸位父老兄弟,过来参加家族宴会继续欢饮。

乐队搬来继续演奏,人们开始享用祭祀结束后的美酒佳肴。美酒佳肴实在美味,没有烦恼继续庆祝。众人吃饱又喝醉,大人小孩都叩头。神灵喜欢享用这些美味祭品,我们吃了也会长命百岁。祭祀顺利圆满结束,一切仪式尽善尽美。希望子子孙孙都要继承祭礼,不要废弃永远传承下去!

信南山

信①彼南山②,维禹甸之。畇畇③原隰,曾孙田之。我疆我理,南东其亩。

上天同云,雨雪④雰雰⑤。益之以霡霂⑥,既优既渥,既沾既足,生我百谷。

疆埸⑦翼翼,黍稷彧彧⑧。曾孙之穑,以为酒食。畀我尸宾,寿考万年。

中田有庐,疆埸有瓜。是剥是菹⑨,献之皇祖。曾孙寿考,受天之祜⑩。

祭以清酒,从以骍⑪牡,享于祖考。执其鸾刀⑫,以启其毛,取其血膋⑬。

是烝是享,苾苾芬芬。祀事孔明,先祖是皇。报以介福,万寿无疆!

注释
① 信:通"伸",延伸。
② 南山:终南山。
③ 畇(yún):平整田地。畇畇,土地经垦辟后的平展整齐貌。

④ 雨（yù）雪：下雪，"雨"作动词，降落。
⑤ 雰（fēn）雰：纷纷。
⑥ 霡（mài）霂（mù）：小雨。
⑦ 埸（yì）：田界。
⑧ 彧（yù）彧：同"郁郁"，茂盛貌。
⑨ 菹（zū）：腌菜。
⑩ 祜（hù）：福。
⑪ 骍（xīng）：赤黄色（栗色）的牲畜。
⑫ 鸾刀：带铃的刀。
⑬ 膋（liáo）：脂膏，此指牛油。

译文

连绵延展的终南山，曾是大禹开辟的地界。平坦宽阔的原野，大禹的子孙在此开垦田地。划定疆土开掘沟渠，东南田垄逐渐扩大。

冬日天空阴云密布，雪花飘落漫天飞舞。同时还有细雨蒙蒙连绵不绝，土地水分如此充足，易于沾溉滋润耕田，利于各种农作物生长。

田地疆界分明大小整齐，谷子高粱蓬勃生长一片茂盛。曾孙收割大丰收，酿成美酒做米饭。献给神尸与宾客，希望神灵赐予长命百岁。田间有草庐，田边有瓜果。将瓜果蔬菜削皮切块做腌菜，献给祖先来享用。子孙后代福寿延年，将会得到上天的庇护保佑。

倒上清酒敬奉祖先，再供上红色公牛做祭品，献给祖先来品尝。手持金鸾的宝刀，切开公牛的皮毛，取来血与脂膏献祭。

冬祭奉献祭品，燃烧牛脂牛膏气味香。祭祀仪式尽善尽美，列祖列宗大驾光临。享用祭品赐福子孙，庇佑子孙福德无限万寿无疆！

甫田

倬①彼甫田，岁取十千。我取其陈，食②我农人。自古有年。今适南亩，或耘或耔。黍稷薿薿③，攸介攸止，烝我髦士④。

以我齐明⑤，与我牺羊，以社以方。我田既臧，农夫之庆。琴瑟击鼓，以御⑥田祖⑦。以祈甘雨，以介我稷黍，以榖我士女。

曾孙⑧来止，以其妇子。馌⑨彼南亩，田畯至喜。攘其左右，尝其旨否。禾易长亩，终善且有。曾孙不怒，农夫克敏。

曾孙之稼，如茨⑩如梁。曾孙之庾，如坻⑪如京⑫。乃求千斯仓，乃求万斯箱。黍稷稻粱，农夫之庆。报以介福，万寿无疆！

注释
① 倬（zhuō）：广阔。
② 食（sì）：拿东西给人吃。
③ 薿薿：茂盛的样子。
④ 髦士：田官。

⑤ 齐（zī）明：粢盛，祭祀用的谷物。
⑥ 御：同"迓"，迎接。
⑦ 田祖：指神农氏。
⑧ 曾孙：周王。周王对其祖先或其他的神，都自称曾孙。
⑨ 馌（yè）：送饭。
⑩ 茨：屋盖，形容圆形之谷堆。
⑪ 坻（chí）：小丘。
⑫ 京：冈峦。

译文

那宽阔无比的大田，每年收获粮食千千万。我把往年的陈粮取出来，送给农民过日子。自古以来都有这样的丰年。今天我去南边的田地察看，有的人在除草，有的人在培土。黍米高粱都长得旺盛，我不由得歇息欣赏很是开心，必须要犒劳嘉奖那些有才能的田官。

献上丰收满满的食物，摆设祭祀用的羊羔，祭祀土地神以及四方诸神。我的土地如此肥沃，是农民们的福气。击鼓奏乐来庆祝，迎接神农来享用祭祀。衷心祈求上天降下甘雨，保佑田里的稷黍能够丰收，养活天底下的老百姓。

周王来到田间巡视，遇到农民和他的妻子儿子。他们正在田间送饭，田官看见心里欢喜。招呼左右一起用餐，尝尝送来的饭菜是否香甜可口。田里的庄稼长得蓬勃旺盛，今年必然大丰收应有尽有。周王自然感到欢欣没了怒气，农夫们也都辛勤干活努力耕种。

周王的土地上庄稼长得旺盛，堆积密集如屋盖与桥梁。周王的粮食堆满谷仓，如同丘陵与山冈。这样的粮仓还可以有一千座，运粮的车还需要一万辆。黍稷稻粮大获丰收，农夫们欢天喜地幸福庆祝。神灵赐予百姓福气安康，保佑我大周万寿无疆！

大田

大田多稼，既种既戒，既备乃事。以我覃①耜②，俶载③南亩。播厥百谷，既庭且硕，曾孙是若。

既方既皂④，既坚既好，不稂不莠。去其螟螣⑤，及其蟊贼，无害我田稚。田祖有神，秉畀⑥炎火。

有渰⑦萋萋，兴雨祈祈。雨我公田，遂及我私。彼有不获稚，此有不敛穧⑧，彼有遗秉，此有滞穗，伊寡妇之利。

曾孙来止，以其妇子。馌彼南亩，田畯至喜。来方禋祀⑨，以其骍黑，与其黍稷。以享以祀，以介景福。

注释

① 覃（yǎn）："剡"的假借，锋利。
② 耜（sì）：原始的犁。
③ 俶（chù）载：开始从事。
④ 皂：指谷壳已生成，但还未变硬。
⑤ 螣（tè）：吃禾叶的青虫。
⑥ 畀：给。
⑦ 有渰（yǎn）："渰渰"，阴云密布的样子。
⑧ 穧（jì）：已割而未收的成把的禾。

⑨ 禋（yīn）祀：升烟以祭，古代祭天的典礼，也泛指祭祀。

译文

大田上种了许多庄稼，农夫为挑拣种子和修理农具而繁忙，各种准备工作已经做好。我等带着锋利的犁，前往南边的田地犁地。播下各类谷物的种子，庄稼长得高大笔直又茁壮，周王看到心满意足。

庄稼谷粒已生嫩壳，籽粒坚实饱满即将成熟，田地里没有穗粒空瘪的禾也没有杂草。农民清除各类吃禾心和吃禾叶的青虫，以及吃禾根和吃禾节的害虫，以保护农田的嫩苗不被虫子侵害。祈求田间的神明爱护，将所有害虫用大火一扫而空。

天空中忽然乌云密布，雨水漫天徐徐而落。灌溉公田，也灌溉着私田。低小的穗还没有收割，这里的稻草还没有捆扎，已割而未收的禾把，遗漏的禾穗，都是孤寡之人捡去可以利用的。

周王亲自来到田间视察农忙，遇到农夫和他的妻子孩子。他们送饭到南边的田间，田官看到心中欢喜。周王在田间做野祭，摆上红牛与黑猪作为祭品，供上各类五谷杂粮。虔诚奉献给神灵，以此寻求上天降下福气安康连绵不尽。

瞻彼洛矣

瞻彼洛矣，维水泱泱①。君子至止，福禄如茨②。

韎③韐④有奭⑤，以作六师。

瞻彼洛矣，维水泱泱。君子至止，鞞⑥琫⑦有珌⑧。

君子万年，保其家室。

瞻彼洛矣，维水泱泱。君子至止，福禄既同。

君子万年，保其家邦。

注释

① 泱泱：水势盛大的样子。
② 茨：茅草屋盖，有多层。如茨，形容其多。
③ 韎（mèi）：用茜草染成赤黄色的革制品。
④ 韐（gé）：蔽膝，天子有兵事时所穿。
⑤ 奭（shì）：赤色貌。有奭，形容韎韐之色鲜红。
⑥ 鞞（bǐ）：刀鞘，古代又名刀室。
⑦ 琫（běng）：刀鞘口周围的玉饰。
⑧ 有珌（bì）："珌珌"，玉饰花纹美丽貌。

译文 瞧那边的洛水啊,水流深广苍茫茫。君子来到洛水边,福德祥瑞层层叠。皮制蔽膝皆鲜红,统率六军气势强。

瞧那边的洛水啊,水流深广苍茫茫。君子来到洛水边,刀鞘玉饰闪光芒。君王福德享万年,保家卫国永昌盛。

瞧那边的洛水啊,水流深广苍茫茫。君子来到洛水边,福德祥瑞聚一身。君王福德享万年,保家卫国人人夸。

裳裳者华

裳裳①者华,其叶湑②兮。我觏③之子④,我心写⑤兮。

我心写兮,是以有誉处兮。

裳裳者华,芸其⑥黄矣。我觏之子,维其有章矣。

维其有章矣,是以有庆矣。

裳裳者华,或黄或白。我觏之子,乘其四骆⑦。

乘其四骆,六辔沃若。

左之左之,君子宜之。右之右之,君子有之。

维其有之,是以似⑧之。

注释

① 裳裳:"堂堂"之假借,花鲜明美盛的样子。
② 湑(xǔ):叶子茂盛的样子。
③ 觏(gòu):遇见。
④ 之子:此人。
⑤ 写:通"泻",心情舒畅。
⑥ 芸其:"芸芸",花叶繁茂之貌。
⑦ 骆:黑鬃黑尾的白马。

⑧ 似:通"嗣",继承。

译文

色彩鲜艳的鲜花,叶子繁茂郁葱葱。我能遇见这个人,满心欢喜真舒畅。满心欢喜真舒畅,美誉远扬人人夸。

色彩鲜艳的鲜花,尤其浓艳是黄花。我能遇见这个人,文采风流有才华。文采风流有才华,庆幸能够遇见他。

色彩鲜艳的鲜花,有的黄来有的白。我能遇见这个人,驾着四匹大骆马。驾着四匹大骆马,六根缰绳柔又亮。

在左边全力辅助,使得君王得安定。在右边全力辅助,让君王应有尽有。让君王应有尽有,继往开来更昌荣。

桑扈

交交桑扈①，有莺其羽。君子乐胥，受天之祜。
交交桑扈，有莺其领。君子乐胥，万邦之屏。
之屏之翰，百辟②为宪。不戢③不难④，受福不那⑤。
兕觥⑥其觩⑦，旨酒思柔。彼交⑧匪敖⑨，万福来求。

注释
① 桑扈：鸟名，即青雀。
② 百辟：诸侯。
③ 戢（jí）：克制。
④ 难：通"傩"，行有节度。
⑤ 那（nuó）：多。
⑥ 兕（sì）觥（gōng）：牛角酒杯。
⑦ 觩（qiú）：弯曲的样子。
⑧ 交："徼（jiǎo）"的假借，侥幸。
⑨ 敖：通"傲"，傲慢无礼。

译文
青雀叫喳喳，它的羽毛有纹彩。君子们欢聚一堂，受到老天的护佑。
青雀叫喳喳，它的颈部有纹彩。君子们欢聚一堂，都是天下的保障。

国家保障与栋梁,各国诸侯的榜样。克己复礼有仁义,承受福德难计算。

犀牛角杯来喝酒,美酒香甜又柔和。不存侥幸不傲慢,万般福气自然来。

鸳鸯

鸳鸯于飞,毕①之罗②之。君子万年,福禄宜之。
鸳鸯在梁,戢③其左翼。君子万年,宜其遐④福。
乘马在厩⑤,摧⑥之秣⑦之。君子万年,福禄艾⑧之。
乘马在厩,秣之摧之。君子万年,福禄绥之。

注释
① 毕:长柄的捕鸟小网。
② 罗:无柄的捕鸟网。
③ 戢(jí):插。谓鸳鸯栖息时将喙插在左翅下。
④ 遐:长远。
⑤ 厩(jiù):马棚。
⑥ 摧(cuò):通"莝",铡草喂马。
⑦ 秣:用粮草喂马。
⑧ 艾:养。

译文
鸳鸯成双成对飞,捕捉用网又用毕。祝愿阁下寿万年,福禄绵长享一生。
鸳鸯栖息在鱼梁,鸟喙啄着左羽翼。祝愿阁下寿万年,安乐幸福永不绝。
拉车骏马在马厩,喂食草料与杂粮。祝愿阁下寿万年,福禄安康无止境。
拉车骏马在马厩,喂食杂粮与草料。祝愿阁下寿万年,福禄安康永相随。

頍弁

有頍①者弁②,实维伊何?尔酒既旨,尔肴既嘉。岂伊异人?兄弟匪他。茑与女萝③,施于松柏。未见君子,忧心奕奕;既见君子,庶几说怿④。

有頍者弁,实维何期⑤?尔酒既旨,尔肴既时。岂伊异人?兄弟具来。茑与女萝,施于松上。未见君子,忧心怲怲⑥;既见君子,庶几有臧。

有頍者弁,实维在首。尔酒既旨,尔肴既阜⑦。岂伊异人?兄弟甥舅。如彼雨雪,先集维霰⑧。死丧无日,无几相见。乐酒今夕,君子维宴。

注释

① 頍(kuǐ):有棱角貌。
② 弁(biàn):皮帽。
③ 茑(niǎo)、女萝:都是善于攀缘的蔓生植物。
④ 说(yuè)怿(yì):欢欣喜悦。说,通"悦"。
⑤ 何期(qí):犹言"伊何"。期,通"其",语助词。
⑥ 怲(bǐng)怲:忧愁貌。
⑦ 阜:多,指酒肴丰盛。
⑧ 霰(xiàn):雪珠。

译文 鹿皮礼帽仪表堂堂,戴上礼帽是为何事?来到你这儿喝你的美酒,吃你丰盛的佳肴。难道这里还有外人不成?大伙兄弟推心置腹一场。茑草与女萝,攀缘依附松树柏树才能生长。没有见到君子的时候,心中忧愁满心惆怅;既然见到了君子,满心欢喜眉开眼笑。

鹿皮礼帽仪表堂堂,戴上礼帽是为何事?来到你这儿喝你的美酒,吃你上好的佳肴。难道这里还有外人不成?大伙兄弟一场齐聚一堂。茑草与女萝,攀缘依附松树才能生长。没有见到君子的时候,心中忧愁满心惆怅;既然见到了君子,满心欢喜没有忧愁。

有棱有角的白鹿皮礼帽,庄重戴在头顶上。来到你这儿喝你的美酒,吃你丰盛的佳肴。难道这里还有外人不成?大伙都是兄弟或外甥舅舅。如同那雨雪飘落之前,先有雨滴雪花纷飞漫天。人生离死亡不知道多少日子,没有多少机会能相聚。今夕有酒今夕醉,君子们当及时行乐畅饮欢宴。

车舝

间关①车之舝②兮,思娈③季女逝④兮。匪饥匪渴,德音来括。虽无好友?式燕且喜。

依彼平林,有集维鷮⑤。辰彼硕女,令德来教。式燕且誉,好尔无射⑥。

虽无旨酒,式饮庶几。虽无嘉肴,式食庶几。虽无德与女,式歌且舞。

陟彼高冈,析其柞薪。析其柞薪,其叶湑⑦兮。鲜我觏⑧尔,我心写兮。

高山仰止,景行⑨行止。四牡骓骓⑩,六辔如琴。觏尔新昏⑪,以慰我心。

注释

① 间关:车行时发出的声响。
② 舝(xiá):同"辖",车轴头的铁键。
③ 娈:妩媚可爱。
④ 逝:去,指出嫁。
⑤ 鷮(jiāo):长尾野鸡。
⑥ 无射(yì):不厌,亦可作"无斁"。
⑦ 湑(xǔ):茂盛。

⑧ 觏(gòu)：遇合。
⑨ 景行：大路。
⑩ 骓(fēi)骓：马行不止貌。
⑪ 昏：同"婚"。

译文 车轮滚滚车轴响，娇柔美丽的少女即将要出嫁。从此不再想念她如饥似渴，我娶了她就有了贤良淑惠的妻子天天在身旁。新婚宴上怎么能没有好朋友来参加？大家一起畅饮欢乐喜气洋洋。

平原上的树林郁郁苍苍，有一些长尾野鸡栖息在树梢上。那位美丽的姑娘身材高挑身体健康，德行美好又很有教养。宴会上彼此畅饮尽兴，我对她的爱意永远不会厌倦。

即使没有美酒佳酿，希望宾客多喝几杯。即使没有美味佳肴，希望宾客多吃一点。即使我的德行难配这么好的姑娘，大家唱歌跳舞开开心心岂不是很好。

登上那边的高山坡，砍下柞树当柴火。砍下柞树当柴火，柞树枝繁叶茂漫山坡。今天是我们新婚夜，我心欢喜尽得意。

巍峨高山须仰望，平坦大道徐徐行。驾起四匹大公马，手持六条缰绳如抚琴。今天是我新婚的日子，我欢喜无比心满意足。

青蝇

营营^①青蝇,止于樊。岂弟^②君子,无信谗言。
营营青蝇,止于棘。谗人罔极^③,交乱四国。
营营青蝇,止于榛。谗人罔极,构我二人。

注释
① 营营:象声词,拟苍蝇飞舞声。
② 岂(kǎi)弟(tì):同"恺悌",平和有礼,平易近人。
③ 罔极:指行为不轨,没有标准。

译文
嗡嗡乱叫的苍蝇,停在篱笆上。温文有礼的君子,不要听信那谗言。
嗡嗡乱叫的苍蝇,停在枣树上。谗言者无耻至极,挑拨各国引纷争。
嗡嗡乱叫的苍蝇,停在榛树上。谗言者无耻至极,离间你我的情谊。

宾之初筵

宾之初筵①，左右秩秩。笾豆有楚，殽核维旅。酒既和旨，饮酒孔偕。钟鼓既设，举酬逸逸。大侯②既抗，弓矢斯张。射夫既同，献尔发功。发彼有的，以祈尔爵。籥舞③笙鼓，乐既和奏。烝④衎⑤烈祖，以洽百礼。百礼既至，有壬有林。锡尔纯嘏⑥，子孙其湛。其湛曰乐，各奏尔能。宾载手仇，室人入又。酌彼康爵⑦，以奏尔时。

宾之初筵，温温其恭。其未醉止，威仪反反。曰既醉止，威仪幡幡⑧。舍⑨其坐⑩迁，屡舞仙仙⑪。其未醉止，威仪抑抑。曰既醉止，威仪怭怭⑫。是曰既醉，不知其秩。

宾既醉止，载号载呶⑬。乱我笾豆，屡舞僛僛⑭。是曰既醉，不知其邮。侧弁之俄，屡舞傞傞⑮。既醉而出，并受其福。醉而不出，是谓伐德。饮酒孔嘉，维其令仪。

凡此饮酒，或醉或否。既立之监，或佐之史。彼醉不臧，不醉反耻。式勿从谓，无俾大怠。匪言勿言，匪由勿语。由醉之言，俾出童羖⑯。三爵⑰不识，矧⑱敢多又⑲。

注释

① 初筵：宾客初入席时。筵，铺在地上的竹席。
② 侯：箭靶。
③ 籥（yuè）舞：执籥而舞。籥是一种竹制管乐器，据考形如排箫。
④ 烝（zhēng）：进。
⑤ 衎（kàn）：娱乐。
⑥ 纯嘏（gǔ）：大福。
⑦ 康爵：大爵。爵：古代饮酒的器皿。
⑧ 幡幡：轻浮无威仪之貌。
⑨ 舍：放弃。
⑩ 坐：同"座"，座位。
⑪ 仙（qiān）仙：同"跹跹"，飞舞貌。
⑫ 怭（bì）怭：意思与前文"幡幡"大致相同而有所递进。
⑬ 呶（náo）：喧哗不止。
⑭ 僛（qī）僛：身体歪斜倾倒之貌。
⑮ 傞（suō）傞：醉舞不止貌。
⑯ 童羖（gǔ）：没角的公山羊。
⑰ 三爵：三杯。
⑱ 矧（shěn）：况且。
⑲ 又：通"侑"，劝酒。

译文

宾客初入席时，左右纷纷入座井然有序。竹制的食器礼器陈列整齐，各类食物精致美观。美酒温和且甜美，众人欢饮其乐融融。钟鼓乐器备好，举杯相邀觥筹交错。竖起箭靶拭目以待，箭在弦上拉弓满弦。弓手登场济济一堂，各显本领发挥所长。箭无虚发命中箭靶，若有不中罚酒为乐。

笙鼓演奏执籥而舞，乐器齐鸣和谐融洽。致敬先祖献上乐舞，礼仪周全一一遵循。礼仪周全一一遵循，声势浩大礼仪繁多。神灵赐福皆大欢喜，子孙世代福寿安康。子孙世代福寿安康，尽情欢畅各显其能。宾客持酒找人对饮，主人入场招待众人。斟满美酒痛饮不休，众人尽兴推杯换盏。

宾客初入席时，温文尔雅恭谨谦和。他们尚未喝醉时，仪表端庄举止得体。喝到酩酊大醉时，放浪形骸举止轻浮。离开座席四处晃荡，手舞足蹈飘飘欲仙。他们尚未喝醉时，人模人样仪表堂堂。喝到酩酊大醉时，举止轻浮放浪形骸。有人已酩酊大醉，迷迷糊糊失礼节。

众人喝得大醉后，嘶吼大叫高声喧哗。席上食器被打翻，扭来扭去不像话。醉到如此之失态，实在喝酒没个数。帽子歪斜身也斜，酒气醺醺乱跳舞。喝醉就该早点回，莫要惹事讨人嫌。若是大醉不肯走，自取其辱丢脸面。喝酒固然是好事，风度不能随便丢。

设宴饮酒这回事，有人喝醉有人醒。酒宴要有人监管，还有史官来监督。醉者不觉得出丑，反而醒者很羞耻。莫要劝人多喝酒，让人胡闹与放纵。莫要酒后乱说话，无凭无据瞎吹牛。胡说八道不可信，像说公羊没有角。三杯下肚人发昏，怎么还敢劝他多喝。

鱼藻

鱼在在藻，有颁①其首。王在在镐，岂乐饮酒。
鱼在在藻，有莘②其尾。王在在镐，饮酒乐岂。
鱼在在藻，依于其蒲。王在在镐，有那③其居。

注释
① 颁（fén）：头大的样子。
② 莘：尾巴长的样子。
③ 那（nuó）：安乐悠闲的样子。

译文
鱼儿在那水藻中，肥头大脑左右摇。周王居住在镐京，欢声笑语饮美酒。
鱼儿在那水藻中，尾巴长长左右摇。周王居住在镐京，欢畅痛快饮美酒。
鱼儿在那水藻中，倚靠着蒲草栖息。周王居住在镐京，安居乐业享悠闲。

采菽

采菽采菽，筐之筥①之。君子来朝，何锡予之？
虽无予之，路车②乘马。又何予之？玄衮③及黼④。
觱⑤沸槛泉，言采其芹。君子来朝，言观其旂。
其旂淠淠⑥，鸾声嘒嘒。载骖载驷，君子所届。
赤芾在股，邪幅⑦在下。彼交匪纾，天子所予。
乐只君子，天子命之。乐只君子，福禄申之。
维柞之枝，其叶蓬蓬。乐只君子，殿天子之邦。
乐只君子，万福攸同。平平左右，亦是率从。
泛泛杨舟，绋⑧䌫⑨维之。乐只君子，天子葵之。
乐只君子，福禄膍⑩之。优哉游哉，亦是戾⑪矣。

注释

① 筥（jǔ）：圆筐。
② 路车：诸侯坐的一种车。
③ 玄衮：古代上公礼服。
④ 黼（fǔ）：黑白相间的花纹。
⑤ 觱（bì）沸：泉水涌出的样子。
⑥ 淠（pèi）淠：旗帜飘动状。
⑦ 邪幅：绑腿。

⑧绋(fú):粗大的绳索。
⑨䌺(lí):系。
⑩膍(pí):厚赐。
⑪戾(lì):安定。

译文 采呀采呀采大豆,用方筐或圆筐装。诸侯来朝见天子,天子该赐予什么?即使没什么赐予,至少也给个符合规格的辂车乘坐。还有什么该赐予?纹路黑白相间的上公礼服。

喷泉涌出迸射激流,我去采摘芹菜。诸侯来朝见天子,看到他们的旗帜高高举起。他们的旗帜迎风招展,车子的銮铃传来清脆悦耳的响声。三匹马或四匹马拉着的大车越来越多,说明诸侯们都已到了。朱红的蔽膝放在大腿上,裹腿在蔽膝下面。那些诸侯姿态优雅不急不躁,天子对他们都有赏赐。诸侯们神采奕奕,天子颁布命令给他们。君子们神采奕奕,福禄相随不断绝。

柞树的枝条繁多,叶子茂密。诸侯们神采奕奕,辅佐天子安邦镇国。诸侯们神采奕奕,万福赐在他们身上。手下们都善治理,只要听从他们的就好。

杨木小舟悠悠漂荡,系住绳索就漂不远。诸侯们神采奕奕,天子选才因人而异。诸侯们神采奕奕,福禄安康紧相随。他们优雅悠闲自由自在,生活多安乐。

角弓

骍骍①角弓,翩其反矣。兄弟昏姻,无胥远矣。

尔之远矣,民胥然矣。尔之教矣,民胥效矣。

此令兄弟,绰绰有裕。不令兄弟,交相为瘉②。

民之无良,相怨一方。受爵不让,至于已斯亡③。

老马反为驹,不顾其后。如食宜饫④,如酌孔取。

毋教猱⑤升木,如涂涂附。君子有徽猷⑥,小人与属。

雨雪瀌瀌⑦,见晛⑧曰消。莫肯下遗,式居娄骄。

雨雪浮浮,见晛曰流。如蛮如髦⑨,我是用忧。

注释
① 骍(xīng)骍:弦和弓调和的样子。
② 瘉(yù):病,此指残害。
③ 亡:通"忘"。
④ 饫(yù):饱。
⑤ 猱(náo):猿类,善攀缘。
⑥ 猷:道。
⑦ 瀌(biāo)瀌:下雪很盛的样子。
⑧ 晛(xiàn):太阳初升。
⑨ 蛮、髦(máo):南蛮与夷髦,古代对西南少数民族的蔑称。

译文 调整角弓的弓弦使之和谐，弓弦松懈就会反向弯转。对待自家兄弟和姻亲，不要有亲疏远近要一视同仁。

你和亲朋好友都太疏远，如此一来百姓也会有样学样。你要是能以身作则与兄弟相亲相爱，百姓也会模仿学习。

我们兄弟之间友善和睦，感情深厚宽裕和乐。如果兄弟之间不和睦，就会彼此伤害两败俱伤。

老百姓心地不善良，就会彼此怨恨积累仇恨。承受爵位不懂谦让，追求私利忘记天道真理。

把老马当小马驹来用，不顾后果必受其患。就像吃饭应吃饱，喝酒不能太贪杯。

猴子爬树天生就不需要人教，就像用泥涂墙才能使之坚固。君子如果施政做事合乎道理，百姓自然跟随依附。

大雪漫天飘落，遇见阳光立马就消融。身居高位不懂平易近人，其他人也会仿效日益骄傲。

大雪纷飞漫天飘，遇见阳光化成流水。小人就像南蛮与夷髦难以教化，让我心中甚是忧虑。

菀柳

有菀①者柳，不尚息焉。上帝甚蹈，无自昵焉。
俾予靖之，后予极焉！
有菀者柳，不尚愒②焉。上帝甚蹈，无自瘵③焉。
俾予靖之，后予迈焉！
有鸟高飞，亦傅于天。彼人之心，于何其臻。
曷予靖之，居以凶矜④！

注释
① 菀（yùn）：树木茂盛。
② 愒（qì）：休息。
③ 瘵（zhài）：病。
④ 矜：危。

译文
有一棵柳树长得繁茂，请不要倚靠歇息。天子变化无常，无须和他太亲近。让我出谋治国家，随后又给我惩罚。
有一棵柳树长得繁茂，请不要乘凉休息。天子变化无常，无须自寻烦恼惹祸端。让我出谋治国家，随后又把我放逐。
鸟儿高高在飞翔，一直飞到九天上。他人心思难揣测，不知思虑到何方。为何让我治国家，反而突然遇凶险！

都人士

彼都人士，狐裘黄黄。其容不改，出言有章。

行归于周，万民所望。

彼都人士，台笠缁撮[1]。彼君子女，绸直如发。

我不见兮，我心不说。

彼都人士，充耳琇[2]实。彼君子女，谓之尹吉[3]。

我不见兮，我心苑[4]结。

彼都人士，垂带而厉。彼君子女，卷发[5]如虿[6]。

我不见兮，言从之迈。

匪伊垂之，带则有余。匪伊卷之，发则有旟[7]。

我不见兮，云何盱[8]矣。

注释

[1] 缁撮：黑布制成的束发小帽。
[2] 琇（xiù）：一种宝石。
[3] 尹吉：这里指尹家和吉家的姑娘，泛指贵族女子。
[4] 苑（yù）结：郁结。
[5] 卷（quán）发：蜷曲的头发。
[6] 虿（chài）：蝎类的一种，此形容向上卷翘的发式。

⑦ 旟（yú）：扬，上翘貌。
⑧ 盱（xū）："吁"之假借，忧伤。

译文 那些京都的人士，身披狐裘黄灿灿。仪容端庄无改变，出口成章有文采。回到西周旧京城，万民仰望有威望。
那些京都的人士，头戴蓑笠或小帽。那些优雅的女子，长长秀发浓且密。如今我已见不到，心中忧伤又悲凉。
那些京都的人士，美石剔透挂耳垂。那些优雅的女子，尹家吉家的闺女。如今我已见不到，心中郁结好怅惘。
那些京都的人士，长长佩带垂身上。那些优雅的女子，头发卷卷如蝎尾。如今我已见不到，多想跟随在身后。
那些佩带垂地下，只因佩带特别长。那些头发卷卷的，只因自然而上翘。如今我都见不到，感慨叹息又惆怅。

采绿

终朝采绿①,不盈一匊②。予发曲局,薄言归沐。
终朝采蓝,不盈一襜③。五日为期,六日不詹。
之子于狩,言韔④其弓。之子于钓,言纶⑤之绳。
其钓维何?维鲂及鱮。维鲂及鱮,薄言观者。

注释
① 绿:通"菉",草名,即荩草,又名王刍(chú)。
② 匊(jū):同"掬",两手合捧。
③ 襜(chān):护裙。
④ 韔(chàng):弓袋。此作动词用,即把弓放在弓套里。
⑤ 纶:整理丝绳。

译文
一天到晚采荩草,成果还不到一捧。蓬头垢面乱糟糟,不如回家洗个澡。
一天到晚采蓝草,成果不满一围兜。约定五天就回来,到了六天还未回。
那个男人去打猎,我来为他装弓箭。那个男人去钓鱼,我来为他缠鱼线。
钓来一些什么鱼?主要是鳊鱼鲢鱼。鳊鱼鲢鱼一大堆,看得我满心喜悦。

黍苗

芃芃①黍苗,阴雨膏之。悠悠南行,召伯劳之。
我任我辇,我车我牛。我行既集,盖云归哉。
我徒我御,我师我旅。我行既集,盖云归处!
肃肃谢功,召伯营之。烈烈征师,召伯成之。
原隰②既平,泉流既清。召伯有成,王心则宁。

注释
① 芃(péng)芃:草木茂盛的样子。
② 隰:湿地。

译文
茂盛生长的黍苗,遇到阴雨更苗壮。一路漫漫向南行,召伯犒劳将士心。
有的肩扛或拉车,有的驾马或牵牛。行军任务已完成,即日起程回家去。
有的徒步或驾车,师旅跋涉行远程。既然任务已完成,何不早日回家去!
谢邑工程速速结,召伯亲自来经营。气势磅礴远征军,召伯亲自来带领。
高原湿地都修平,泉水河流都变清。召伯立下大功劳,宣王心里得安宁。

隰桑

隰桑有阿①,其叶有难②。既见君子,其乐如何。
隰桑有阿,其叶有沃。既见君子,云何不乐。
隰桑有阿,其叶有幽③。既见君子,德音孔胶。
心乎爱矣,遐不谓矣?中心藏之,何日忘之!

注释
① 阿(ē):通"婀",美。
② 难(nuó):通"娜",茂盛。
③ 幽:通"黝",青黑色。

译文
湿地桑树多优美,叶子繁密真茂盛。已经见到了君子,其乐无穷心欢喜。
湿地桑树多优美,叶子繁密真肥嫩。已经见到了君子,满心欢喜乐无穷。
湿地桑树多优美,叶子繁密黑黝黝。已经见到了君子,情话缱绻甚缠绵。
心中满满都是爱,为何我却说不来?心中深藏的喜爱,没有一天能忘怀!

白华

白华菅①兮,白茅束兮。之子之远,俾我独兮。
英英②白云,露彼菅茅。天步艰难,之子不犹。
滮③池北流,浸彼稻田。啸歌伤怀,念彼硕人。
樵彼桑薪,卬④烘于煁⑤。维彼硕人,实劳我心。
鼓钟于宫,声闻于外。念子懆懆⑥,视我迈迈。
有鹙⑦在梁,有鹤在林。维彼硕人,实劳我心。
鸳鸯在梁,戢其左翼⑧。之子无良,二三其德。
有扁斯石,履之卑兮。之子之远,俾我疧⑨兮。

注释

① 菅(jiān):芦芒。
② 英英:又作"泱泱",云洁白之貌。
③ 滮(biāo):水名,在今陕西西安市北。
④ 卬(áng):我。女子自称。
⑤ 煁(chén):行灶。
⑥ 懆(cǎo)懆:愁苦不安。
⑦ 鹙(qiū):水鸟名,似鹤,又称秃鹙。
⑧ 戢(jí)其左翼:鸳鸯把嘴插在左翼休息。戢:收敛。
⑨ 疧(qí):忧病。

译文

菅草遍地开白花，用白茅捆扎缠成一束。这个人出行去远方，留下我一个人孤独守候。

皎洁白云甚轻柔，露水沾湿菅茅。我的命运多艰难，还不如天上的自在白云。

滮池的水向北流，灌溉那边的稻田。我长啸悲歌抒发忧伤情怀，思念远方的心上人。

砍下桑树做柴薪，放入灶中暖我身。想念远方的心上人，我心反复受煎熬。

宫中钟鼓声响起，宫外也可以听到。思念他让我焦虑不安，他却不把我当回事。

秃鹫等在鱼梁上，仙鹤栖息在山林。思念远方的心上人，我心反复受煎熬。

鸳鸯停在鱼梁上，喙在左翼相依傍。这个人真没良心，三心二意把我忘。扁扁平平乘车石，供人踩踏命位卑。这个人出行去远方，让我忧愁相思成疾。

绵蛮

绵蛮^①黄鸟，止于丘阿。道之云远，我劳如何。

饮之食之，教之诲之。命彼后车，谓之载之。

绵蛮黄鸟，止于丘隅。岂敢惮行，畏不能趋。

饮之食之，教之诲之。命彼后车，谓之载之。

绵蛮黄鸟，止于丘侧。岂敢惮行，畏不能极。

饮之食之，教之诲之。命彼后车，谓之载之。

注释 ① 绵蛮：小鸟可爱娇嫩的模样。

译文 小巧可爱的黄雀儿，停在山坳里。道路漫长太遥远，一路赶路多辛劳。有水喝也有饭吃，有人教导和训话。告诉后车那个人，让他驾车载你走。

小巧可爱的黄雀儿，停在山角落。哪是担心路漫长，害怕慢行赶不及。有水喝也有饭吃，有人教导和训话。告诉后车那个人，让他驾车载你走。

小巧可爱的黄雀儿，停在山边上。哪是担心路漫长，害怕不能到终点。有水喝也有饭吃，有人教导和训话。告诉后车那个人，让他驾车载你走。

瓠叶

幡幡①瓠②叶，采之亨③之。君子有酒，酌言尝之。
有兔斯首，炮④之燔⑤之。君子有酒，酌言献之。
有兔斯首，燔之炙之。君子有酒，酌言酢⑥之。
有兔斯首，燔之炮之。君子有酒，酌言酬之。

注释
① 幡幡：翩翩，反复翻动的样子。
② 瓠（hù）：葫芦科植物的总称。
③ 亨（pēng）：同"烹"，煮。
④ 炮（páo）：将带毛的动物裹上泥放在火上烧。
⑤ 燔（fán）：用火烤熟。
⑥ 酢（zuò）：回敬酒。

译文
葫芦叶子反复翻，采来烹饪做成汤。君子家中有美酒，斟上一杯给客尝。
有只野兔鲜又嫩，抓来火烤香喷喷。君子家中有美酒，献上一杯共欢畅。
有只野兔鲜又嫩，火熏火烤香喷喷。君子家中有美酒，客人回敬干一杯。
有只野兔鲜又嫩，火煨火烤香喷喷。君子家中有美酒，喝完一杯再一杯。

渐渐之石

渐渐①之石，维其高矣。山川悠远，维其劳矣。
武人东征，不皇朝矣。
渐渐之石，维其卒②矣。山川悠远，曷其没矣。
武人东征，不皇出矣。
有豕白蹢③，烝④涉波矣。月离⑤于毕⑥，俾滂沱矣。
武人东征，不皇他矣。

注释
① 渐（chán）渐："巉巉"山势险峭的样子。
② 卒：借为"崒（zú）"，高峻而危险貌。
③ 蹢（dí）：蹄子。
④ 烝（zhēng）：进。
⑤ 离：通"丽"，接近；依附。
⑥ 毕：星宿名。

译文
陡峭山巅立山石，畏途高耸不可攀。山川绵延且遥远，前路漫漫人疲劳。战士出征向东行，一大清早就赶路。

陡峭山巅立山石，畏途险峻不可攀。山川绵延且遥远，不知何日能抵达。战士出征向东行，无心顾忌那危险。

白色蹄子的大猪，踏波涉水冲向前。月亮靠在毕星边，大雨滂沱不停歇。战士出征向东行，没有闲心做闲事。

苕之华

苕①之华,芸其②黄矣。心之忧矣,维其伤矣!
苕之华,其叶青青。知我如此,不如无生!
牂羊③坟④首,三星在罶⑤。人可以食,鲜可以饱!

注释
① 苕(tiáo):植物名,又叫凌霄或紫葳。
② 芸其:芸然,一片黄色的样子。
③ 牂(zāng)羊:母羊。
④ 坟:大。
⑤ 罶(liǔ):捕鱼的竹器。

译文
凌霄花开,草木枯黄。心中忧愁,何其悲伤!
凌霄花开,叶子青青。早知人生沦落至此,不如从来没有出生!
母羊头大,星光照鱼篓。凡人还能吃什么,没有几人能吃饱!

何草不黄

何草不黄？何日不行？何人不将，经营四方？
何草不玄？何人不矜①？哀我征夫，独为匪民。
匪兕②匪虎，率彼旷野。哀我征夫，朝夕不暇。
有芃③者狐，率彼幽草。有栈之车，行彼周道。

注释
① 矜（guān）：通"鳏"，老而没有妻子的男人。
② 兕（sì）：犀牛。
③ 芃（péng）：兽毛蓬松。

译文
什么草儿不枯黄？什么日子不奔忙？什么人能不从征，奔波劳碌走四方？
什么草儿不变黑？什么人能有老婆？可怜我等出征者，完全不被当作人。
不是犀牛不是虎，穿梭旷野不停歇。可怜我等出征者，不分昼夜无空闲。
狐狸全身毛茸茸，来往穿梭深草丛。我们坐在征车上，一路不停在征途。

大雅

文王

文王在上，於昭于天。周虽旧邦，其命维新。
有周不显，帝命不时。文王陟降，在帝左右。
亹亹①文王，令闻不已。陈锡哉周，侯文王孙子。
文王孙子，本支百世，凡周之士，不显亦世。
世之不显，厥犹翼翼②。思皇多士，生此王国。
王国克生，维周之桢③；济济多士，文王以宁。
穆穆文王，于缉熙敬止。假哉天命，有商孙子。
商之孙子，其丽不亿。上帝既命，侯于周服。
侯服于周，天命靡常。殷士肤敏，祼④将于京。
厥作祼将，常服黼⑤冔⑥。王之荩臣⑦，无念尔祖。
无念尔祖，聿修厥德。永言配命，自求多福。
殷之未丧师，克配上帝。宜鉴于殷，骏命不易。
命之不易，无遏尔躬。宣昭义问，有虞殷自天。
上天之载，无声无臭。仪刑文王，万邦作孚。

注释
① 亹（wěi）亹：勤勉不倦貌。
② 翼翼：忠敬勤勉的样子。
③ 桢：支柱、骨干。
④ 祼（guàn）：一种祭礼。
⑤ 黼（fǔ）：指古代绣有白黑相间花纹的礼服。
⑥ 冔（xǔ）：殷冕。
⑦ 荩（jìn）臣：忠臣。

译文
文王神灵高高在上，光明照耀九天之上。周朝虽是古老国家，顺应天命建立新朝。周朝人建功立业功绩显赫，完全遵从上天旨意。文王神灵上升天庭，时常伴随天帝左右。

勤政爱民的周文王，名留千古永垂不朽。文王神灵赐予周朝福德，子孙世代福享安康。文王子孙世代相传，至今已有百代之久。凡是周朝百官士民，世世代代传承荣光。

世世代代传承荣光，为国谋虑深远恭谨勤勉。贤德俊才济济一堂，降生在周朝国土上。周朝本土优秀人才，辅佐王朝国之栋梁。人才济济俊才贤士，辅佐文王安国镇邦。

庄严肃穆的周文王，光明磊落举止端庄。天命所归冥冥注定，殷商子孙全都归降。殷商子孙人数众多，数不胜数难以估量。周朝建立天命所归，殷人再多也都归降。

殷商子孙归降周朝，可见天数无常。殷商归降后勤勤勉勉，在京城奉上祭酒献周王。他们献上祭酒时，还穿戴着旧朝的祭祀服饰。如今殷商人既然做了文王的忠臣，就不要再怀念尔等的先祖了。

不要一味怀念先祖，更要注重自身品德。顺应天命安分守己，才能长远自求多福。殷商当初颇得民心，顺应天意安邦治国。如今要以殷商为鉴，知晓天命也会更易。

天命无常也会更易，更要注重自我德行。传扬光明美好名声，按照天意自我反省。上天行事向来如此，无声无息无处不在。效仿文王修身养德，方能让天下诸侯归心。

大明

明明在下，赫赫在上。天难忱①斯，不易维王。天位殷适②，使不挟四方。

挚③仲氏④任，自彼殷商，来嫁于周，曰嫔⑤于京。乃及王季，维德之行。

大任有身，生此文王。维此文王，小心翼翼。昭事上帝，聿怀多福。厥德不回，以受方国。

天监在下，有命既集。文王初载，天作之合。在洽之阳，在渭之涘。

文王嘉止，大邦有子。大邦有子，伣⑥天之妹。文定厥祥，亲迎于渭。造舟为梁，不显其光。

有命自天，命此文王。于周于京，缵⑦女维莘。长子维行，笃生武王。保右命尔，燮伐⑧大商。

殷商之旅，其会如林。矢于牧野，维予侯兴。上帝临女，无贰尔心！

牧野洋洋，檀车⑨煌煌，驷騵彭彭。维师尚父，时维鹰扬。凉彼武王，肆伐大商，会朝清明。

注释

① 忱：信任。
② 适（dí）：借作"嫡"，嫡子。
③ 挚：殷的一个属国。
④ 仲氏：次女。
⑤ 嫔：为妇，指做媳妇。
⑥ 俔（qiàn）：如，好比。
⑦ 缵（zuǎn）：续。
⑧ 燮伐：袭伐。
⑨ 檀车：用檀木造的兵车。

译文

天帝洒下无限光明，他在天上威严赫赫。天命无常难以预测，王位难以长久安定。上天让殷纣王坐上王位，却又让他威严扫地。

挚国任家的二姑娘，从那大邦殷商，远嫁而来到周国，留在京城做新娘。她是王季的好妻子，言行举止都有德。

等到太任怀了孕，生下的儿子即周文王。英明神武的周文王，小心翼翼处世为人。光明磊落服侍上天，得到恩赐福气多多。德行符合上天心意，因此能够管理国家。

上天也在监视着人间，注意到周文王身上聚集了天命。文王尚且年轻时，上天为他选好天作之合。他亲自到洽河北岸来迎亲，良缘在那渭水岸边。

文王开开心心地举办婚礼，迎娶这位来自大邦殷商的女子。这位来自殷商的女子，漂亮得如同天上的仙女。选定良辰吉日，正式前往渭水迎亲。众多船只彼此相连作为浮桥，婚礼办得盛大辉煌。

上帝遣下天命，天命归周文王。让他在周国平原建立京城，娶来莘国之女为妻。生下大儿子伯邑考英年早逝，之后又生下周武王姬发。上天保佑周武王，带领大军讨伐殷商。

殷商急忙调兵遣将，旌旗招展星罗棋布。周武王在牧野誓师进攻，鼓舞士气兴讨殷商。上天看着我们这些英勇的将士，所以千万不要犹豫害怕产生二心。

牧野地势宽阔，檀木兵车辉煌鲜艳，驾车的四匹骏马真雄壮。太师姜子牙随军指挥，周军如同雄鹰展翅翱翔。姜子牙辅佐周武王建功立业，讨伐殷商战胜纣王，开创一朝新气象。

绵

绵绵瓜瓞①。民之初生,自土沮漆②。古公亶父③,陶复陶穴,未有家室。

古公亶父,来朝走马。率西水浒,至于岐下。爰及姜女,聿来胥宇。

周原膴膴④,堇荼如饴。爰始爰谋,爰契我龟。曰止曰时,筑室于兹。

乃慰乃止,乃左乃右。乃疆乃理,乃宣乃亩。自西徂东,周爰执事。

乃召司空,乃召司徒,俾立室家。其绳则直,缩版以载,作庙翼翼。

捄⑤之陾陾⑥,度之薨薨⑦。筑之登登,削屡冯冯⑧。百堵皆兴,鼛⑨鼓弗胜。

乃立皋门⑩,皋门有伉⑪。乃立应门⑫,应门将将。乃立冢土,戎丑攸行。

肆不殄⑬厥愠,亦不陨厥问。柞棫⑭拔矣,行道兑⑮矣。混夷駾⑯矣,维其喙⑰矣!

虞芮⑱质厥成,文王蹶⑲厥生。予曰有疏附,予曰有先后。予曰有奔奏,予曰有御侮!

注释
① 瓞（dié）：小瓜。
② 沮、漆：古二水名，均在今陕西省境内。
③ 古公亶（dǎn）父：周王族十三世祖。
④ 膴（wǔ）膴：肥沃的样子。
⑤ 捄（jiū）：盛土于筐。
⑥ 陾（réng）陾：众多貌。
⑦ 薨薨：填土声。
⑧ 冯（píng）冯：削平墙面的声音。
⑨ 鼛（gāo）：大鼓。
⑩ 皋门：王都的郭门。
⑪ 伉（kàng）：通"亢"，高大貌。
⑫ 应门：王宫的正门。
⑬ 殄：断绝。
⑭ 棫（yù）：白桵（ruǐ）。
⑮ 兑：通"达"，通畅。
⑯ 駾（tuì）：突逃。
⑰ 喙（huì）：疲劳困倦。
⑱ 虞、芮：皆为古国名。
⑲ 蹶（guì）：感动。

译文
小瓜与大瓜的瓜蔓皆绵长。周人先民最早开辟土地，是在那沮水漆水旁。周人先祖古公亶父，带领周人挖洞穴，当时还没有房屋。
古公亶父心急火燎，一早匆忙骑马奔向远方。沿着河岸一路向西，来到岐山山脚下。在此娶了姜氏女子，一同探查地势建新房。
周人平原土地肥沃，就连苦菜也甘甜如麦芽糖。众人一同商量筹谋，刻下龟甲卜吉凶。卦象显示这里好地方，于是在此修房筑新家。
周人安心来定居，住在左边和右边。划定疆界理耕田，疏通河道与垦荒。一路从西边来到东边,烦琐杂事真不少。

招来司空管工程,再叫司徒管劳役,齐心协力盖新房。基准绳子要拉直,夹板模板捆扎实,筑造宗庙齐整整。

挖土入筐人如云,填土筑板轰轰响。挖土筑墙声势大,铲平城墙不遗力。上百道墙屹然立,劳作声胜过打鼓。

城郭大门已建成,巍峨高耸甚雄壮。王宫大门气势壮,正门辉煌气象广。继而筑造祭神坛,西戎贼寇不敢犯。

周边蛮夷虽未除,周人声势渐盛大。柞树棫树全拔除,道路通畅无阻碍。昆夷惊惶四处逃,颓弱后一蹶不振。

虞国芮国争不休,文王感化使和解。文王臣子亲密无间,文王臣子辅佐有道。一众臣子奔波效力,抵御外敌入侵骚扰。

棫朴

芃芃①棫朴②，薪之槱③之。济济④辟王，左右趣⑤之。
济济辟王⑥，左右奉璋。奉璋峨峨，髦士⑦攸宜。
淠⑧彼泾舟，烝徒楫之。周王于迈，六师及之。
倬⑨彼云汉⑩，为章于天。周王寿考，遐⑪不作⑫人？
追⑬琢其章，金玉其相。勉勉我王，纲纪四方。

注释

① 芃（péng）芃：植物茂盛貌。
② 棫（yù）朴：棫，白桵（ruǐ）；朴，枹（bāo）木。
③ 槱（yǒu）：聚积木柴以备燃烧。
④ 济济：美好貌。或音"qí"，庄敬貌。
⑤ 趣（qū）：趋向，归向。
⑥ 辟王：君王。
⑦ 髦（máo）士：俊士，优秀之士。
⑧ 淠（pì）：船行貌。
⑨ 倬（zhuō）：广大。
⑩ 云汉：银河。
⑪ 遐：通"何"。
⑫ 作：培养，造就。
⑬ 追：通"雕"，雕琢。

译文

械树朴树长得繁密,砍下可做祭祀木柴。周王庄严肃穆优雅,左右群臣紧随其后。
周王庄严肃穆优雅,左右群臣手捧玉璋。手捧玉璋气势巍峨,俊才贤人礼仪得体。
泾水之上船儿轻荡,众人划桨齐心协力。周王出征威武雄壮,六师发动紧随其后。
银河高远遥不可及,繁星璀璨苍穹辽阔。周王仁德万寿无疆,何不精心培养人?
华服纹路精雕细琢,道德美好如同金玉。勤政勉励我王英明,统领纲纪管辖四方。

旱麓

瞻彼旱麓①,榛楛济济。岂弟②君子,干③禄岂弟。

瑟彼玉瓒④,黄流在中。岂弟君子,福禄攸降。

鸢⑤飞戾天,鱼跃于渊。岂弟君子,遐不作人。

清酒既载,骍牡⑥既备。以享以祀,以介景福。

瑟彼柞棫,民所燎⑦矣。岂弟君子,神所劳矣。

莫莫葛藟,施⑧于条枚⑨。岂弟君子,求福不回。

注释

① 旱麓:旱山山脚。
② 岂(kǎi)弟(tì):"恺悌",和乐平易。
③ 干:求。
④ 玉瓒(zàn):圭瓒,天子祭祀时用的酒器。
⑤ 鸢(yuān):鸟名,即老鹰。
⑥ 骍牡:红色的公牛。
⑦ 燎:焚烧,此指烧柴祭天。
⑧ 施(yì):伸展绵延。
⑨ 枚:树干。

译文

遥望旱山的山脚，榛树楛树漫山遍野。温和恭敬的君子呀，求得福禄和乐美好。

光泽亮丽的圭瓒，黄酒勺中酒水流。温和恭敬的君子呀，天降福禄和乐安康。

鸢鸟飞翔苍天上，鱼儿自在跳跃深渊。温和恭敬的君子呀，当然会培养人才。

清酒满载已摆好，红色公牛已备好。用作祭品来祭祀，祈求神灵降下福德。

柞树棫树那么茂盛，百姓砍来焚烧祭神。温和恭敬的君子呀，神灵要来把你慰问。

葛藤到处蔓延生长，缠绕枝条与树干。温和恭敬的君子呀，祈求福禄光明磊落。

思齐

思齐①大任，文王之母。思媚周姜，京室之妇。大姒嗣徽音，则百斯男。

惠于宗公，神罔时怨，神罔时恫②。刑于寡妻，至于兄弟，以御于家邦。

雍雍在宫，肃肃在庙。不显亦临，无射③亦保。

肆④戎疾不殄，烈假⑤不瑕。不闻亦式，不谏亦入。

肆成人有德，小子有造。古之人无斁⑥，誉髦⑦斯士。

注释

① 齐：端庄貌。
② 恫（tōng）：哀痛。
③ 无射（yì）："无斁"，不厌倦。
④ 肆：所以。
⑤ 烈假：害人的瘟疫。
⑥ 无斁（yì）：无厌，无倦。
⑦ 髦：俊杰，出类拔萃的人才。

译文

优雅端庄的大任，乃是周文王母亲。贤良淑德的周姜，乃是文王的祖母。太姒传承好声誉，生下许多好儿子。

文庄孝敬他祖先，先祖神灵无怨言，先祖神灵无痛苦。品行是妻子楷模，也是兄弟的榜样，管理家国皆和睦。

宫中上下很和谐，宗庙祭祀很严肃。神灵悄悄降临，孜孜不倦保太平。

故而西戎祸患绝，诸多灾害都远离。良言善策都采纳，劝谏直言虚心听。

所以成人德行俱佳，年轻人颇有成就。文王治国不懈怠，有才俊杰来投效。

皇矣

皇矣上帝，临下有赫。监观四方，求民之莫。维此二国，其政不获。维彼四国，爰究爰度？上帝耆之，憎其式廓。乃眷西顾，此维与宅！

作①之屏②之，其菑③其翳④。修之平之，其灌其栵⑤。启之辟之，其柽⑥其椐⑦。攘之剔之，其檿⑧其柘⑨。帝迁明德，串夷载路。天立厥配，受命既固。

帝省其山，柞棫斯拔，松柏斯兑⑩。帝作邦作对，自大伯王季。维此王季，因心则友。则友其兄，则笃其庆。载锡之光，受禄无丧，奄有四方。

维此王季，帝度其心，貊⑪其德音。其德克明，克明克类，克长克君。王此大邦，克顺克比。比于文王，其德靡悔。既受帝祉，施于孙子。

帝谓文王：无然畔援，无然歆羡，诞先登于岸。密人不恭，敢距大邦，侵阮徂共。王赫斯怒，爰整其旅，以按徂旅。以笃于周祜，以对于天下。

依其在京，侵自阮疆。陟我高冈：无矢我陵，我陵我阿；无饮我泉，我泉我池。度其鲜原，居岐之阳，在渭之将。万邦之方，下民之王。

帝谓文王：予怀明德，不大声以色，不长夏以革。不识不知，顺帝之则。帝谓文王：询尔仇方，同尔弟兄。以尔钩援，与尔临冲，以伐崇墉。

临冲闲闲，崇墉言言。执讯连连，攸馘⑫安安。是类是祃⑬，是致是附，四方以无侮。临冲茀茀，崇墉仡仡⑭。是伐是肆，是绝是忽，四方以无拂。

注释

① 作：通"斫"，砍树。
② 屏（bǐng）：除去。
③ 菑（zì）：指直立而死的树木。
④ 翳：通"殪"，指死而倒伏的树木。
⑤ 栵（lì）：斩而复生的枝杈。
⑥ 柽（chēng）：木名，俗名西河柳。
⑦ 椐：木名，俗名灵寿木。
⑧ 檿（yǎn）：木名，俗名山桑。
⑨ 柘（zhè）：木名，俗名黄桑。
⑩ 兑：直立，道路顺畅。
⑪ 貊（mò）：亦作"莫"，通"漠"，广大，传布。
⑫ 馘（guó）：古代战争时将所杀之敌割取左耳以计数献功，称"馘"，也称"获"。
⑬ 祃（mà）：师祭，至所征之地举行的祭祀；或谓祭马神。
⑭ 仡（yì）仡：高大的样子。

译文 英明伟大的上帝，俯视人间心明亮。察看天下四方土地，明白民心追求安定。当初殷商执掌天下，政令失德民心沦丧。想那四方诸侯之国，效法何人为榜样？上帝观察殷商之王，心中不满感到憎恶。于是上帝望向西方，使得周王在岐山打下基业。

砍伐树木整顿树林，各种枯树杂树都清除。有的修剪有的理平，灌木丛林长出新枝。开辟道路斩草除根，柽木椐木都除尽。有的除枝有的剪叶，让山桑和黄桑生长茂盛。上帝帮助有德周王，打败犬戎镇守一方。上帝为他选择帮手，辅佐周王安土定邦。

上帝视察岐山周边，发现柞树棫树都已不见，松树柏树郁郁苍苍。上帝让周室开疆拓土，太伯王季建功立业。王季善良友爱品德好，敬爱兄友一片赤诚。他真心敬爱兄长，于是福德增长吉祥。上天赐予他荣耀光芒，承受福禄安康永不消亡，帮助周室统一四方。

正是王季心地善良，上天欣赏他的胸怀，让他美名传扬四方。他品德高尚为人正直，明辨是非公正聪慧，能做师长和君主。王季称王统领周国，民众百姓一起拥戴。王位传到周文王后，他的美名依然传颂。既已接受上天赐福，传给子孙福泽绵长。

上帝告诉周文王：不要轻浮狂妄太嚣张，也不要贪婪无度痴心妄想，统领天下先要渡河登岸占据有利地形。密国人傲慢不服从，竟敢反抗周国统治，擅自侵犯阮国和共国。文王对此大怒不已，整顿军队前去征讨，奋勇杀敌阻挡密国。保卫周民福寿安康，让天下四方平安稳固。

周朝军队驻扎气势强，支援阮国防止侵略。登上高山放眼望：密人陈兵丘陵上，那是我国的山冈；密人休要喝泉水，那是我国清泉与池塘。周文王观察山野平原，占据岐山的南边，就在渭水的一旁。他是天下的向往，万民归附的好君王。

上帝告诉周文王：你的美德我欣赏，不要把疾言厉色当威严，不要靠刑具军队显威风。低调谨慎不显示自己的智慧学识，当顺从上帝的心意治国家。上帝吩咐周文王：要与盟国多商量，联合同姓诸侯共进退。用你那些钩梯爬城，带上你的攻城车辆，攻破崇国的城墙。

临车冲车一往无前,崇国城墙又高又坚。俘获战俘三五成群,割下敌人左耳心中平静。于是祭祀天神祭祀军神,招抚崇国人投降归附,从此各国不敢侵犯边疆。临车冲车坚固强硬,不惧崇国城墙高大。进攻崇国气势如虹,灭亡崇国斩草除根,从此天下莫敢与我为敌。

灵台

经始灵台,经之营之。庶民攻之,不日成之。

经始勿亟,庶民子来。王在灵囿,麀鹿攸伏。

麀鹿①濯濯②,白鸟翯翯③。王在灵沼④,於⑤牣⑥鱼跃。

虡⑦业维枞⑧,贲⑨鼓维镛。於论鼓钟,於乐辟廱⑩!

於论鼓钟,於乐辟廱!鼍⑪鼓逢逢⑫,蒙瞍⑬奏公⑭。

注释

① 麀(yōu)鹿:母鹿。
② 濯(zhuó)濯:肥壮貌。
③ 翯(hè)翯:洁白貌。
④ 灵沼:池沼名。
⑤ 於(wū):美叹声。
⑥ 牣(rèn):满。
⑦ 虡(jù):悬钟的木架。
⑧ 枞(cōng):崇牙,即虡上的载钉,用以悬钟。
⑨ 贲(fén):借为"鼖",大鼓。
⑩ 辟(bì)廱:离宫名。
⑪ 鼍(tuó):扬子鳄。
⑫ 逢(péng)逢:鼓声。
⑬ 蒙瞍:古代对盲人的两种称呼,古代以盲人作乐师。
⑭ 公:通"功",成功。

译文 一开始计划筑造灵台,苦心经营用心设计。百姓们一起努力建造,没有多久就筑造完成。

一开始计划的时候莫要太着急,百姓都会像儿子一样赶来。大王在蓄养动物的园林,那里有母鹿悠然伏地。

母鹿朦肥体壮皮毛光亮,白鸟翅膀洁白闪耀。大王在灵台沼,那里有许多鱼儿在飞跃。

悬挂钟鼓木架的设备都准备好,巨大钟鼓也都搭上。于是开始敲钟打鼓奏响和谐乐章,在宫殿内乐声如此美妙地回响!

于是开始敲钟打鼓奏响和谐乐章,在宫殿内乐声如此美妙地回响!鼍鼓的声音振奋人心,盲人乐师演奏庆贺成功。

下武

下武维周,世有哲王。三后在天,王配于京。
王配于京,世德作求。永言配命,成王之孚。
成王之孚,下土之式。永言孝思,孝思维则。
媚兹一人,应侯顺德。永言孝思,昭哉嗣服。
昭兹来许,绳其祖武。於①万斯年,受天之祜②。
受天之祜,四方来贺。於万斯年,不遐有佐。

注释
① 於(wū):感叹之词。
② 祜(hù):福。

译文
前赴后继始终传承的周王朝,世世代代都有圣贤做王。三位先王驾崩之后亡灵在天上护佑,周武王顺应天命占领京城。
周武王顺应天命占领京城,后世子孙都有不逊于先祖的美德。顺应天命长治久安,周成王也能够以德服人万众归心。
周成王能够以德服人万众归心,绝对称得上是人民学习的楷模。他孝顺祖先福泽绵延,效法先王秉持孝道。
四海爱戴周天子的美德,顺应这种美德立身处世。他孝顺祖先福泽绵延,也能够让后人光荣显耀。

后人光荣显耀，继承祖先的事业和品德。让周王朝可以延续万年，承受上天的护佑福泽。

承受上天的护佑福泽，天下黎民四方诸侯都来朝贺。周王朝延续万年，不愁没有贤良来辅佐。

文王有声

文王有声,遹①骏有声。遹求厥宁,遹观厥成。文王烝②哉!
文王受命,有此武功。既伐于崇,作邑于丰。文王烝哉!
筑城伊淢③,作丰伊匹。匪棘④其欲,遹追来孝。王后烝哉!
王公伊濯⑤,维丰之垣。四方攸同,王后维翰。王后烝哉!
丰水东注,维禹之绩。四方攸同,皇王维辟。皇王烝哉!
镐京⑥辟廱,自西自东,自南自北,无思不服。皇王烝哉!
考卜维王,宅是镐京。维龟正之,武王成之。武王烝哉!
丰水有芑,武王岂不仕?诒厥孙谋,以燕翼子。武王烝哉!

注释

①遹(yù):即"曰""聿",为发语之词。此三字皆为假借字。
②烝:赞美君主之词。
③淢(xù):假借为"洫",即护城河。
④棘:急。
⑤濯:本义是洗涤,此处为光大。
⑥镐京:周武王建立的西周国都。

译文

周文王美名远扬,万古长青。他只求天下能够得享太平,希望大业有成国泰民安。周文王实在是英明圣贤!

周文王领受天命,武运昌隆。出兵征伐那崇侯虎,又在丰邑建立王都。周文王实在是英明圣贤!

筑造城墙挖掘护城河,丰邑日渐稳定昌荣。不为了私欲品行端良,尽心尽孝对待先王。周文王实在是英明圣贤!

周文王的功绩无须自夸人人赞扬,就像丰邑的城墙。四方诸侯都心服口服前来归附,他真是国家的支柱栋梁。周文王实在是英明圣贤!

丰邑之水一路向东流,大禹的功绩后世传颂。四方诸侯都心服口服前来归附,他是天下的模范榜样。周文王实在是英明圣贤!

镐京修筑离宫,自西向东也自东向西,自南向北也自北向南,没有人不想归服于他。周文王实在是英明圣贤!

周文王占卜求问吉凶后,定都在了镐京。通过神龟来确定方向,周文王再次成就大业功德无量。周武王实在英明神武!

在丰水的岸边有杞柳生长,周武王政务岂能不繁忙?他是为了给后人留下长治久安的谋略,来保护和庇佑后代子孙绵延基业。周武王真是英明神武!

生民

厥初①生民,时维姜嫄②。生民如何?克禋③克祀,以弗无子。履帝武敏歆,攸介攸止,载震载夙。载生载育,时维后稷。

诞弥厥月,先生如达。不坼④不副,无菑⑤无害,以赫厥灵。上帝不宁,不康禋祀,居然生子。

诞寘⑥之隘巷,牛羊腓⑦字⑧之。诞寘之平林,会伐平林。诞寘之寒冰,鸟覆翼之。鸟乃去矣,后稷呱矣。实覃⑨实訏⑩,厥声载路。

诞实匍匐,克岐克嶷,以就口食。蓺之荏菽,荏菽旆旆。禾役穟穟⑪,麻麦幪幪⑫,瓜瓞唪唪⑬。

诞后稷之穑,有相之道。茀厥丰草,种之黄茂。实方实苞,实种实褎⑭。实发实秀,实坚实好。实颖实栗,即有邰家室。

诞降嘉种,维秬维秠,维穈⑮维芑⑯。恒之秬秠,是获是亩。恒之穈芑,是任是负,以归肇祀。

诞我祀如何?或舂或揄⑰,或簸或蹂。释之叟叟,烝之浮浮。载谋载惟,取萧祭脂。取羝以軷⑱,载燔⑲载烈,以兴嗣岁。

卬盛于豆，于豆于登[20]，其香始升。上帝居歆，胡臭[21]亶时。后稷肇祀，庶无罪悔，以迄于今。

注释

① 厥初：其初。
② 姜嫄（yuán）：传说中有邰氏之女，周始祖后稷之母。
③ 禋（yīn）：祭天的一种礼仪，先烧柴升烟，再加牲体及玉帛于柴上焚烧。
④ 坼（chè）：裂开。
⑤ 菑（zāi）：同"灾"。
⑥ 寘：弃置。
⑦ 腓：庇护。
⑧ 字：爱。
⑨ 覃（tán）：长。
⑩ 訏（xū）：大。
⑪ 穟穟：禾穗饱满下垂的样子。
⑫ 幪幪：茂密的样子。
⑬ 唪（běng）唪：果实累累的样子。
⑭ 穮（yòu）：禾苗渐渐长高。
⑮ 穈（mén）：赤苗，红米。
⑯ 芑（qǐ）：一种谷子。
⑰ 揄（yóu）：舀，从臼中取出舂好之米。
⑱ 皷（bā）：剥去羊皮。
⑲ 燔（fán）：将肉放在火里烧祭。
⑳ 登：盛汤用的碗。
㉑ 臭（xiù）：香气。

译文

最初生下周朝先民祖先的,是姜嫄。她是怎么生的呢?先是祷告天地神明,祈求生个儿子,使子孙绵延不尽。一次走路时踩到了天帝留下的脚印,心中欢喜怀了孕,腹中胎儿有时活泼有时安静。生下来之后辛勤养育,这个孩子就是周人先祖后稷。

姜嫄怀胎十月已足,头胎生子分娩顺利稳当。她的产门没有发生破裂,身体无病无灾健健康康,这就是巨大的吉兆。于是天帝感到不安,无法安心享用祭祀,他没料到真生出个儿子。

将这个婴儿后稷丢弃在小路上,就会有牛羊前来细心呵护喂养。将婴儿后稷丢弃在树林里,就会恰好遇到樵夫来相救。将婴儿后稷丢弃在寒冰上,自会有大鸟飞来用翅膀给他取暖。直到大鸟飞走之后,后稷才终于哇哇啼哭。他的哭声是那么洪亮,充满力量回响在路上。

很快后稷就学会了到处爬,机灵聪明天赋异禀,天生就有让自己吃饱的本领。后来他无师自通学会种大豆,一种就是茂密一大片。种植禾苗也旺盛,种植麻麦也茁壮,种植瓜果皆丰收。

后稷种地本领强,善于辨别土壤质地更有益庄稼生长。他将田间杂草都除去,播撒嘉禾的种子。长出的禾苗一个劲地茁壮生长,种出来的谷粒颗粒饱满,种出来的禾穗沉甸甸,后来在邰安置办家产。

上天恩赐了良好的种子,有秬子也有秠子,有红米的也有白米的。田里种满了秬子秠子,收割完毕高高堆在田垄;红米白米也丰收,扛着背着简直忙不过来。等到都忙完了回家祭祀祖先,感谢护佑。

怎么祭祀祖先呢?有的舂谷舀米,有的簸粮筛糠。有人淘米声音喧哗,有人蒸饭香气四溢。祭祀事宜一起商量,燃烧香蒿和动物的脂肪使得香气飘荡。宰杀肥壮的大公羊并剥皮洗净,烘烤熏之后献给神灵享用,以此来祈福来年的丰收。

将所有祭品都盛放在木碗盆上,摆放整齐有排场,让祭品的香气飘荡。然后让天帝来享用,祭品做得又美味又香。后稷开创了祭祀之礼,使神明不会降下灾祸,这是周人一直以来的传统习俗。

行苇

敦彼①行苇，牛羊勿践履。方苞方体，维叶泥泥。
戚戚兄弟，莫远具尔②。或肆③之筵，或授之几。
肆筵设席，授几有缉御。或献或酢，洗爵奠斝④。
醓⑤醢⑥以荐，或燔或炙。嘉肴脾⑦臄⑧，或歌或咢⑨。
敦⑩弓既坚，四鍭⑪既钧，舍矢既均，序宾以贤。
敦弓既句，既挟四鍭。四鍭如树，序宾以不侮。
曾孙维主，酒醴维醹⑫，酌以大斗，以祈黄耇⑬。
黄耇台背⑭，以引以翼。寿考维祺，以介景福。

注释

① 敦（tuán）彼：苇草丛生貌。
② 尔：通"迩"，近。
③ 肆：陈，铺上。
④ 奠斝（jiǎ）：周时礼制，主人敬的酒客人饮毕则置杯于几上；客人回敬主人，主人饮毕也须这样做。
⑤ 醓（tǎn）：多汁的肉酱。
⑥ 醢（hǎi）：肉酱。
⑦ 脾：通"膍（pí）"，牛胃，俗称牛百叶。
⑧ 臄（jué）：牛舌。
⑨ 咢（è）：只打鼓不伴唱，叫"咢"。

⑩ 敦（diāo）弓：雕弓。
⑪ 鍭（hóu）：一种箭，金属箭头，鸟羽箭尾。
⑫ 醹（rú）：酒味醇厚。
⑬ 黄耇（gǒu）：年老高寿。
⑭ 台背：老态龙钟的样子。

译文

芦苇丛生道路旁，勿让牛羊来踩踏。芦苇含苞初长成，叶子茂盛有光泽。兄弟之间有情义，不要疏远要亲密。有的铺好了竹席，有的端上了茶具。

筵席铺开上菜肴，一旁总有人侍候。觥筹交错来敬酒，清洗酒爵来回敬。肉汤肉酱全献上，烧肉烤肉多开胃。牛肚牛舌做佳肴，唱歌击鼓兴致高。

雕弓强韧有劲道，四支箭头都不赖。射出一箭中靶心，比较技艺分座次。雕弓已经拉满弦，利箭四支已备好。四箭竖立在靶上，名次高低不介意。

曾孙乃宴会主人，提供香甜的美酒，斟满一大杯敬酒，祝福老人能高寿。老人驼背身佝偻，一路扶持来伺候。长命百岁求吉祥，愿他福禄寿安康。

既醉

既醉以酒，既饱以德。君子万年，介尔景福。

既醉以酒，尔肴既将。君子万年，介尔昭明。

昭明有融，高朗令终，令终有俶①。公尸②嘉告。

其告维何？笾豆静嘉。朋友攸摄，摄以威仪。

威仪孔时，君子有孝子。孝子不匮③，永锡④尔类。

其类维何？室家之壶⑤。君子万年，永锡祚⑥胤⑦。

其胤维何？天被尔禄。君子万年，景命⑧有仆。

其仆维何？釐⑨尔女士。釐尔女士，从以孙子。

注释

① 俶（chù）：始。
② 公尸：古代祭祀时以人装扮成祖先接受祭祀，这人就称"尸"；祖先为君主诸侯的，则称"公尸"。
③ 匮：亏，竭。
④ 锡：同"赐"。
⑤ 壶（kǔn）：宫中之道，言深远而严肃也。引申为动词"齐家"。
⑥ 祚：福。
⑦ 胤：后嗣。
⑧ 景命：天命。

⑨ 釐：假借"赉"，赏赐。

译文

酒足饭饱人已醉，饱受君王的恩惠。祝愿君王万万岁，天赐福德世安享。

酒足饭饱人已醉，各种佳肴甚美味。祝愿君王万万岁，荣光圣德显美名。

光明正大长久远，高尚开朗得善终。善终自然有善始，祭祀听到好回应。

回应到底是什么？祭祀物品要洁净。亲朋好友来助祭，礼节到位有威仪。

威仪得体很肃穆，君王是个大孝子。孝子世代无穷尽，天赐家族众子孙。

家族绵延怎么样？宫中道路细又长。君王万岁万万岁，天赐福德于子孙。

子孙福德怎么样？荣华富贵天天享。君王万岁万万岁，赐您天命长又长。

天命长长怎么样？赐给您男儿和女子。赐给您男儿和女子，孝子贤孙无穷尽。

凫鹥

凫①鹥②在泾，公尸来燕来宁。尔酒既清，尔肴既馨。

公尸燕饮，福禄来成。

凫鹥在沙，公尸来燕来宜。尔酒既多，尔肴既嘉。

公尸燕饮，福禄来为。

凫鹥在渚，公尸来燕来处。尔酒既湑③，尔肴伊脯④。

公尸燕饮，福禄来下。

凫鹥在潀⑤，公尸来燕来宗⑥，既燕于宗⑦，福禄攸降。

公尸燕饮，福禄来崇。

凫鹥在亹⑧，公尸来止熏熏。旨酒欣欣，燔炙芬芬。

公尸燕饮，无有后艰。

注释
① 凫：野鸭。
② 鹥（yī）：沙鸥。
③ 湑（xū）：指酒过滤去滓。酒去滓后则变清，故有清意。
④ 脯：肉干。
⑤ 潀（zhōng）：港汊，水流汇合之处。
⑥ 宗：借为"悰（cóng）"，快乐。
⑦ 于宗：在宗庙。

⑧亹(mén):峡中两岸对峙如门的地方。

译文

野鸭子与沙鸥在那泾水游,公尸来参加宴会欢乐祥和。你的美酒清澈甘甜,你的佳肴美味芳香。公尸来到宴会喝酒,将为你带来福气安康。

野鸭子与沙鸥在那沙滩走,公尸来参加宴会气氛融洽。你的美酒取之不尽,你的佳肴美味可口。公尸来到宴会喝酒,将为你带来福气安康。

野鸭子与沙鸥在那沙洲上,公尸来参加宴会其乐融融。你的美酒没有杂质,你的肉脯美味可口。公尸来到宴会喝酒,将为你带来福气安康。

野鸭子与沙鸥在那河汊间,公尸来参加宴会安乐吉祥。宴会设在宗庙之内,祖宗护佑降下福禄。公尸来到宴会喝酒,福气安康与日俱增。

野鸭子与沙鸥在那水边游,公尸来参加宴会已醉醺醺。美酒甘甜芳香飘扬,烧肉烤肉热气蒸腾。公尸来到宴会喝酒,从今往后再无灾难。

假乐

假①乐君子，显显令德，宜民宜人。受禄于天，保右命之，自天申之。

干禄百福，子孙千亿。穆穆皇皇，宜君宜王。不愆②不忘③，率由旧章。

威仪抑抑④，德音秩秩。无怨无恶，率由群匹。受福无疆，四方之纲。

之纲之纪，燕及朋友。百辟⑤卿士，媚于天子。不解⑥于位，民之攸塈⑦。

注释

① 假：同"嘉"，美好。
② 愆：过失。
③ 忘：糊涂。
④ 抑抑：通"懿懿"，庄重美丽的样子。
⑤ 百辟：众诸侯。
⑥ 解：通"懈"，怠慢。
⑦ 塈（jì）：休息。

译文

美好欢乐的君子，德行显赫万众敬仰，百姓群臣无不舒适。福禄来自上天，上天保佑您授命您，无穷的福气由老天安排。

数不尽的福禄，子孙绵延有千万亿。庄严肃穆辉煌威武，身为君王很适宜。从不犯错也不妄为，凡事遵循祖制旧章。

您仪表威严形象端庄，以德施政有条不紊。您不会怨恨与交毒，诸事都和群臣商量。只有您配得上万福无疆，成为四方诸侯的楷模。

您宽严相济整肃纲纪，让臣子朋友皆大欢喜。百官群臣卿士大夫，都真心热爱着天子。天子勤政不懈怠，人民才可以休养生息。

公刘

笃公刘①，匪居匪康。乃埸乃疆，乃积乃仓。乃裹糇粮，于橐于囊②。思辑用光，弓矢斯张。干戈戚扬，爰方启行。

笃公刘，于胥斯原。既庶既繁，既顺乃宣，而无永叹。陟则在巘③，复降在原。何以舟④之？维玉及瑶，鞞⑤琫⑥容刀。

笃公刘，逝彼百泉。瞻彼溥⑦原，乃陟南冈，乃觏⑧于京。京师之野，于时处处，于时庐旅。于时言言，于时语语。

笃公刘，于京斯依。跄跄济济，俾筵俾几。既登乃依⑨，乃造其曹。执豕于牢⑩，酌之用匏。食之饮之，君之宗之。

笃公刘，既溥既长。既景乃冈，相其阴阳，观其流泉。其军三单，度其隰原。彻⑪田为粮，度其夕阳⑫。豳居允荒。

笃公刘，于豳斯馆。涉渭为乱⑬，取厉取锻，止基乃理。爰众爰有，夹其皇涧⑭，溯其过涧，止旅乃密，芮鞫⑮之即。

| 注释 | ①公刘:周文王的祖先,古代周部落的杰出领袖。
②于橐(tuó)于囊:指装入口袋。有底曰囊,无底曰橐。
③巘(yǎn):小山。
④舟:佩带。
⑤鞞(bǐng):刀鞘。
⑥琫(běng):刀鞘口上的玉饰。
⑦溥(pǔ):广大。
⑧觏:察看。
⑨依:就地(建造房屋)。
⑩牢:猪圈。
⑪彻:指开垦荒地。
⑫夕阳:山的西面。
⑬乱:横渡河流。
⑭皇涧:豳地水名。
⑮芮鞫(jū):水湾。水湾之内称芮,水湾之外称鞫。 |

| 译文 | 老实厚道的周人祖先公刘,他居住的地方不安康。划定田地界线管理田耕,堆积粮食盛满粮仓。准备好行路的干粮,用大大小小的袋子收藏。众人齐心协力共同劳作,劲弓拉满利箭上弦。盾牌刀斧持在手中,勇往直前开疆拓土。
老实厚道的周人先祖公刘,亲自前往原野进行巡视察看。百姓归附日益增多,民心所向身心满意,无人叹息无人忧虑。登高远望俯瞰四方,回到平原细心经营。公刘佩戴什么东西?美玉琼瑶多美丽,佩玉在刀鞘上闪耀光芒。
老实厚道的周人先祖公刘,前往百泉去视察。广阔原野放眼望,先登上南边高山,再察看京城高丘。京城周边土地肥沃,百姓在此安居乐业丰衣足食,建造房屋修整都城。人人喜气洋洋,有说有笑其乐融融。
老实厚道的周人先祖公刘,定都建立新国家。臣子属下从容端庄仪 |

表堂堂,设宴款待人才济济。宾客依次有序入座,祭祀诸神祈求吉祥。抓来家猪做佳肴,用瓢斟酒匆匆忙忙。酒足饭饱欢欣喜悦,大家推举公刘为主。

老实忠厚的周人先祖公刘,开垦土地宽阔辽远。派人测量平原山丘,山南山北一一勘察,探究水源与流域。建立三军轮流换岗,湿地洼地开凿深沟。开荒耕种治理田地,再去山的西面探查。豳地原野辽阔博远。

老实忠厚的周人先祖公刘,在豳地筑造宫城。率领民众渡过渭水,磨刀锻铁经营生计,打下地基治理田地。丰衣足食百姓欢喜,皇涧两岸百姓居住,面向过涧平坦宽阔。移民纷纷来到此处,河湾内外人口增多日益繁荣。

泂酌

泂①酌②彼行潦③，挹④彼注兹，可以餴⑤饎⑥。岂弟君子，民之父母。

泂酌彼行潦，挹彼注兹，可以濯罍。岂弟君子，民之攸归。

泂酌彼行潦，挹彼注兹，可以濯溉⑦。岂弟君子，民之攸塈⑧。

注释

① 泂（jiǒng）：远。
② 酌：古通"爵"，中国古代的一种酒器。
③ 行（háng）潦（lǎo）：路边的积水。
④ 挹（yì）：舀。
⑤ 餴（fēn）：蒸。
⑥ 饎（chì）：酒食。
⑦ 溉：洗。或通"概"，一种盛酒漆器。
⑧ 塈（xì）：息，休息。

译文

以酒器舀起远处的路边积水，把水装满水缸，可以用来蒸菜煮饭。优雅高尚的君子呀，是老百姓的父母。

以酒器舀起远处的路边积水，把水装满水缸，可以用来清洗酒壶。优雅高尚的君子呀，是老百姓的归服之处。

以酒器舀起远处的路边积水，把水装满水缸，可以用来洗涤和打扫。优雅高尚的君子呀，让百姓休养生息。

卷阿

有卷①者阿，飘风自南。岂弟君子，来游来歌，以矢其音。

伴奂尔游矣，优游尔休矣。岂弟君子，俾尔弥尔性，似先公酋矣。

尔土宇昄章②，亦孔之厚矣。岂弟君子，俾尔弥尔性，百神尔主矣。

尔受命长矣，茀③禄尔康矣。岂弟君子，俾尔弥尔性，纯嘏④尔常矣。

有冯⑤有翼⑥，有孝有德，以引以翼。岂弟君子，四方为则。

颙颙⑦卬卬，如圭如璋，令闻令望。岂弟君子，四方为纲。

凤凰于飞，翙翙⑧其羽，亦集爰止。蔼蔼王多吉士，维君子使，媚于天子。

凤凰于飞，翙翙其羽，亦傅于天。蔼蔼王多吉人，维君子命，媚于庶人。

凤凰鸣矣，于彼高冈。梧桐生矣，于彼朝阳。菶菶⑨萋萋，雍雍喈喈⑩。

君子之车，既庶且多。君子之马，既闲且驰。矢诗不多，维以遂歌。

注释

① 卷（quán）：弯曲。
② 昄章：版图。
③ 茀：通"福"。
④ 纯嘏（gǔ）：大福。
⑤ 冯（píng）：辅。
⑥ 翼：助。
⑦ 颙（yóng）颙：庄重恭敬。
⑧ 翙（huì）翙：鸟展翅振动之声。
⑨ 菶（běng）菶：草木茂盛貌。
⑩ 雍（yōng）雍喈（jiē）喈：凤凰的鸣叫声。

译文

有一座婀娜曲折的大丘陵，飘着从南方吹来的旋风。和乐亲切的周天子，来到此处游玩把歌唱，众人献诗其乐融融。

尽情遨游欣赏风光，悠然自得休养生息。和乐亲切的周天子，一生辛勤所求为何，继承先祖建功立业。

天子的疆域辽阔广远，天下四方厚德载物。和乐亲切的周天子，一生辛勤劳心费神，主祭百神周文王。

天赐福德长命百岁，福禄安康应有尽有。和乐亲切的周天子，一生辛勤为天下，降下鸿福齐天永不朽。

周天子有贤良俊才辅佐国政，他们都忠孝仁义有品德，作为国家栋梁得以依靠。和乐亲切的周天子，万众敬仰视为楷模。

周天子温良恭谦器宇轩昂，犹如圭璋等美玉，名声威望远近传播。

和乐亲切的周天子，万众归顺视为典范。

凤凰飞于九天之上，展翅振动声动云霄，停在参天大树上。周天子身边人才济济，任凭天子调遣任用，群臣爱戴周天子。

凤凰飞于九天之上，展翅振动声闻云霄，一飞冲天直上九霄。周天子身边人才济济，任凭天子调遣任用，群臣忠心百姓爱戴。

凤凰鸣叫声动四方，停在远方高山上。高山之上梧桐生长，面朝东方日光照耀。枝繁叶茂郁郁葱葱，凤凰一鸣惊人声动四方。

周天子的车马已经备好，车辆齐全又华丽。天子有骏马，奔腾跃起如飞。群臣献诗争先恐后，唱成歌曲赞颂周王。

民劳

民亦劳止，汔①可小康。惠此中国，以绥四方。无纵诡随，以谨无良。式遏寇虐，憯②不畏明。柔远能迩，以定我王。
民亦劳止，汔可小休。惠此中国，以为民逑③。无纵诡随，以谨惛恢④。式遏寇虐，无俾民忧。无弃尔劳，以为王休。
民亦劳止，汔可小息。惠此京师，以绥四国。无纵诡随，以谨罔极⑤。式遏寇虐，无俾作慝⑥。敬慎威仪，以近有德。
民亦劳止，汔可小愒⑦。惠此中国，俾民忧泄。无纵诡随，以谨丑厉。式⑧遏寇虐，无俾正败。戎虽小子，而式弘大。
民亦劳止，汔可小安。惠此中国，国无有残。无纵诡随，以谨缱绻⑨。式遏寇虐，无俾正反。王欲玉女，是用大谏。

注释
① 汔（qì）：乞求。
② 憯（cǎn）：曾，乃。
③ 逑：聚合。
④ 惛（hūn）恢（náo）：喧嚷争吵。
⑤ 罔极：没有准则，没有法纪。
⑥ 慝（tè）：恶。
⑦ 愒（qì）：休息。

⑧ 式：作用。

⑨ 缱绻：固结不解，指统治者内部纠纷。

译文

百姓辛劳无终止，只求小康便可以。爱护中原的百姓，四方诸侯便平定。不可纵容诡计欺诈，严谨防范无良小人。严厉制止贼寇暴虐，对待邪佞无所畏惧。与民柔和不分远近，民心所向保卫我王。

百姓辛劳无终止，只求能稍得休憩。爱护中原的百姓，才能使民心凝聚。不可纵容诡计欺诈，严谨防范喧闹争吵。严厉制止贼寇暴虐，莫使百姓感到忧惧。尔等勤勉莫要懈怠，成就我王好名声。

百姓辛劳无终止，只求稍能休养生息。爱护京师的百姓，四方诸侯便平定。不可放纵诡计欺诈，严厉惩戒犯法之人。严厉制止贼寇暴虐，莫使恶人把人欺。恭敬谨慎有威德礼仪，亲近贤德匡扶正义。

百姓辛劳无终止，只求可以有余暇。爱护中原的百姓，纾解百姓的忧患。不可纵容诡计欺诈，严谨防范各类恶人。严厉制止贼寇暴虐，莫使政事遭败坏。你虽年轻阅历浅，位高权重责任大。

百姓辛劳无终止，只求可以有安宁。爱护中原的百姓，稳定国家防止破败。不可纵容诡计欺诈，严谨防范纷争内乱。严厉制止贼寇暴虐，莫使政权遭颠覆。我王将要重用你，衷心劝谏为国为民。

板

上帝板板①,下民卒瘅②。出话不然,为犹不远。靡圣管管,不实于亶③。犹之未远,是用大谏。

天之方难,无然宪宪。天之方蹶,无然泄泄。辞之辑矣,民之洽矣。辞之怿矣,民之莫矣。

我虽异事,及尔同僚。我即尔谋,听我嚣嚣④。我言维服,勿以为笑。先民有言,询于刍荛⑤。

天之方虐,无然谑谑。老夫灌灌,小子蹻蹻⑥。匪我言耄,尔用忧谑。多将熇熇⑦,不可救药。

天之方懠,无为夸毗⑧。威仪卒迷,善人载尸。民之方殿屎⑨,则莫我敢葵?丧乱蔑资,曾莫惠我师。

天之牖民,如埙如篪⑩,如璋如圭,如取如携。携无曰益⑪,牖民孔易。民之多辟,无自立辟⑫。

价人维藩,大师维垣。大邦维屏,大宗维翰。怀德维宁,宗子维城。无俾城坏,无独斯畏。

敬天之怒,无敢戏豫。敬天之渝,无敢驰驱。昊天曰明,及尔出王。昊天曰旦,及尔游衍⑬。

注释

① 板板：反常，指违背常道，乖戾。
② 瘁（cuì）瘅（dān）：劳累多病。瘁通"瘁"。
③ 亶：诚信。
④ 嚣（áo）嚣：傲慢、不接受意见的样子。
⑤ 荛（ráo）：柴。此处指樵夫。
⑥ 蹻（jué）蹻：傲慢的样子。
⑦ 熇（hè）熇：火势炽烈的样子，此指一发而不可收拾。
⑧ 夸毗：谄媚顺从。
⑨ 殿屎（xī）：痛苦呻吟。
⑩ 篪（chí）：古竹制管乐器。
⑪ 益：通"隘"，阻碍。
⑫ 立辟（bì）：制定法律。辟，法。
⑬ 游衍：游荡。

译文

天帝暴戾无情反复无常，人间百姓遭殃民生艰苦。君王说话不讲道理，制定政策目光短浅。不顾圣贤自作主张，不讲诚信颠倒黑白。制定政策目光短浅，所以我以写诗用力劝谏。

如今天下四方多难多灾，切莫寻欢作乐得意扬扬。天下遇到灾祸动乱纷争，不要胡言乱语信口雌黄。政令宽和不严苛，百姓才能安居乐业。政令凶苛不宽和，百姓就会深受其害。

我与你们虽然做着不同的事，但好歹也是同僚。我来和你商谈谋略，你听不进忠言还一脸鄙夷。我的言辞主张都是情真意切符合道理，莫要把它当成笑话。古人早就有言在先，樵夫也会有好的主张。

天下四方灾祸肆虐，尔等嘻嘻哈哈不以为然。老夫言辞恳切一腔热血，尔等小子却自傲自大。不要说我倚老卖老，我实在是担忧你们的荒唐戏谑。燎原之火一发不可收，等到大火蔓延后悔莫及。

上天已经发怒降下灾祸，不要再谄媚君王不做实事。朝廷的礼仪规范全都乱了套，真正有才的好人好像死尸一样无法进言。百姓忍受痛苦煎熬无以聊生，我不禁猜想国家怎么还会有前途？天下动乱资财匮乏，百姓苦难无人救助。

上天自有天道教化黎民，如同埙与篪那样圆融，如同璋和圭那样相配，如同自取如同自携。自身拥有没有阻碍，百姓能够自力更生。现在百姓偏离大道，无从立法惩罚劝诫。

善人就像是篱笆，民心好比是围墙。大国要以百姓为屏障阻挡灾祸，以宗族为栋梁保家卫国。怀有品德才能得到安宁，宗子就是国家的城墙。不要毁坏城墙屏障，不要搞得众叛亲离孤立无援。

上天的怒火要敬畏，不要再荒淫嬉戏放纵享乐。警惕天意的变动，不要再任意妄为自大轻狂。老天爷看得一清二楚，你的一举一动都瞒不过。老天爷看得明明白白，看你怎么游戏放浪。

荡

荡荡①上帝，下民之辟②。疾威上帝，其命多辟。天生烝民，其命匪谌③。靡不有初，鲜克有终。

文王曰咨，咨女殷商！曾是强御，曾是掊克④。曾是在位，曾是在服。天降滔德，女兴是力。

文王曰咨，咨女殷商！而秉义类，强御多怼⑤。流言以对，寇攘式内。侯作侯祝，靡届靡究。

文王曰咨，咨女殷商！女炰烋⑥于中国，敛怨以为德。不明尔德，时无背无侧。尔德不明，以无陪无卿。

文王曰咨，咨女殷商！天不湎⑦尔以酒，不义从式。既愆⑧尔止，靡明靡晦。式号式呼，俾昼作夜。

文王曰咨，咨女殷商！如蜩⑨如螗⑩，如沸如羹。小大近丧，人尚乎由行。内奰⑪于中国，覃及鬼方。

文王曰咨，咨女殷商！匪上帝不时，殷不用旧。虽无老成人，尚有典刑。曾是莫听，大命以倾。

文王曰咨，咨女殷商！人亦有言：颠沛之揭，枝叶未有害，本实先拨。殷鉴不远，在夏后之世。

注释

① 荡荡：放荡不守法制的样子。
② 辟（bì）：君王。
③ 谌（chén）：诚信。
④ 掊（póu）克：聚敛，搜刮。
⑤ 怼（duì）：怨恨。
⑥ 炰（páo）烋（xiāo）：同"咆哮"。
⑦ 湎：沉湎，沉迷。
⑧ 愆（qiān）：过错。
⑨ 蜩（tiáo）：蝉。
⑩ 螗：又叫蝘，一种蝉。
⑪ 奰（bì）：愤怒。

译文

天帝放荡无仁义，他是统领人间的主宰。天帝暴虐又凶残，天命无常多邪僻。上天生养黎民百姓，命途多变难确定。凡事开头都很好，能够坚持到最后却罕见。

文王感慨又叹息，殷商天命无常。执政暴虐强横无道，横征暴敛贪得无厌。身居高位傲慢无德，仗势欺人猖狂肆意。天降殷商无德之人，群臣助长暴君恣意横行。

文王感慨叹息，殷商天命无常。选贤任用良善之辈，结果招来怨恨嫉妒。听信谗言谣言四起，强盗贼寇占据朝廷。他们诅咒忠良陷害好人，无休无止惹祸端。

文王感慨叹息，殷商天命无常。纣王嚣张咆哮于国中，聚敛怨言自以为有德。你无德无道众叛亲离，身边臣子多背叛。你没有知人之明，所以没有好公卿。

文王感慨叹息，殷商天命无常。上天不许你嗜酒，你却肆意纵欲真嚣张。行为举止满是过错，昼夜不停喝酒享乐。大呼小叫成何体统，日夜颠倒荒废政务。

文王感慨叹息，殷商天命无常。百姓悲叹如蝉鸣，民意沸腾民怨四起。大小官员都背叛，纣王依然故我不管不顾。天下之人皆愤怒不已，怒火蔓延至远方。

文王感慨叹息，殷商天命无常。不是老天爷不善良，是你自己不守规矩不遵循天道。即便没有德高望重的老臣在身边，还有律法可依循。忠言逆耳不听劝谏，国运颓唐即将倾覆。

文王感慨叹息，殷商天命无常。古人有这么一句老话：大树倒地树根出土，枝叶虽尚未损伤，可树根毁坏就难以生长。殷商之鉴近在眼前，夏桀灭亡更是前车之鉴。

抑

抑抑①威仪，维德之隅。人亦有言："靡哲不愚。"庶人之愚，亦职维疾。哲人之愚，亦维斯戾。

无竞维人，四方其训之。有觉德行，四国顺之。訏谟②定命，远犹辰告。敬慎威仪，维民之则。

其在于今，兴迷乱于政。颠覆厥德，荒湛③于酒。女虽湛乐从，弗念厥绍。罔敷求先王，克共明刑。

肆皇天弗尚，如彼泉流，无沦胥以亡。夙兴夜寐，洒扫庭内，维民之章。修尔车马，弓矢戎兵，用戒戎作，用遏④蛮方。

质尔人民，谨尔侯度，用戒不虞。慎尔出话，敬尔威仪，无不柔嘉。白圭之玷，尚可磨也；斯言之玷，不可为也！

无易由言，无曰苟矣，莫扪朕舌，言不可逝矣。无言不雠⑤，无德不报。惠于朋友，庶民小子。子孙绳绳⑥，万民靡不承。

视尔友君子，辑柔尔颜，不遐有愆。相在尔室，尚不愧于屋漏。无曰不显，莫予云觏。神之格思，不可度思，矧⑦可射思。

辟尔为德，俾臧俾嘉。淑慎尔止，不愆于仪。不僭不贼，鲜不为则。投我以桃，报之以李。彼童而角，实虹小子。

荏染柔木，言缗之丝。温温恭人，维德之基。其维哲人，告之话言，顺德之行。其维愚人，覆谓我僭。民各有心。

於乎小子，未知臧否！匪手携之，言示之事。匪面命之，言提其耳。借曰未知，亦既抱子。民之靡盈，谁夙知而莫成？

昊天孔昭，我生靡乐。视尔梦梦⑧，我心惨惨。诲尔谆谆，听我藐藐。匪用为教，覆用为虐。借曰未知，亦聿既耄！

於乎小子，告尔旧止。听用我谋，庶无大悔。天方艰难，曰丧厥国。取譬不远，昊天不忒⑨。回遹⑩其德，俾民大棘！

注释

① 抑抑：慎密。
② 訏（xū）谟：大谋。
③ 荒湛（dān）：沉迷。湛，同"耽"。
④ 遏（tì）：通"剔"，治服。
⑤ 雠（chóu）：应答。
⑥ 绳绳：谨慎的样子。
⑦ 矧（shěn）：况且。

⑧梦梦：同"瞢瞢"，昏而不明。
⑨忒：偏差。
⑩回遹（yù）：邪僻。

译文 威仪庄严举止谦恭，道德品质也方正。古人有俗话：智者常显愚。普通人愚蠢，是自身的问题。智者显示愚笨，却是为了躲避灾祸。

得到有德的贤人管理国家，四方诸侯都来归顺。君子德行方正高尚，诸侯自然顺从归一。治国策略一旦确定，长远规划告诉群臣。言行举止恭谨严肃，世人皆以此为楷模。

如今天下局势纷乱，政事紊乱执政混乱。君王德行已败坏，沉溺酒色寻欢作乐。君王每天吃喝玩乐不理政事，国家颓丧前途堪忧。不能广求先王之道，法典无法好好执行。

老天爷也不愿意再庇佑，好像泉水终日流，君臣上下同沦丧。你应该勤勉早起晚睡，一心一意打扫灰尘污垢，作为百姓的楷模恭谨努力。修理好你的车和马，以及弓箭和兵器，以防战事突然发生，征服蛮夷保卫边疆。

安抚你国的百姓，遵纪守法按部就班，防止祸乱的发生。谨言慎行说话稳重，言行举止端庄方正，为人处世温和谦恭。即使白玉也会有污点，只要认真打磨就能变得洁白无瑕；脱口而出的话要是有瑕疵，想要收回也无能为力。

不要轻易乱说话，莫以为说话不严谨，也没人按住你舌头，言语一旦说出口就难以再追回。说出的话必然有回应，施恩总能得回报。朝中群臣要爱护，百姓子弟要爱惜。子子孙孙要谨慎，万民爱戴好君王。

看你招待朝中群臣，和蔼可亲平易近人，谨防过失小心谨慎。当你独处一室时，行为处事要不愧于上天的观察。不要说室内光线暗淡，就没人看得清你在做什么。神明无处不在来去自由，难以预料何时会从天而降，所以要孜孜不倦不松懈。

修身养性磨炼品德，使品德高尚有情操。行为举止恭谨端庄，仪表堂堂彬彬有礼。不犯错误不害人，周围之人都仿效。他人送我一筐桃，我用李子来回报。胡说八道颠倒是非，实在是小人乱周朝。

坚固柔韧的好木料，可以用来做乐器。温和良善又老实，美德修养有积累。若是有心求上进，古人良言要学习，身体力行去实践。若是愚蠢的人，反而说我说错话。人心难测不勉强。

可叹君王还年少，不知好歹与轻重。搀扶着少主往前行，手把手教导办事情。不仅当面细叮咛，还要拎起耳朵让他听。年轻无知还可原谅，如今你已有孩子抱在身上。人人都会有缺点，谁能早慧却大器晚成？

老天爷心里最清楚，知晓我这一生不得欢畅。看你如此昏庸无能，心里苦闷又烦躁。好言好语反复教导，你却根本听不进去。不知我是为你好，反而把我当笑话。即便说你年纪轻，实际年龄已不小。

可叹君王太年少，听我诉说旧典章。若是听取我主张，施政不至出纰漏。老天正在降灾祸，唯恐国家要灭亡。让我举一个简单的比喻，上天赏罚从来不出差错。如果你的邪恶本性不更改，恐怕老百姓要遭大殃。

桑柔

菀彼桑柔，其下侯旬。捋采其刘，瘼此下民。
不殄心忧，仓兄①填兮！倬彼②昊天，宁不我矜。
四牡骙骙③，旟旐有翩。乱生不夷，靡国不泯。
民靡有黎，具祸以烬。於乎有哀，国步斯频！
国步蔑资，天不我将。靡所止疑，云徂何往？
君子实维，秉心无竞。谁生厉阶？至今为梗！
忧心慇慇，念我土宇。我生不辰，逢天僤怒④。
自西徂东，靡所定处。多我觏痻⑤，孔棘我圉⑥！
为谋为毖⑦，乱况斯削。告尔忧恤，诲尔序爵。
谁能执热⑧，逝不以濯？其何能淑，载胥⑨及溺。
如彼溯风，亦孔之僾⑩。民有肃心，荓⑪云不逮。
好是稼穑，力民代食。稼穑维宝，代食维好。
天降丧乱，灭我立王。降此蟊贼⑫，稼穑卒痒。
哀恫中国，具赘卒荒。靡有旅力，以念穹苍。
维此惠君，民人所瞻。秉心宣犹，考慎其相。
维彼不顺，自独俾臧。自有肺肠，俾民卒狂。
瞻彼中林，甡甡⑬其鹿。朋友已谮，不胥以穀。

人亦有言：进退维谷。

维此圣人，瞻言百里。维彼愚人，覆狂以喜。

匪言不能，胡斯畏忌。

维此良人，弗求弗迪。维彼忍心，是顾是复。

民之贪乱，宁为荼毒。

大风有隧⑭，有空大谷。维此良人，作为式穀。

维彼不顺，征以中垢。

大风有隧，贪人败类。听言则对，诵言如醉。

匪用其良，覆俾我悖。

嗟尔朋友，予岂不知而作？如彼飞虫，时亦弋获。

既之阴女，反予来赫。

民之罔极，职凉善背。为民不利，如云不克。

民之回遹，职竞用力。

民之未戾，职盗为寇。凉曰不可，覆背善詈。

虽曰匪予，既作尔歌。

注释

① 仓兄：同"怆怳"，凄凉纷乱貌。
② 倬（zhuō）彼："倬倬"，光明而广大貌。
③ 骙（kuí）骙：马强壮貌。
④ 僤（dàn）怒：震怒。僤：大。
⑤ 瘽（mín）：灾难。
⑥ 圉：边疆。
⑦ 慗：谨慎。

⑧ 执热：解救炎热。
⑨ 胥：皆。
⑩ 僾（ài）：呼吸不畅的样子。
⑪ 芇（pīng）：使。
⑫ 蟊贼：指农作物的病虫害。食苗根的害虫叫蟊，吃苗节的叫贼。
⑬ 牲牲："莘莘"，众多的样子。
⑭ 有隧：隧隧，疾风劲吹的样子。

译文

那边茂盛的桑树桑叶柔嫩，树荫遍布可乘凉。等到桑叶都采净，百姓无处可乘凉。心中忧愁难断绝，长久失落人生不畅。苍天光明又浩渺，为何不可怜可怜我。

四匹公马膘肥体壮，旌旗招展迎风飘扬。天下动荡不得安宁，举国上下人心慌乱。百姓苦难繁多缺乏壮丁，多因灾祸而丧生。长声叹息心中悲凉，国运动荡遭逢危难。

国运不济缺钱少粮，上天也不愿帮我们的忙。无家可归居无定所，到底何处才能安居？君子用心在思索，却没有争夺之心。到底是谁惹出这些祸事？至今仍让百姓受伤害。

心中愁苦好悲凉，思念故国与家乡。生不逢时来到世上，遭遇老天爷发怒降灾祸。从西方来到东方，没有一处可安身的地方。遭受如此多的困苦灾厄，又遇到敌寇侵扰边疆。

认真筹谋谨慎行事，才能减轻灾祸拨乱反正。告诫君王要爱护百姓，告诫君王要任用贤良。谁能够拯救民众于热火之中，而不是用冷水来暂时清凉？让奸佞小人来治理国家，一切只会变得更糟，到时只能一同溺水同归于尽。

如同逆风前行，呼吸困难心情紧张。百姓本有恭肃之心，却没有地方可以奉献力量。加强农业好好耕种，老百姓辛辛苦苦努力生产。保障农业生产是国家的宝，耕田犁地之人最善良。

天降丧乱与灾厄，想要灭亡我们的王。老天降下害虫啃食庄稼，田地荒芜被害虫吃光。可怜我们的老百姓，没有田地种庄稼。谁也无力改变天意，只能深深祈祷感动上天。

好君王会顺应民意，才能让百姓爱戴又敬仰。好君王勤政善谋多决策，慎重选择辅佐的大臣。违逆民心的坏君王，自己享福纵乐不管他人。昏君没有好心肠，害得百姓国民都癫狂。

遥望树林郁郁苍苍，群鹿在其间游玩嬉戏。朋友之间不再信任，缺乏忠诚与良善。人们有说这样的话：进退维谷处境艰难。

唯有圣贤心明眼亮，才能看到更多的忧患与前景。那些愚蠢之人真聒噪，狂妄无知自娱自乐。不是我不想说实话，而是顾虑人心难测难预防。

唯有这些良善人，无欲无求清心寡欲。然而那些残忍的家伙，总是反复无常搞事端。百姓为何会作乱，实在是政策恶劣难容忍。

大风呼呼迅猛地吹，空荡山谷绵长寥廓。唯有这些良善人，心思行为皆善良。唯有那些愚蠢的人，心思举止皆龌龊。

大风呼呼迅猛地吹，贪婪败类结党营私。听到阿谀奉承就回应，听到良言劝谏就假装喝醉。不肯任用贤良人才，反而让忠良受残害。

哎呀我的好朋友，我难道不知你所作所为？如同天空的飞鸟，时而中箭落网中。我好意前去帮助你，你却反而威胁恐吓对我发怒。

百姓做事无法无天，全因官员违背常理心冷酷。施政完全不利于民，你们还觉得不够凶残。百姓要走歪门邪道，正是因为你们强横又凶暴。

人心惶惶举止偏差，朝中盗贼横征暴敛。衷心劝诫皆不听从，背后还要把我辱骂看轻。即便遭受尔等辱骂，我也要写下这首诗揭发你们。

云汉

倬①彼云汉②,昭回于天。王曰於乎:何辜今之人!天降丧乱,饥馑荐臻③。靡神不举?靡爱斯牲?圭璧既卒,宁莫我听?

旱既大甚,蕴隆虫虫④。不殄禋祀⑤,自郊徂宫。上下奠瘗⑥,靡神不宗。后稷不克,上帝不临。耗斁⑦下土,宁丁我躬!

旱既大甚,则不可推。兢兢业业,如霆如雷。周余黎民,靡有孑遗。昊天上帝,则不我遗。胡不相畏?先祖于摧。

旱既大甚,则不可沮。赫赫炎炎,云我无所。大命近止,靡瞻靡顾。群公先正,则不我助。父母先祖,胡宁忍予?

旱既大甚,涤涤山川。旱魃⑧为虐,如惔⑨如焚。我心惮暑,忧心如熏。群公先正,则不我闻⑩?昊天上帝,宁俾我遁?

旱既大甚,黾勉畏去。胡宁瘨⑪我以旱?憯不知其故。祈年孔夙,方社不莫。昊天上帝,则不我虞。敬恭明神,宜无悔怒。

旱既大甚,散无友纪。鞫⑫哉庶正⑬,疚哉冢宰。趣马师氏,膳夫左右。靡人不周,无不能止。瞻卬昊天,云如何里?

瞻卬昊天,有嘒其星。大夫君子,昭假无赢。大命近止,无弃尔成。何求为我,以戾庶正。瞻卬昊天,曷惠其宁?

注释

① 倬:大。
② 云汉:银河。
③ 臻(zhēn):至。荐臻,接连到来。
④ 虫虫:热气熏蒸的样子。
⑤ 禋祀:祭天神的典礼,此处泛指祭祀。
⑥ 瘗(yì):指把祭品埋在地下以祭地神。
⑦ 斁(dù):败坏。
⑧ 旱魃(bá):古代传说中的旱神。
⑨ 惔:火烧。
⑩ 闻:借为"问",过问。
⑪ 瘨(diān):病、害。
⑫ 鞠(jū):穷,与"通"相对。
⑬ 庶正:众官之长。

译文

那浩瀚的银河辽阔遥远,光明回闪在九天之上。周王叹息道,如今百姓有何过错!老天降下如此灾祸,让饥饿灾荒连续不断。有哪位神明我们没有虔诚祭祀?我们献上祭品何曾吝惜过?我们用尽圭璧来祭神,为什么神灵不肯聆听我们的祈祷?旱灾越来越严重恶劣,大地之上笼罩着闷热暑气。我们不断祭祀向老天求雨，前往郊外祭祀上天的宫庙。祭祀完上天再祭祀大地，诸神都一一祭祀。后稷也无法免除灾祸，老天爷都不愿降临人间。天灾如此祸害天下黎民，偏偏让我一个人承受这些惩罚！

旱灾越来越严重恶劣，想要去灾却无能为力。我们兢兢业业胆战心惊，如同恐惧天降雷霆。周地余留的老百姓，如今都没有了身影。苍天啊上帝啊，怎么就不肯帮助我们。叫我怎么不感到恐惧担忧？祖宗基业就要损坏毁灭。

旱灾越来越严重恶劣，如今已经无可奈何。烈日炎炎火热灼烧，无处可以遮挡躲避。大限将至束手无策，无心再前瞻后顾。诸位先公的神灵啊，也没有显灵来相助。父母祖先的神灵啊，你们怎么忍心看到子孙受苦？

旱灾越来越严重恶劣，山上光秃秃河水都干涸。旱魃为祸肆意妄为，大地如同被炙烤焚烧。我心恐惧酷热难当，忧心如焚火烧火烤。诸位先公的神灵啊，好像听不到我的呼唤？苍天啊上帝啊，莫非要逼我四处逃窜？

旱灾越来越严重恶劣，尽力祈祷神灵不敢擅自离去。为何要降下旱灾惩罚我们？实在是百思不得其解。我们一早就举办过祭祀活动祈求丰收，也从来没有耽搁过祭社祭方。苍天啊上帝啊，怎么就不来帮助我们。我们如此虔诚恭敬对待诸神，诸神不应该动怒生气啊。

旱灾越来越严重恶劣，朝廷内外散乱没有了法纪。众位官员焦头烂额费心竭力，宰相苦思冥想无计可施。趣马师氏也都出动，膳夫近臣也来出一份力。没有人不用心来救灾，可依然无法阻止这旱灾。仰望苍天问神明，心中悲哀你可知？

仰望苍天问神明，繁星闪烁微光弥漫。公卿大夫诸位君子，祈祷祭祀不要懈怠。死亡虽然已经来临，也要不畏艰险全力以赴。祈祷雨泽并非为了周室，而是为了官民上下能安心。仰望苍天再三祈祷，到底何时才能让天下安心？

崧高

崧①高维岳，骏极于天。维岳降神，生甫及申。维申及甫，维周之翰。四国于蕃，四方于宣。

亹亹②申伯，王缵之事。于邑于谢，南国是式。王命召伯，定申伯之宅。登是南邦，世执其功。

王命申伯，式是南邦。因是谢人，以作尔庸。王命召伯，彻申伯土田。王命傅御，迁其私人。

申伯之功，召伯是营。有俶③其城，寝庙既成。既成藐藐，王锡④申伯。四牡蹻蹻⑤，钩膺⑥濯濯。

王遣申伯，路车乘马。我图尔居，莫如南土。锡尔介圭，以作尔宝。往近⑦王舅，南土是保。

申伯信迈，王饯于郿。申伯还南，谢于诚归。王命召伯，彻申伯土疆。以峙其粻⑧，式遄⑨其行。

申伯番番⑩，既入于谢。徒御啴啴⑪。周邦咸喜，戎有良翰。不显申伯，王之元舅，文武是宪。

申伯之德，柔惠且直。揉此万邦，闻于四国。吉甫作诵，其诗孔硕。其风肆好，以赠申伯。

注释

① 崧：又作"嵩"，山高而大。
② 亹（wěi）亹：勤勉貌。
③ 俶（chù）：厚貌，一说建造。
④ 锡：同"赐"。
⑤ 蹻（jué）蹻：强壮勇武貌。
⑥ 钩膺："樊缨"，马颈腹上的带饰。
⑦ 迈（jì）：助词，犹哉。
⑧ 粻（zhāng）：米粮。
⑨ 遄（chuán）：迅速。
⑩ 番（bō）番：勇武貌。
⑪ 啴（tān）啴：众盛貌。

译文

崇高巍峨的太岳山，高耸入云近苍天。嵩山有神降人世，转生为申伯甫侯。申伯甫侯皆是贤良忠臣，辅佐周室栋梁之材。他们是诸侯的好屏障，是保卫天下的坚实墙垣。

申伯勤勤恳恳做事谨慎，周王让他管理南疆。封邑申伯于谢城，让他做南方诸侯的榜样。周王又派遣召伯，让他去给申伯丈量土地建造新居。申伯成为南方封国的诸侯，子子孙孙继承功德。

周王吩咐申伯，要给南方诸国做好表率。要好好管理谢地的百姓，修筑城墙保卫居民。周王又吩咐召伯，让他协助申伯划定疆域。周王又吩咐家臣之长，让他把家臣们都迁去一同建设。

申伯建造谢邑事务繁忙，召伯没日没夜帮忙经营。筑造坚实的城墙，宗庙也一并建成。富丽堂皇很是气派，周王重重赏赐了申伯。有骏马四匹雄壮威武，有樊缨无数闪闪发光。

周王亲自送申伯，将大车驷马等作为奖赏。周王告诉申伯已为他好好考虑，南方是最适合他的封地。赐予申伯美玉大圭，作为国宝保藏留传。叫声娘舅放心赶路，去到南方保护一方。

申伯于是动身出发，周王在郿地为他饯行。申伯去往南方封国，前往谢地坐镇一方。周王又命令召伯，帮申伯划定他的领域疆界。要为申伯多储备粮草，保证他一路安全又顺利。

申伯勇武气宇轩昂，来到谢邑威风凛凛。他的步兵车骑声势浩大。周朝百姓见了兴高采烈，周王在南方有了保障。身份显赫的申伯，是周宣王的娘舅，文韬武略都是典范。

申伯有威望又有德行，为人正直又温和。他能安邦治国使人心安宁，名满天下众口交赞。吉甫特意写下这首诗，内容翔实感情深厚。诗歌的曲调优美，以此作为礼物赠予申伯。

烝民

天生烝民①，有物有则。民之秉彝②，好是懿德。天监有周，昭假于下。保兹天子，生仲山甫。

仲山甫③之德，柔嘉维则。令仪令色，小心翼翼。古训是式，威仪是力。天子是若，明命使赋。

王命仲山甫，式是百辟，缵④戎⑤祖考⑥，王躬是保。出纳王命，王之喉舌。赋政于外，四方爰发。

肃肃王命，仲山甫将之。邦国若否，仲山甫明之。既明且哲，以保其身。夙夜匪解，以事一人。

人亦有言："柔则茹之，刚则吐之。"维仲山甫，柔亦不茹，刚亦不吐。不侮矜寡，不畏强御。

人亦有言：德輶如毛，民鲜克举之。我仪图之，维仲山甫举之，爱莫助之。衮职有阙，维仲山甫补之。

仲山甫出祖，四牡业业。征夫捷捷，每怀靡及。四牡彭彭，八鸾锵锵。王命仲山甫，城彼东方。

四牡骙骙，八鸾喈喈。仲山甫徂齐，式遄其归。吉甫⑦作诵，穆如清风。仲山甫永怀，以慰其心。

| 注释 | ① 烝（zhēng）民：庶民，泛指百姓。
② 秉彝：常理，常性。
③ 仲山甫：人名，樊侯，为宣王卿士，字穆仲。
④ 缵（zuǎn）：继承。
⑤ 戎：你。
⑥ 祖考：祖先。
⑦ 吉甫：尹吉甫，周宣王大臣。

| 译文 | 上天生养无数子民，造物自有其法则。人民心中有常理，乃是追求好品德。上天察看周王朝，诸神来到人间。护佑周朝的天子，出现仲山甫相助。
仲山甫人品高尚德行兼备，温厚善良有原则。他仪表堂堂面容端庄，做事谨慎又严格。他遵照先王的法典，兢兢业业尽心尽力。天子任命由他辅佐，颁布政令管理政事。
周王吩咐仲山甫，让他以身作则成为诸侯的榜样，让他继承祖先的事业，辅佐天子造福百姓。掌管实施天子的政令，作为天子的发言人。将周王的政令传布到诸侯国，让天下四方都听从。
对周王的命令严肃对待，仲山甫施政尽心尽责。国家政事的利与弊，仲山甫心里都一清二楚。他明辨是非知情达理，自我保全安然无恙。他勤政不息日夜操劳，全心忠诚于周王。
俗话说："吃东西要吃柔软的，太硬的东西要往外吐。"仲山甫却不以为然，不去吃那柔软的，偏要去吃坚硬的。鳏寡孤独他不欺压，强横凶暴的他不退让。
还有句俗话说："美德如同轻羽毛，罕有人能举起它。"认真琢磨细思量，唯有仲山甫能举起它，此事外人帮不上。周王偶尔也有纰漏，唯有仲山甫可以补救。
仲山甫外出祭祀路神，四匹公马雄壮威武。车上的随从征夫都尽职尽责，心中只想完成公事。四匹雄马奔驰不止，八个銮铃锵锵作响。周王派遣仲山甫，让他去东边监督修造齐城。

四匹雄马奔驰不止，八个銮铃锵锵作响。仲山甫急忙赶路去东方，日夜赶工想早日返回。吉甫写下这首诗歌赠予他，如同清风和乐般舒畅。仲山甫临出发前有顾虑，让这首诗歌安慰他的心。

韩奕

奕奕梁山，维禹甸①之，有倬②其道。韩侯受命，王亲命之：缵戎祖考，无废朕命。夙夜匪解，虔共③尔位，朕命不易。榦④不庭方，以佐戎辟。

四牡奕奕，孔修且张。韩侯入觐，以其介圭，入觐于王。王锡韩侯，淑旂⑤绥章⑥，簟茀⑦错衡⑧，玄衮赤舄，钩膺⑨镂钖⑩，鞹⑪鞃⑫浅幭⑬，鞗革⑭金厄。

韩侯出祖，出宿于屠。显父饯之，清酒百壶。其肴维何？炰⑮鳖鲜鱼。其蔌维何？维笋及蒲。其赠维何？乘马路车。笾豆有且，侯氏燕胥。

韩侯取妻，汾王之甥，蹶父之子。韩侯迎止，于蹶之里。百两彭彭，八鸾锵锵，不显其光。诸娣从之，祁祁如云。韩侯顾之，烂其盈门。

蹶父⑯孔武，靡国不到。为韩姞⑰相攸，莫如韩乐。孔乐韩土，川泽訏訏。鲂鱮甫甫，麀⑱鹿噳噳⑲。有熊有罴，有猫有虎。庆既令居，韩姞燕誉。

溥彼韩城，燕师所完。以先祖受命，因时百蛮。王锡韩侯，其追其貊⑳。奄受北国，因以其伯。实墉实壑，实亩实藉。献其貔皮，赤豹黄罴。

注释

① 甸：治理。
② 有倬（zhuō）：即倬倬，宽广。
③ 虔共：敬诚恭谨。共，通"恭"。
④ 榦（gàn）：同"干"，治理、整治。
⑤ 淑旂：色彩鲜艳绘有蛟龙、日月图案的旗子。
⑥ 绥章：指旗上图案花纹优美。
⑦ 簟（diàn）茀（fú）：竹编车篷。
⑧ 错衡：饰有交错花纹的车前横木。
⑨ 鞗膺：又称樊缨，束在马颈腹部的革制装饰品。
⑩ 镂钖（yáng）：马额上的金属制装饰品。
⑪ 鞹（kuò）：去毛的兽皮。
⑫ 鞃（hóng）：包着皮革的车轼横木。
⑬ 幭（miè）：覆盖。
⑭ 鞗（tiáo）革：马缰头。
⑮ 炰（páo）：烹煮。
⑯ 蹶父：周的卿士，姞姓，以封地名蹶为氏。
⑰ 韩姞：蹶父之女，嫁韩侯为妻，故称韩姞。
⑱ 麀（yōu）：母鹿。
⑲ 噳（yǔ）噳：鹿多群聚貌。
⑳ 追、貊（mò）：北方两个少数民族。

译文

巍峨崇高的梁山，大禹治水曾到访，去周大路真宽广。韩侯受到册封来朝见周王，周王亲自对他吩咐："你要继承祖先的基业，不要辜负你的使命。你要日夜努力不要懈怠，尽忠职守谨慎小心，我的册封不会轻易改变。你整顿那些有不臣之心的诸侯国，要好好辅佐王室展现你的才能。"

四匹雄马威风凛凛，体形高大又强壮。韩侯进京面见天子，手持大圭来到王宫，遵守礼节朝拜周王。周王喜悦大加赏赐，有花纹美丽

的龙旗，有雕刻精美的竹篷车，有黑色龙袍红色鞋子，还有樊
缨镂钖等马饰，浅色的虎皮包裹着车轼，车辄闪烁着金光。
韩侯前往祭祀祖先，夜晚住宿在屠地。当地的周朝公卿显父设
宴款待，献上清酒上百壶。搭配酒吃的是什么佳肴？炖鳖蒸鱼
鲜美可口。宴上有什么蔬菜？有竹笋嫩蒲清新美味。赠送的礼
物是什么？是四匹马的大车气派十足。满满当当摆上桌，让韩
侯吃得欢欣喜悦。

当初韩侯结婚娶新娘，娶的乃是周厉王的外甥女，蹶父的大女
儿。韩侯去迎亲的时候，就来到了蹶地的里巷。上百辆迎亲的
车队熙熙攘攘，车上銮铃叮叮当当，婚礼办得风风光光。陪嫁
的妾媵跟随在车队后方，如同云霞般美丽众多。韩侯路过曲顾
的时候还不忘行礼，整个家族都灿烂辉煌。

韩侯的岳父蹶父威武勇猛，足迹遍布天下和四方。蹶父为了给
女儿找婆家费尽思量，终于找到了韩侯心中舒畅。韩国令人心
旷神怡，山川水泽风光秀丽。鳊鱼鲢鱼肥嫩鲜美，母鹿和小鹿
聚在山冈。还有熊和黑罴在山林，有山猫和老虎威风凛凛。韩
姞庆幸嫁到了好地方，心中欢喜又安宁。

扩建韩国的城墙，保卫百姓的太平。遵照祖先的先命，统领封
地的蛮夷。周王赏赐韩侯，让追族貊族都归韩侯统治。让韩侯
作为北方诸侯的领袖，控制北方的诸国。韩国的城墙壕沟都要
增固，开垦田地征收赋税。下令让外族进献珍稀兽皮，如有赤
豹黄黑送往京城给周王。

江汉

江汉①浮浮,武夫滔滔。匪安匪游,淮夷来求。
既出我车,既设我旟。匪安匪舒,淮夷来铺。
江汉汤汤,武夫洸洸②。经营四方,告成于王。
四方既平,王国庶定。时靡有争,王心载宁。
江汉之浒③,王命召虎:式辟四方,彻我疆土。
匪疚④匪棘,王国来极。于疆于理,至于南海。
王命召虎:来旬来宣。文武受命,召公维翰。
无曰予小子,召公⑤是似。肇敏戎公,用锡尔祉⑥。
釐⑦尔圭瓒⑧,秬鬯⑨一卣⑩。告于文人,锡山土田。
于周受命,自召祖命。虎拜稽首⑪:天子万年!
虎拜稽首,对扬王休。作召公考⑫,天子万寿!
明明天子,令闻不已。矢其文德,洽此四国。

注释
① 江汉:长江与汉水。
② 洸(guāng)洸:威武的样子。
③ 浒:水边。
④ 疚:病,害。

⑤召（shào）公：文王之子，封于召。为召伯虎的太祖，谥康公。
⑥祉：福禄。
⑦釐："賚"的假借，赏赐。
⑧圭瓒：用玉作柄的酒勺。
⑨秬（jù）鬯（chàng）：用黑黍酿的香酒。秬：黑黍；鬯：一种香草。
⑩卣（yǒu）：带柄的酒壶。
⑪稽首：古时礼节，跪下拱手磕头，手、头都触地。
⑫考："簋（guǐ）"的假借。簋，古代一种铜制食器。

译文

长江与汉水浩浩荡荡，出征的武将战士们气势汹汹。他们不贪图享乐游玩，一心只想前去征伐淮夷。军马兵车已经出动，旌旗招展迎风飘扬。他们不图安乐舒适，出兵征讨淮夷。

长江与汉水浩浩汤汤，出征的武将战士们勇猛英武。四处征讨平定天下，得胜归来禀告周王。四方都已被王师平定，周朝天下安宁稳定。暂时没有了战争，周王内心也感到安宁。

长江与汉水的两岸，周王命令召虎道："给我开疆拓土荡平天下，整治田地划分疆界。施政为民不要操之过急，要按照王朝的政令谨慎温和。划定边界治理田地，要让领土一直到那南海。"

周王嘱咐召虎道："巡视南方要宣讲王的政令。文王、武王受命于天，你的祖先召公也是国家栋梁。不要说自己太年轻，你要学习召公继承祖先的志向。早点建功立业，神会赐你福禄享用。"赏赐给你玉柄酒勺，再赏给你黑黍米酒。你去敬奉你的祖先，我再赏赐给你山川田地。你到岐山去接受册封，按照传统继承祖先荣耀！"召虎磕头拜谢周王："天子万岁！"

召虎磕头拜谢周王，感激周王的恩德。召虎制作纪念召公的铜簋，祝愿周王万岁万万岁。光明伟大的周天子，美德威名永流传。施行仁政治国安邦，天下太平四方和谐。

常武

赫赫明明。王命卿士，南仲大祖，大师皇父。整我六师，以修我戎。既敬既戒，惠此南国。

王谓尹氏，命程伯休父，左右陈行。戒我师旅，率彼淮浦，省此徐土。不留不处，三事就绪。

赫赫业业，有严天子。王舒保作，匪绍匪游。徐方绎骚，震惊徐方。如雷如霆，徐方震惊。

王奋厥武，如震如怒。进厥虎臣，阚如①虓②虎。铺敦淮濆③，仍执丑虏。截彼淮浦，王师之所。

王旅啴啴，如飞如翰。如江如汉，如山之苞，如川之流，绵绵翼翼。不测不克，濯④征徐国。

王犹允塞，徐方既来。徐方既同，天子之功。四方既平，徐方来庭。徐方不回，王曰还归。

注释

① 阚（hǎn）如：阚然，虎怒的样子。
② 虓（xiāo）：虎啸。
③ 濆（fén）：高岸。
④ 濯：大。

译文

我们的天子（周宣王）光明显赫英武不凡。天子任命了贤臣卿士，名将南仲、太师皇父各自执掌要务。天子整顿六师军队，修缮武器准备出征。内外诸事都要谨慎恭敬，务必要给南方的国家带去恩惠。

周宣王对尹氏说，你去命令程伯休父，让大周军队列阵出行。告诉我们的军队即将开路，沿着淮河流域的堤岸一路前行，经过徐国境内时细加巡察，切莫停留也不要久驻，要把当地老百姓安抚好。

我们的王威武不凡雄姿勃发，庄严伟大的天子呀！周朝军队从容有序地进军，步伐不急不缓。徐国方面已经感到骚动不安，徐国上下无不震惊害怕。我们的军队如同雷霆闪电，震慑得徐国人屁滚尿流。

周宣王率领军队奋发英武，如同雷霆震动苍天发怒。虎将猛人们冲锋之前，嘶吼声如同虎啸山林。我们在淮河水岸布下军阵，势如破竹追击敌寇缴获俘虏。截断淮河上敌人的退路，在两岸驻扎大军。

我大周的军队气势如虹，如同鸷鸟一飞冲天。大军攻势如同江水奔流一发不可收，如同山和大地难以撼动，如同河川流水，连绵不绝无法阻拦。如此有威力的军队鬼神莫测自然攻无不克，如同大清洗一般将徐国打败。

周宣王的筹谋实在周全，徐国上下归顺朝拜。徐国心悦诚服俯首称臣，巨大功劳都属于天子。四方诸国已经平定，徐国按时来朝廷进贡。徐国无法再兴风作浪，朝廷大军从此班师回朝。

瞻卬

瞻卬①昊天，则不我惠。孔填②不宁，降此大厉。邦靡有定，士民其瘵③。蟊贼蟊疾，靡有夷届。罪罟④不收，靡有夷瘳⑤。

人有土田，女反有之。人有民人，女覆夺之。此宜无罪，女反收之。彼宜有罪，女覆说⑥之。

哲夫成城，哲妇倾城。懿⑦厥哲妇，为枭⑧为鸱⑨。妇有长舌，维厉之阶。乱匪降自天，生自妇人。匪教匪诲，时维妇寺。

鞫人忮忒，谮⑩始竟背。岂曰不极？伊胡为慝⑪！如贾三倍，君子是识。妇无公事，休其蚕织。

天何以刺？何神不富？舍尔介狄，维予胥忌。不吊不祥，威仪不类。人之云亡，邦国殄瘁。

天之降罔，维其优矣。人之云亡，心之忧矣。天之降罔，维其几矣。人之云亡，心之悲矣！

觱沸⑫槛泉，维其深矣。心之忧矣，宁自今矣？不自我先，不自我后。藐藐昊天，无不可巩。无忝皇祖，式救尔后。

| 注释 | ① 卭（yǎng）：通"仰"。
② 填（chén）：通"陈"，久。
③ 瘵（zhài）：病。
④ 罟（gǔ）：网，罪罟，刑罪之法网。
⑤ 瘳（chōu）：病愈。
⑥ 说：通"脱"，开脱。
⑦ 懿：通"噫"，叹词。
⑧ 枭：传说长大后食母的恶鸟。
⑨ 鸱（chī）：恶声之鸟，即猫头鹰。
⑩ 谮（zèn）：进谗言。
⑪ 慝（tè）：恶、错。
⑫ 觱（bì）沸：泉水上涌的样子。|
|---|---|

| 译文 | 仰望悠悠的上天，为何不爱护我们？人间长期不安宁，遇到如此大灾祸。国内无处可安定，士人百姓都煎熬。如同害虫伤庄稼，贪得无厌没尽头。就像罪网不曾收，无穷无尽难不休。
别人有块自己的田，被你抢夺后侵占。别人地方民夫多，你却抢来做奴隶。别人无辜没罪过，你却抓来进牢狱。对方如果真有罪，你反而帮人脱罪。
有智慧者建立京城，狡黠的女人（褒姒）却使京城陷落。褒姒实在太嚣张，恶名就像枭和鸱。女人长舌惹祸乱，是这些祸害的阶梯。灾祸并非来自天，就是因为这个女人。没人教导劝诫周王，使得他亲近妇人和宦官。
奸邪小人坏事做尽，谗言妄语前后矛盾。难道还不够过分？难道还不是罪恶之源？就像是商贾利欲熏心，君子一眼就能识破。妇人不该干涉国事，却不去管养蚕和编织。
上天为何惩罚我国？神明为何不来庇佑？夷狄作乱无人去管，却对忠言如此顾忌。人民遭遇苦难不去体恤，纲纪败坏却装糊 |
|---|---|

涂。贤良士人纷纷逃离，国家危亡即将倾覆。

上天降下残酷的罪网，无数灾祸纷至沓来。贤良士人纷纷逃亡，心中忧虑何等深重！上天降下残酷的罪网，国家危急存亡。贤良士人纷纷逃亡，心中悲凉何以言表！

沸腾泉水向上喷涌而出，深渊的泉水暗自流。心中的愁苦忧虑与日俱增，难道只是从今天开始的吗？如此灾祸不在我出生前发生，也不在我死后发生。苍茫的上天呀，你掌管着人间万物。周朝呀，不要给你的先祖丢脸，一定要拨乱反正把祖业继承下去！

召旻

旻天①疾威,天笃降丧。瘨②我饥馑,民卒流亡。我居圉③卒荒。

天降罪罟④,蟊贼内讧。昏椓⑤靡共,溃溃回遹⑥,实靖夷我邦。

皋皋訿訿⑦,曾不知其玷。兢兢业业,孔填不宁,我位孔贬。

如彼岁旱,草不溃茂,如彼栖苴⑧。我相此邦,无不溃止。

维昔之富不如时,维今之疚不如兹。彼疏斯粺⑨,胡不自替?职兄斯引。

池之竭矣,不云自频⑩。泉之竭矣,不云自中。溥斯害矣,职兄斯弘,不烖⑪我躬?

昔先王受命,有如召公,日辟国百里,今也日蹙国百里。於乎哀哉!维今之人,不尚有旧!

注释

① 旻天：泛指天。
② 瘨（diān）：灾病。
③ 圉（yǔ）：边境。
④ 罪罟：罪网。
⑤ 椓：通"诼"，谗言。
⑥ 回遹（yù）：邪僻。
⑦ 訾（zǐ）訾：谗毁。
⑧ 苴（chá）：枯草。
⑨ 粺（bài）：精米。
⑩ 频（bīn）：滨，水边。
⑪ 烖：同"灾"。

译文

上天残酷不仁，降下深重灾祸。多灾多病饥荒困苦，百姓流离失所四处逃亡。我国土地满是荒凉。

上天降下罪网，蟊贼四起彼此争斗。朝政昏聩混乱难以为继，奸邪小人肆意妄为，着实是要断送我们的国家。

谎言欺骗谗言不绝，却不知道自身肮脏。兢兢业业正义的人，久不安宁却无可奈何，可惜我等人微言轻职位卑微。

经历如此多年的干旱，地里的草都长不茂盛，就像那些枯草一般即将死去。我看我们的国家，也离崩溃不远了。

昔日富裕繁华，不像现时穷困悲戚，如今贫病交加，没有比此地更凶险的。百姓吃糠他吃精米，怎么还能厚着脸皮尸位素餐？情况越来越严峻。

池中水枯竭，都是先从水边开始。泉水的枯竭，都是从泉中开始。如今遭遇此灾害，每况愈下事态严重，迟早蔓延到你我身边。

以前的先王顺应天道，有贤良忠臣召公辅佐，开疆拓土一日百里，如今反倒一日减损百里。呜呼哀哉！如今这满朝官员，可还有一个如同以往的忠良之臣？

颂

周颂

清庙

於穆清庙,肃雍显相。
济济多士,秉文之德。
对越在天,骏奔走在庙。
不①显不承②,无射③于人斯。

注释
① 不:通"丕",大。
② 承:借为"烝",美盛。
③ 射(yì):厌弃。

译文
啊!庄严清静的宗庙呀,助祭的公卿诸侯多么雍容华贵。
人才济济的官员们呀,秉承着周文王的品德。
回报颂扬周文王的在天之灵呀,祭祀之人奔走于宗庙之间。
伟大的荣光伟大的传承呀,后人永不厌弃远离。

维天之命

维天之命，於穆不已。
於乎不显，文王之德之纯！
假以溢我，我其收之。
骏惠①我文王，曾孙笃之。

注释

① 骏惠：顺从。

译文

赞美天命啊，美好肃穆永无止境。
光明显赫呀，周文王的德行纯洁无瑕。
他那无上的美德提醒着我们子孙后代，务必世代将其传承。
紧紧追随祖先文王的道路，子子孙孙身体力行。

维清

维清缉熙,文王之典。
肇①禋②,迄用有成,维周之祯。

注释
① 肇(zhào):开始。
② 禋:祭天。

译文
我朝延续着清正光明,遵循着周文王的法则。丰功伟绩始于祭祀上天,直到今天坐拥天下,是我周朝的祥瑞护佑。

烈文

烈文辟公①,锡兹祉福。惠我无疆,子孙保之。
无封靡于尔邦,维王其崇之。
念兹戎功,继序其皇之。无竞维人,四方其训之。
不显维德,百辟②其刑之。於乎,前王不忘!

注释 ① 辟（bì）公：指助祭的诸侯。
② 百辟：众多诸侯。

译文 建功立业的诸侯们呀,是上天赐予你们福祉。赐予我们的恩惠无边无际,希望子孙守住福德。不要在你们的封国里奢侈放逸,心中要尊崇你们的王。
念诸位立下赫赫战功,要继承这种荣光显耀。不要彼此争强好胜,四方诸国才能驯服。祖先的美德不要忘,百国诸侯都要牢记心间。呜呼,千万不要忘记先王!

天作

天作高山，大王荒之。彼作矣，文王康之。彼徂①矣，岐有夷之行。子孙保之。

注释 | ① 徂：往，指百姓来归附。

译文 | 上天创造了高大的岐山，周朝的开国君主来开荒。先王在此开创基业，周文王继承发扬使百姓安康。民心所向百姓归附，前往岐山道路坦荡。希望子孙世代守护。

昊天有成命

昊天有成命，二后受之。成王不敢康，夙夜基命宥密①。於缉熙②！单厥心，肆其靖之。

注释
① 宥（yòu）密：形容政教宽大又能安定人心。宥：宽大；密：安定。
② 缉熙：光明、辉煌。

译文
昊天上帝下号令，文王武王领成命。成王不敢享受安康，日夜操劳振兴国家。呜呼！文王品德高尚光照人间！殚精竭虑一心保天命，希望国家永享太平。

我将

我将我享,维羊维牛,维天其右①之。仪式刑文王之典,日靖四方。伊嘏②文王,既右飨之。我其夙夜,畏天之威,于时保之。

注释

① 右:通"佑",保佑。
② 嘏(gǔ):福。

译文

我奉上祭品祭祀上天,祭品有牛还有羊,希望上天保佑天下苍生。遵循周文王的规章典范,每一天都希望四方太平。伟大的周文王英名远扬,希望他的英灵能来享用这些祭品。我等日夜辛勤不息,敬畏天道威严,方能保佑家国昌盛。

时迈

时迈其邦,昊天其子之,实右序有周。薄言震之,莫不震叠。怀柔百神,及河乔岳,允王维后!明昭有周,式序在位。载戢①干戈,载櫜②弓矢。我求懿德,肆于时夏,允王保之!

注释
① 戢(jí):收藏。
② 櫜(gāo):古代收放衣甲或弓箭的皮囊。

译文
如今天下诸多国,昊天大神视如子,实则护佑我大周。当初武王要伐商,天下之人都震惊。安抚诸神献祭祀,山川河流都来助,武王实乃天命所归。光明正大的周朝,世代传位顺天意。自此收起干与戈,弓箭入袋都收藏。我朝追求好品德,政治清明安天下,诸王护佑国安康。

执竞

执竞武王,无竞维烈。不显成康,上帝是皇。自彼成康,奄有四方,斤斤其明。钟鼓喤喤,磬筦①将将,降福穰穰②。降福简简,威仪反反。既醉既饱,福禄来反!!

注释
① 筦(guǎn):同"管",管乐器。
② 穰(rǎng)穰:众多。

译文
勇猛无比的武王,无人可比他功绩。成王康王也显耀,上天夸赞美名扬。周朝自从成康起,一统四方拥天下,政教清明日益强。
钟鼓声声震天响,击磬吹管来颂扬,天降福瑞好吉祥。天降福瑞传四方,礼仪鼎盛又庄严。诸神饱享祭祀后,福禄不断赐周朝。

思文

思文后稷，克配彼天。立①我烝民，莫匪尔极。
贻我来牟②，帝命率育。无此疆尔界，陈常于时夏。

注释 ①立：通"粒"，米粒，此处是养育的意思。
②来牟：大小麦。来：小麦；牟：大麦。

译文 周人始祖号后稷，功德堪比老天爷。养育民众教农耕，世人无不受惠益。留下麦种传后人，上天生你养众生。从此无论何疆界，世人普及会耕种。

臣工

嗟嗟臣工，敬尔在公。王釐尔成，来咨来茹。嗟嗟保介，维莫之春，亦又何求？如何新畬①？於皇来牟，将受厥明。明昭上帝，迄用康年。命我众人：庤②乃钱③镈④，奄观铚艾。

注释

① 新畬（yú）：耕种二年的田叫新，耕种三年的田叫畬。
② 庤（zhì）：储备。
③ 钱（jiǎn）：古代农具，似铁铲。
④ 镈（bó）：锄头。

译文

诸臣百官听我一言，执政为公须有敬畏。君王自会嘉奖政绩，凡事需要多多咨询商量。诸位田官听我一言，如今是晚春时节，你们都有什么要求？如何管理新田旧田？今年麦子长得好，秋天将有好收成。光明伟大的上天，赐予我们丰收好年景。传我命令给众人：准备好各种农具，等待收割的好光景。

噫嘻

噫嘻成王，既昭假①尔。率时农夫，播厥百谷。
骏②发尔私，终三十里。亦服尔耕，十千维耦。

注释
① 昭假（gé）：诚敬之情上达天帝。
② 骏：迅速。

译文
周成王轻声祈祷，已经传达给先王。率领当下的农夫，播种百谷在田间。快快开垦你的田，直到方圆三十里。大家齐心又配合，万人耕种做良田。

振鹭

振鹭于飞,于彼西雍①。我客戾止,亦有斯容。在彼无恶,在此无斁②。庶几夙夜,以永终誉。

注释
① 雍(yōng):水泽。
② 斁(yì):厌恶。

译文
群群白鹭天上飞,在那西郊的水泽。我有嘉宾都来到,如同白鹭般高洁。他在故乡受人拥戴,来到这里也受人喜爱。日夜勤奋努力工作,美名盛誉永不终结。

丰年

丰年多黍多稌①，亦有高廪，万亿及秭②。
为酒为醴③，烝④畀⑤祖妣。以洽百礼，降福孔皆。

注释
① 稌（tú）：稻谷。
② 万亿及秭（zǐ）：周代以十千为万，十万为亿，十亿为秭。
③ 醴（lǐ）：甜酒。
④ 烝：进献。
⑤ 畀（bì）：给予。

译文
丰收之年谷物多，充满高大的粮仓，存储无数的稻粮。酿成清酒与甜酒，敬奉给祖先品尝。祭祀礼节都到位，天降福禄更安康。

有瞽

有瞽①有瞽，在周之庭。设业设虡，崇牙②树羽。
应田县鼓，鞉③磬④柷⑤圉⑥。既备乃奏，箫管备举。
喤喤厥声，肃雍和鸣，先祖是听。我客戾止，永观厥成。

注释
① 瞽（gǔ）：盲人。这里指盲人乐师。
② 崇牙：悬挂钟磬等乐器的木架上的锯齿。
③ 鞉（táo）：摇鼓。
④ 磬：石磬。
⑤ 柷（zhù）：古代乐器，形状像方形的斗，木制。
⑥ 圉（yǔ）：古代乐器，状如伏虎。

译文
盲人乐师排成排，聚在周室的宗庭。摆好钟架和鼓架，彩色羽毛饰崇牙。小鼓大鼓都要用，鞉磬柷圉都摆上。等到乐器都备好，箫管齐奏乐声鸣。喤喤乐声震天响，肃穆庄严又和谐，敬请诸位先祖听。宾客全部已来到，乐曲终了都夸好。

潜

猗^①与漆沮^②，潜^③有多鱼。
有鳣有鲔，鲦鲿鰋鲤。
以享以祀，以介景福。

注释
① 猗（yī）与：赞美感叹。
② 漆沮（jū）：两条河流名。
③ 潜：放在水中供鱼栖止的柴堆。

译文
赞美漆水和沮水，许多鱼栖息水中。有鳣鱼也有鲔鱼，还有白条鱼、黄颊鱼、鲇鱼和鲤鱼。统统抓来祭祀祖先，求得庇佑福祉绵延。

雍

有来雍雍①,至止肃肃。相维辟公,天子穆穆。
於荐广牡,相予肆祀。假哉皇考,绥予孝子。
宣哲维人,文武维后。燕及皇天,克昌厥后。
绥我眉寿,介以繁祉,既右烈考,亦右文母。

注释

① 雍(yōng)雍:和睦美好。

译文

祭祀来宾很和睦,到了宗庙很严肃。助祭之人皆诸侯,主祭天子很肃穆。供奉一头大公兽,配合摆放祭物。伟大光明我的父,安抚孝子常庇护。
群臣都是明理人,君王文武都要修。上天能够得平静,子孙后代都享福。希望赐予我长寿,福气多多又长久,邀请父王用祭后,还请母后来品尝。

载见

载见辟王①,曰求厥章。龙旂②阳阳,和铃央央。
鞗革有鸧③,休有烈光。率见昭考,以孝以享。
以介眉寿,永言保之,思皇多祜。
烈文辟公,绥以多福,俾缉熙于纯嘏④。

注释
① 辟王:指周成王。
② 龙旂(qí):蛟龙旗。
③ 有鸧(qiāng):鸧鸧,铜饰美盛貌。
④ 纯嘏(gǔ):大福。

译文
诸侯初次面圣,求问朝廷的车服礼仪制度。蛟龙旗帜鲜明夺目,挂在车衡上的铃儿叮叮响动。马辔上的饰物彼此撞击发出声响,闪烁着耀眼华丽的光芒。天子率领诸侯们拜祭先祖,献上祭品请亡灵享用。众人祈祷先祖保佑可以长寿,保佑祭祀的人平安无灾,赐予大福气。文成武具的诸侯们,让先祖赐予你们更多的福气,让你们永保福禄富贵。

有客

有客^①有客,亦白其马。有萋有且^②,敦琢其旅。
有客宿宿^③,有客信信^④。
言授之絷,以絷^⑤其马。薄言追之,左右绥之。
既有淫威,降福孔夷。

注释

① 客:指宋微子。
② 有萋有且(jū):形容随从众多。
③ 宿:住一夜。
④ 信:住两夜。信信,指住好几天。
⑤ 絷(zhí):绳索。

译文

有客人远道而来,骑着白马何其美好。他的随从也很多,个个穿着精美装饰的衣服。客人住了两晚上,接着又住了好几天。
给我拿条绳索,把他的白马拴住不要放走。客人还是没留住,群臣一路热情相送。大恩大德对待客人,必将有大福降临。

武

於皇武王①,无竞维烈。

允文文王,克开厥②后。

嗣武受之,胜殷遏刘③,耆④定尔功。

注释
① 武王:指周武王。
② 厥:指周文王。
③ 刘:杀戮。
④ 耆(zhǐ):致,做到。

译文
啊!伟大的周武王呀!没有人可以与你媲美。文王也有莫大文德,为后代开创了周室的基业。武王继承了这份基业,战胜了殷商遏止杀戮,奠定了周室千秋万载的功业!

闵予小子

闵予小子,遭家不造①,嬛嬛②在疚。

於乎皇考,永世克孝。念兹皇祖,陟降庭止。

维予小子,夙夜敬止。於乎皇王,继序思不忘。

注释
① 不造:不幸。
② 嬛(qióng)嬛:孤独无依。

译文
可怜我这个小子,遭遇父亲的离世,孤独难过心里苦。哎呀亲爱的先王,毕生恪守孝准则。想念先祖的伟大,选贤任能振兴国家。我小小年纪就登基,唯有日夜勤奋不休止。在先祖面前立誓言,小子我必将继承祖先的志向永不忘。

访落

访予落止，率时昭考①。於乎悠哉，朕未有艾。
将予就之，继犹判涣。维予小子，未堪家多难。
绍庭上下，陟降厥家②。休矣皇考，以保明其身。

注释
① 昭考：指周武王。
② 厥家：指群臣百官。

译文
我自从登基伊始就开始咨询国家大事，所有政策和方针都遵循先王时代的原则。先王的执政多么远大有智慧，我经验尚浅诚惶诚恐。我会因袭先王的典章制度，继承大统还是害怕有不妥当的地方。我年纪尚轻，一个人难以承担周室的各种问题和困难。希望先王在天之灵能够保佑，让贤臣良士来辅佐我。我伟大的先王啊，保佑我身体健康吧。

敬之

敬之敬之,天维显思,命不易哉。

无曰高高在上,陟降①厥士,日监在兹。

维予小子②,不聪敬止。日就月将,学有缉熙③于光明。

佛④时⑤仔肩,示我显德行。

注释
① 陟(zhì)降:升降。
② 小子:周成王自称。
③ 缉熙:逐渐积累光亮。
④ 佛(bì):通"弼",辅佐。
⑤ 时:是。

译文
谨慎谨慎务必谨慎,天道明察秋毫,天命不会轻易改变。别说什么老天爷高高在上,选拔人才任用贤能,一定要好好监督审查。我年纪尚轻,缺乏智慧和威德。日积月累积少成多,学无止境总能得见光明。如此大的责任扛在我的肩膀上,我必须要显示出良好的德行才能管理好天下。

小毖

予其惩而毖①后患。莫予荓蜂②,自求辛螫③。肇允彼桃虫④,拼飞维鸟。未堪家多难,予又集于蓼。

注释
① 毖:谨慎。
② 荓(píng)蜂:小草和小蜂。
③ 螫(shì):"敕"的假借字,勤劳。
④ 桃虫:即鹪鹩,小鸟。古人认为桃虫能生雕。

译文
我必须铭记教训,防止出现后患。不可以忽视很小的细节,别等到糟糕的结果出现才知道苦恼。如果一开始就轻信小鸟儿的花言巧语,搞不好以后它会变成凶恶的大雕损害我。国家多灾多难内忧外患,我就好像待在一片苦草之中。

载芟

载芟载柞，其耕泽泽。千耦其耘，徂隰徂畛。侯①主侯伯，侯亚侯旅，侯强侯以。有嗿其馌，思媚其妇，有依其士。有略其耜，俶载南亩，播厥百谷。实函斯活，驿驿其达。有厌其杰，厌厌其苗，绵绵其麃②。载获济济，有实其积，万亿及秭。为酒为醴，烝畀祖妣，以洽百礼。有飶其香，邦家之光。有椒其馨，胡考之宁。匪且有且，匪今斯今，振古如兹。

注释
① 侯：发语词。
② 麃（biāo）："穮"的借字，即穗。

译文
除掉杂草砍伐树木，大力翻土让土质松散。上千的农民在忙着农活，来往于洼地和田间路上。主人率领着大儿子，小儿子和晚辈们也都来了，以及雇工和壮汉子。大家津津有味地吃饭，送饭的妇女温柔可爱，种田的汉子身强体壮。翻地用的犁头很锋利，南边的田要先耕种，撒下百谷的种子。种子茁壮生长孕育生机，嫩芽陆续冒出地面。这些芽儿长得真可爱，禾苗齐整生长，谷穗连成一片。收获的时候人真多，谷场之上堆满了谷物，成千上万难以估量。新粮用来酿酒清甜可口，献给男男女女的各个祖先享用，礼仪合乎规范祭祀周到。祭祀的食物香气四溢，人们为国家昌盛感到光荣喜悦。祭祀的美酒香甜醇厚，献给老人保佑其健康长寿。并非偶尔才这样，并非今年才丰收祭祀，古而有之传承习俗。

良耜

畟畟①良耜,俶②载南亩。播厥百谷,实函斯活。或来瞻女,载筐及筥③,其饟④伊黍。其笠伊纠,其镈斯赵,以薅荼蓼。荼蓼⑤朽止,黍稷茂止。获之挃挃,积之栗栗。其崇如墉,其比如栉。以开百室,百室盈止,妇子宁止。杀时犉牡,有捄其角。以似以续,续古之人。

注释

① 畟(cè)畟:锋刃入土的象声词。
② 俶:开始。
③ 筥(jǔ):竹制的盛器。
④ 饟(xiǎng):送饭。
⑤ 荼蓼:两种野草。

译文

好的犁头就是锋利,带着它去南边耕地。撒下百谷种在田里,颗粒饱满茁壮成长。有妇女过来看望,拿着方筐和圆筐,里面装满了饭食黍米。头上戴着手织的草斗笠,手里拿着锄头来翻地,清除荼蓼等杂草。腐烂的野草作为养料,使黍稷等作物旺盛生长。等到收获的时候挥舞着镰刀作响,堆积的收成如同小山。粮垛堆得高高的如同城墙,两旁好像梳子的梳齿。上百的粮仓都一直开着不用关,各个粮仓都填满收成,妇女儿童欢欣雀跃。宰杀大公牛来祭祀,公牛的牛角弯弯真有趣。丰收的时候就更要祭祀,传承先人的习俗不可变。

丝衣

丝衣其紑①，载弁俅俅。

自堂徂基，自羊徂牛，鼐②鼎及鼒③，兕觥其觩④。

旨酒思柔。不吴⑤不敖⑥，胡考之休。

注释
① 紑（fóu）：洁白有光泽。
② 鼐（nài）：大鼎。
③ 鼒（zī）：小鼎。
④ 觩（qiú）：形容兕觥弯曲的样子。
⑤ 吴：喧哗。
⑥ 敖：通"傲"。

译文
丝绸做的祭祀服何其洁白柔软，头上戴的鹿皮帽何等高贵优雅。从那庙堂走到门内，祭祀牛羊都齐备，大鼎小鼎都用上，犀牛角酒杯造型弯曲。杯中美酒香甜美味。请诸位不要喧哗不要自大，愿大家都能够健康长寿福寿安康。

酌

於铄①王师，遵养时晦。
时纯熙矣，是用大介。
我龙②受之，蹻蹻王之造。
载用有嗣，实维尔公允师。

注释
① 铄（shuò）：通"烁"，明亮光辉。
② 龙：借为"宠"，恩宠。

译文
啊！我朝的军队是多么雄壮！养精蓄锐韬光养晦。如今天下前途光明，到了用兵之时。我等有幸蒙受天命恩宠，勇猛武士纷纷投效周武王。武王继承先王基业，带领大军去伐纣，实在是民心所向的王者之师。

桓

绥①万邦,屡丰年。
天命匪解,桓桓②武王。
保有厥士,于以四方,克定厥家。
於昭于天,皇以间之。

注释
① 绥:安定。
② 桓桓:威武貌。

译文
希望万国和谐,希望年年丰收。天命不止永不懈怠,威武勇猛的周武王。拥有雄兵与将士,安定四方保太平,能让周室昌荣兴盛。武王的功德无与伦比,代替殷纣为君王。

赉①

文王既勤止,我应受之。
敷时绎思,我徂维求定。
时周之命,於绎思!

注释 ① 赉(lài):赐予。

译文 怀想当初周文王勤奋辛劳,我等应当传承他的美德。时时刻刻牢记进步开拓,为天下众生谋求安定。周朝既然领受天命,继承美德永无止境。

般

於皇时周！陟其高山，隋①山乔岳，允②犹③翕④河⑤。敷天之下，裒⑥时之对，时周之命。

注释
① 隋（duò）：低矮狭长的山。
② 允：通"沇"，亦名济水。
③ 犹：通"滺"，水名。
④ 翕：合；一说通"洽"，洽水、郃水。
⑤ 河：黄河。
⑥ 裒（póu）：聚。

译文
感叹我大周何等璀璨辉煌！登上巍峨的高山，见到连绵不断的山岳丘陵，沇水滺水汇于黄河。普天之下莫非王土，天地神灵尽享祭祀，庇佑我大周永受天命。

鲁颂

駉

駉駉牡马，在坰之野。薄言駉者，有骄有皇，有骊有黄，以车彭彭。思无疆，思马斯臧。

駉駉牡马，在坰之野。薄言駉者，有骓有駓，有骍有骐，以车伾伾。思无期，思马斯才。

駉駉牡马，在坰之野。薄言駉者，有驒有骆，有骝有雒，以车绎绎。思无斁，思马斯作。

駉駉牡马，在坰之野。薄言駉者，有駰有騢，有驔有鱼，以车祛祛。思无邪，思马斯徂。

译文｜矫健马儿多精壮，奔驰在那原野上。说说这些高头大马，或黑身白胯、黄白杂色，或纯黑、赤黄各不相同，马儿们拉着车子使劲奔跑。自由自在地奔跑，骏马多漂亮！
矫健马儿多精壮，奔驰在那原野上。说说这些高头大马，有灰白相杂的马，也有黄白相杂的马，有赤黄色的马，也有青黑色的马，马儿们拉着车子奋力向前。无忧无虑地奔跑，骏马多漂亮！
矫健马儿多精壮，奔驰在那原野上。说说这些高头大马，有青色而有鳞状斑纹的马，也有黑身白鬃的马，有赤身黑鬃的马，也有黑身白鬃的马，马儿们拉着车子犹如飞驰。不知疲惫地奔跑，骏马多漂亮！
矫健马儿多精壮，奔驰在那原野上。说说这些高头大马，有浅黑间杂白色的马，也有赤白杂色的马，有黑身黄脊的马，也有两眼长两圈白毛的马，马儿们拉着车毫不费力。轻松愉快地奔跑，骏马多漂亮！

有驳

有驳①有驳,驳彼乘黄。夙夜在公,在公明明。振振鹭,鹭于下。鼓咽咽,醉言舞。于胥乐兮!

有驳有驳,驳彼乘牡。夙夜在公,在公饮酒。振振鹭,鹭于飞。鼓咽咽,醉言归。于胥乐兮!

有驳有驳,驳彼乘骃②。夙夜在公,在公载燕。自今以始,岁其有。君子有穀③,诒孙子。于胥乐兮!

注释
① 驳(bì):马儿膘肥体壮的样子。
② 骃(xuān):青骊马,又名铁骢。
③ 穀(gǔ):福禄富康。

译文
有马儿肥壮又俊美,拉车的黄马膘肥体壮。日夜辛劳公务繁忙,为了公家勤奋不息。手持白鹭羽毛起舞,仿若白鹭俯身而下。敲鼓声声振奋人心,醉意蒙眬舞翩跹。何其快乐舒畅!
有马儿肥壮又俊美,拉车的公马何其漂亮。日夜辛劳公务繁忙,为了公家喝酒乃寻常。手持白鹭羽毛起舞,仿若白鹭展翅飞翔。敲鼓声声振奋人心,醉意蒙眬把家回。何其快乐舒畅!
有马儿肥壮又俊美,拉车的青骊马身姿矫健。日夜辛劳公务繁忙,忙完公事设酒宴。自今以后,年年有欢庆。君主有福享丰收,留给子孙福禄寿。何其快乐舒畅!

泮水

思乐泮水,薄采其芹。鲁侯戾止,言观其旂。
其旂茷茷①,鸾声哕哕。无小无大,从公于迈。
思乐泮水,薄采其藻。鲁侯戾止,其马蹻蹻。
其马蹻蹻,其音昭昭。载色载笑,匪怒伊教。
思乐泮水,薄采其茆②。鲁侯戾止,在泮饮酒。
既饮旨酒,永锡难老。顺彼长道,屈此群丑。
穆穆鲁侯,敬明其德。敬慎威仪,维民之则。
允文允武,昭假烈祖。靡有不孝,自求伊祜。
明明鲁侯,克明其德。既作泮宫,淮夷攸服。
矫矫虎臣,在泮献馘③。淑问如皋陶,在泮献囚。
济济多士,克广德心。桓桓于征,狄彼东南。
烝烝皇皇,不吴不扬。不告于讻,在泮献功。
角弓其觩,束矢其搜。戎车孔博,徒御无斁。
既克淮夷,孔淑不逆。式固尔犹,淮夷卒获。
翩彼飞鸮,集于泮林。食我桑黮,怀我好音。
憬彼淮夷,来献其琛。元龟象齿,大赂南金。

| 注释 | ① 茷（pèi）茷：随风飘扬的样子。
② 茆（mǎo）：莼菜。
③ 馘（guó）：敌人尸体的左耳，用来论功行赏。 |

| 译文 | 泮水岸边其乐融融，采芹菜的人真不少。鲁侯亲自光临此处，龙旗招展排场大。龙旗迎风飘扬哗啦啦，马车铃铛清脆鸣响。无论是高官还是小官，紧随鲁侯迈步向前。
泮水岸边其乐融融，采水藻的人真不少。鲁侯亲自光临此处，身骑骏马雄姿勃发。他的坐骑膘肥体壮，他的声音洪亮豪迈。他笑容满面亲善温和，不怒自威教化百姓。
泮水岸边其乐融融，采莼菜的人真不少。鲁侯亲自光临此处，在泮水岸边设宴饮酒。众人欢唱饮美酒，祈福长寿不会老。走过长长的通道，两旁跪拜着淮夷俘虏。
庄严肃穆的鲁侯，品德高洁令人尊敬。威仪优雅令人敬重，不愧是百姓们的楷模。文治武功样样在行，继承先祖功业发扬光大。从来没有不孝的言行，自然要受到庇佑福禄安康。
勤政不倦的鲁侯，道德完善令天下尊敬。筹建泮宫发展教育，降服淮河流域的蛮夷部落。英勇善战的虎将们，在泮水岸边献上敌尸左耳。如同皋陶般的贤臣们，也在泮水岸边筹备庆功大典。
鲁国群臣济济一堂，尽心尽力宣扬我王有德之心。雄师威风凛凛去出征，将东南的蛮夷平定。气势磅礴凯旋，大家不喧闹也不争吵。不因争功而产生矛盾，只为来泮宫献上俘虏表光荣。
将士们弯曲角弓，将箭射出如同蝗虫群飞又多又快。兵车非常宽阔牢固，步车行进不知疲倦。雄师快速平定淮夷，使敌人心惊胆战不敢再抵抗。遵循王的战略方针，才有战胜淮夷大胜仗。
那些讨厌的猫头鹰飞来飞去，栖息在泮宫边的树林。这些鸟吃了树林中的桑树果，自然要感谢我国的恩情。淮夷也是一样，既然已经臣服，就连忙进献珍奇宝物。什么美玉大龟象牙，还有产自南方的大量黄金。 |

閟宫

閟①宫有侐,实实枚枚。赫赫姜嫄②,其德不回。上帝是依,无灾无害。弥月不迟,是生后稷,降之百福。黍稷重穋,稙稚菽麦。奄有下国,俾民稼穑。有稷有黍,有稻有秬。奄有下土,缵禹之绪。

后稷之孙,实为大王。居岐之阳,实始剪商。至于文武,缵大王之绪,致天之届,于牧之野。无贰③无虞,上帝临女。敦商之旅,克咸厥功。王曰叔父:"建尔元子,俾侯于鲁。大启尔宇,为周室辅。"

乃命鲁公,俾侯于东。锡之山川,土田附庸。周公之孙,庄公之子。龙旂承祀,六辔耳耳。春秋匪解,享祀不忒。皇皇后帝,皇祖后稷。享以骍牺,是飨是宜。降福既多,周公皇祖,亦其福女。

秋而载尝④,夏而楅衡,白牡骍刚。牺尊将将,毛炰胾羹,笾豆大房。万舞洋洋,孝孙有庆。俾尔炽而昌,俾尔寿而臧。保彼东方,鲁邦是常。不亏不崩,不震不腾。三寿作朋,如冈如陵。

公车千乘,朱英绿縢,二矛重弓。公徒三万,贝胄朱綅。烝徒增增，戎狄是膺，荆舒是惩，则莫我敢承。俾尔昌而炽，俾尔寿而富。黄发台背，寿胥与试。俾尔昌而大，俾尔耆而艾。万有千岁，眉寿⑤无有害。

泰山岩岩，鲁邦所詹。奄有龟蒙，遂荒大东。至于海邦，淮夷来同。莫不率从，鲁侯之功。

保有凫绎，遂荒徐宅。至于海邦，淮夷蛮貊⑥。及彼南夷，莫不率从。莫敢不诺，鲁侯是若。

天锡公纯嘏，眉寿保鲁。居常与许，复周公之宇。鲁侯燕喜，令妻寿母。宜大夫庶士，邦国是有。既多受祉，黄发儿齿。

徂徕之松，新甫之柏。是断是度⑦，是寻是尺。松桷有舄，路寝孔硕，新庙奕奕。奚斯⑧所作，孔曼且硕，万民是若。

注释

① 閟（bì）宫：神庙。
② 姜嫄：周始祖后稷之母。
③ 贰：二心。
④ 尝：秋祭。
⑤ 眉寿：高寿。
⑥ 蛮貊（mò）：泛指北方周王室控制外的民族。
⑦ 度：通"斸"，伐木。
⑧ 奚斯：人名，鲁国大夫。

译文

郊外的神庙清幽安静,它是那么宽广精致。赫赫有名的周人始祖后稷之母姜嫄,她的品德多么高尚。她受到上天的宠爱,一直无病无灾平安健康。怀胎十月不长也不短,诞下我们的先祖后稷,赐给他无尽的福气安康。后稷能够分辨谷黍的早熟与晚熟,大豆和小麦播种的先后顺序。从后稷有自己的邦国开始,他就教导百姓如何种地。让百姓们学会了种植高粱小米以及水稻黑黍,从他有自己的邦国开始,他就继承了大禹的功业。

身为后稷的子孙,也是我们的远祖古公亶父太王,居住于岐山的南面时,就开始讨伐殷商的谋划。等到周朝文王武王的时代,将他的雄心壮志发扬光大,周武王顺应天意,在牧野之战前鼓舞人心。希望诸位将士团结一心莫失时机,上天在关注着我们。凡是参与讨伐殷商的,都会得到功勋。周成王后来对周公旦说:"我要分封叔父您的长子,去鲁国作为一方诸侯执政。希望他在鲁国奋发图强建功立业,也做辅佐周王朝的好臣子。"

成王就授令于周公旦的长子伯禽,让他前往东方任鲁侯。封赏给他山川河流广袤土地,以及鲁国的土地与城郭。周公的子孙,鲁庄公的儿子鲁僖公,竖起龙旗前往祭祀祖先。四匹骏马有六条柔顺的缰绳。春季和秋季的祭祀都不曾怠慢,供奉的祭品都没有差池。辉煌伟大的天帝,辉煌伟大的先祖后稷。为您奉上祭品红公牛,希望能够合您的口味。希望上天可以多多赐福于我们,也希望上天可以赐福给先祖周公以及列祖列宗。

秋天祭祀开始准备,夏天就饲养祭祀用的牛,白色和红色的公牛排列好。牛角杯相碰发出清脆声,烤乳猪和鲜肉汤,装在竹制的、木制的各种献祭容器里。跳起祭祀舞蹈场面宏大,孝子贤孙祭祀求得福瑞吉祥。祝你兴盛繁华,祝你长寿安康。愿你保卫东方沃土,愿鲁国政清人和万世太平。福气吉祥永远不会亏损崩溃,大地不会震动也不会摇晃。祝愿你福禄长寿,如同山冈与丘陵!

鲁僖公带领战车上千辆出征,刀戟长矛之上装饰着红缨绿丝,战车上插着成双的长矛与强弓。鲁僖公亲率三万步兵,步兵的头盔上都有贝壳与红缨。鲁国大军排山倒海勇猛推进气势汹汹,击败了北狄与西戎,统治了荆楚的边疆,无人可挡势如破竹!祝愿鲁国兴旺昌盛,祝愿鲁国公长寿安康。愿您活到白发苍苍,寿比南山不老松。祝愿您的功业繁盛又兴隆,祝愿您长生不老永远健康!愿您千年万载事事如意,愿您福寿绵延永无灾害。

您就像那高高耸立的东岳泰山,鲁国的百姓都瞻仰崇拜。我们鲁国有龟山和蒙山,还要继续开疆拓土到最东边。一直到那海边,让那些淮河流域的部落都来向您朝拜。鲁国百姓全都愿意追随鲁公建功立业,这都仰仗鲁国公的威德。

我们鲁国有凫山和绎山,还要开疆拓土到东夷徐戎的地盘。一直延伸到海边,将那些淮夷部落都收拢。等到南夷部落统统被占领,都让他们遵守鲁国的国法。看他们谁敢不服从鲁国的统一,谁敢不顺应鲁公的心意!

希望上天赐给鲁僖公福禄安康,长命百岁永远统领鲁国。占据常与许二地,收复周公时代所有的疆土。鲁僖公如今心中欢喜美满,妻子贤惠母亲高寿。他的施政让大夫和百姓们都感到满意,鲁国和谐安全越来越昌盛。希望鲁侯得到更多的福气,越活越年轻,精神与身体都返老还童。

徂徕山上生苍松,新甫山上生柏树。砍伐松柏做成木材,细心测量长短尺寸。松木的方椽子又粗又大,用来建造宗庙的正殿牢固宏伟,新的宗庙美观大气。于是鲁国大夫奚斯写下这首颂扬的诗歌,虽然非常长,确实是表达了百姓的心声。

商颂

那

猗与那与①，置我鞉鼓。
奏鼓简简，衎②我烈祖。
汤孙奏假，绥我思成。
鞉鼓渊渊，嘒嘒③管声。
既和且平，依我磬声。
於赫汤孙！穆穆厥声。
庸鼓有斁，万舞有奕。
我有嘉客，亦不夷怿。
自古在昔，先民有作。
温恭朝夕，执事有恪。
顾予烝尝，汤孙之将。

注释
① 猗（ē）、那（nuó）：形容盛大优美的样子。
② 衎（kàn）：欢乐。
③ 嘒（huì）嘒：象声词，吹管的乐声。

译文 赞叹那乐声盛大舞姿优美啊!竖起有柄的小鼓敲打起来吧!
敲打的鼓声绵延不绝,表达我对先祖的怀念。
成汤的子孙正在祭祀他的祖先,请祖先赐予我心想事成。
鼓声震撼绵延不绝,竹管吹奏优美清扬。
乐器的声音和谐纯正,伴随击磬声节奏起伏。
身为成汤的子孙身份高贵又光荣,祭祀的音乐和乐又庄严。
大钟大鼓热闹齐鸣,万人齐舞隆重欢腾。
我的好嘉宾们一起助祭,众人其乐融融喜气洋洋。
回想古老的时代,先民祭祀也是如此。
作为子孙要始终温和恭敬,祭祀祈福更要诚心诚意。
还请伟大的祖先们享用祭品,好好保佑成汤的子孙。

烈祖

嗟嗟烈祖,有秩斯祜。
申锡无疆,及尔斯所。
既载清酤,赉我思成。
亦有和羹,既戒既平。
鬷假①无言,时靡有争。
绥我眉寿,黄耇②无疆。
约軝错衡,八鸾鸧鸧。
以假以享,我受命溥将。
自天降康,丰年穰穰。
来假来飨,降福无疆。
顾予烝③尝④,汤孙之将。

注释

① 鬷(zōng)假:集合大众祈祷。
② 黄耇(gǒu):高寿。
③ 烝:冬祭。
④ 尝:秋祭。

译文 赞叹我伟大的祖宗啊!洪福齐天创下基业。
不断赐给我们无尽福气,绵延至今仍然充足。
将祭祀的酒杯满上清酒,请庇佑我国兴旺发达。
将浓汤肉羹献给祖先,感受祖先亡灵安静来到。
参与祭祀的人默默祈祷,祭祀现场也没有了乐声。
请祖宗赐予我长寿安康,无病无灾活得越久越好。
精心装饰车毂和车辕,车上的銮铃叮当作响。
来到宗庙祭祀祖先的我,感受到了天命的绵延无穷。
请上天降下和宁安康,让今年丰收粮食满仓。
请先祖享用我们的祭品,赐予我们无尽福德。
秋日寒冬都来祭祀,成汤子孙诚心诚意。

玄鸟

天命玄鸟，降而生商，宅殷土芒芒。古帝命武汤，正域彼四方。方命厥后，奄有九有。商之先后，受命不殆，在武丁孙子。武丁孙子，武王靡不胜。
龙旂十乘，大糦①是承。邦畿千里，维民所止，肇域彼四海。四海来假，来假祁祁。景员维河。殷受命咸宜，百禄是何。

注释　① 糦（xī）：酒食。

译文　顺应天意的玄鸟啊，降生人间成为商的祖先，占有殷土苍茫大地。古代的天帝让成汤出师，讨伐四方疆域。号召各个部落的首领，占有九州大地。商朝两代先祖前赴后继，顺应天命勤奋不息，子孙武丁更是卓越。武丁作为子孙，继承武王意志常胜利。
龙旗兵车有十辆，载满酒食来进献。邦国领土几千里，百姓安居乐业，四海承平疆域宽广。
四方诸国来朝贡，来朝积极争先恐后。国土广阔围绕黄河。殷商领受天命适得其所，承受天下福禄无穷。

长发

濬哲维商,长发其祥。洪水芒芒,禹敷下土方。外大国是疆,幅陨既长。有娀方将,帝立子生商。

玄王桓拨,受小国是达,受大国是达。率履不越,遂视既发。相土烈烈,海外有截。

帝命不违,至于汤齐。汤降不迟,圣敬日跻。昭假①迟迟,上帝是祗,帝命式于九围。

受小球大球,为下国缀旒,何天之休。不竞不绿,不刚不柔。敷政优优,百禄是遒。

受小共大共,为下国骏厖。何天之龙,敷奏其勇。不震不动,不戁不竦②,百禄是总。

武王载斾,有虔秉钺。如火烈烈,则莫我敢曷。苞有三蘖,莫遂莫达。九有有截,韦顾既伐,昆吾夏桀。

昔在中叶,有震且业。允也天子,降予卿士。实维阿衡,实左右商王。

注释
① 昭假（gé）：向神明虔诚祈祷。
② 戁（nǎn）、竦（sǒng）：恐惧。

译文
睿智聪慧的殷商国，祥瑞长久无终止。洪荒时代大水弥漫，大禹治水安抚四方。将周边国家设为边疆，幅员辽阔镇四方。当时有娀国正在崛起，有娀氏之女下商的始祖。

始祖名契称玄王，雄姿英发英明神武，管理小国兴旺发达，管理大国太平昌盛。遵循礼法从不越矩，万民爱戴一呼百应。子孙英武一脉相承，诸侯纷纷马首是瞻。

殷商顺应天道，传承到商汤大业有成。先祖商汤生逢其时，对他的拥戴敬重与日俱增。上天旨意经久不息，商汤承受天意，代替上天平定九州。

取大小玉器作为镇国执政的象征，为天下诸侯的中枢核心，承蒙上天的恩宠，文治武功蒸蒸日上。施政于民不急不躁，不会过于刚猛也不会柔弱。政通人和恰到好处，无数福禄紧随而来。

制定大小法度作为执政的象征，做天下诸侯的首领。承蒙上天的恩宠，英武勇猛上阵杀敌。面对强敌不会惊慌也不会害怕，天性不会恐惧也不会胆怯，无数福禄紧随其身。

汤王的战车旌旗飘扬，士兵虔诚威武地手持长柄大斧。大军气势如虹摧枯拉朽，无人可挡势如破竹。一棵树干会生出三根杈枝，有异心的要扼杀在萌芽时。九州大地必须统一，先征下韦国和顾国，然后打败昆吾与夏桀。

传承到殷商中叶，国家威盛有功业。天子圣贤有威德，天降贤臣来相助。贤臣伊尹有大才，辅佐商汤建大功。

殷　武

挞彼殷武，奋伐荆楚。罙①入其阻，裒②荆之旅。有截其所，汤孙之绪。

维女荆楚，居国南乡。昔有成汤，自彼氐羌，莫敢不来享，莫敢不来王。曰商是常。

天命多辟，设都于禹之绩。岁事来辟，勿予祸适，稼穑匪解。

天命降监，下民有严。不僭不滥，不敢怠遑。命于下国，封建厥福。

商邑翼翼，四方之极。赫赫厥声，濯濯厥灵。寿考且宁，以保我后生。

陟彼景山，松伯丸丸。是断是迁，方斫是虔。松桷③有梴④，旅楹有闲，寝成孔安。

注释

① 罙：深。
② 裒（póu）：通"俘"，俘获。
③ 桷（jué）：方形的椽子。
④ 梴（chān）：木材长得长长的样子。

译文

殷商武丁英明神武，奋力讨伐叛逆荆楚。出师深入荆楚险地，俘虏楚兵无数。荡平敌军占领荆楚，成汤子孙开疆拓土。

区区荆楚，久居南方乡土。之前成汤建殷商，四方氐羌谁敢不来朝贡，谁敢不来面朝商王。交口称赞商王是天下之主。

天命在此号令诸侯，建立国都于大禹治水之地。每年准时来朝贡，就不会惹来灾祸，经营农业不可懈怠。

王领天命监督万民，百姓恭敬奉公守法。不违背礼法也不要犯错，不要懈怠偷懒。王命传达到诸侯国，都要感到荣幸与福气。

商朝京城繁华昌盛，四方诸侯当看齐。商王武丁威严赫赫声名远扬，连亡灵也是闪闪发光熠熠生辉。让子孙后代长寿安康，他是我们的守护神。

登上景山远眺，松树柏树巍峨高耸。将这些树砍伐或搬走，好生打磨有用途。长的松木做方椽，楹柱粗大又浑圆，来建造武丁的寝庙让其神灵安宁。

小普

青年作家，日语老师，年轻一代人气译者。

平生三好：猫、酒、书。

著有《孤独这种病，遇见你就好了》等。

译作有《山海经》《人间失格》等。

监　制＿潘良 七月
责任编辑＿魏玲
产品经理＿卓梃亚
特约编辑＿张安琪 季乐
内封绘图＿孙悦久

营销支持＿金颖
封面设计＿SUA DESIGN GUOMEIYU.COM
封面绘图＿刘大伟
内封绘图＿白止战

磨铁
XIRON

7 Jul.

ISBN 978-7-213-10037-6

定价：88.00元